忠孝为经　奇事为纬

与世道人心总有裨益

徐哲身

武侠小说

红楼三侠

徐哲身 著

中国文史出版社

目　　录

3

自 序

近来坊间的武侠小说，真正的要算汗牛充栋的了。出品一多，作料方面便有供不应求的毛病，这样一来，一班著作先生们，只好面壁虚构，凭空造桩事实，装头装脚地，似乎也有一些活龙活现。但是，一经按其实际，非但迷离惝恍，甚至竟有牛头不对马嘴的事情发现。因为要是一桩真实的事情，在那细微之处，只要细心的人，一定瞧得出来的。若是空中楼阁呢，那么最低限的程度，时间、地名、说话上面，便会抵触的。我的说话，说到此地，又得说回来了。

大概小说的门类，总不外乎历史、言情、侦探、社会、滑稽、讽刺，以及武侠的这几种。这几种之中，只有武侠的作料很是难找。近代没有剑仙，这是人们所公认的。说到古时，也无非只有红线、聂隐那几个人。再进一层说，红线、聂隐的那几个人，也无非见之于古文，时代隔了几千年，朝代换了几百代，是否真有其人、真有其事，恐怕也不能找出保证吧！譬如临邛卖酒的那位卓文君，她无非是一个卓王孙的闺女。王孙二字，乃是古代的普通称呼，例如近时的人们称呼老几老几的一般，唐诗上的那句"王孙今又归"便是真实凭据。诸位读者想想看，史上所记，连卓文君老子的名字尚且统而称之，这种事实，焉知不是有些模糊影响的呢？

我的这个论调，如我去世的亡友林琴南、梁任公、吴趼人、樊樊山、袁寒云等等；活在世上的，如罗振玉、天台山农、王钝根、徐澹庐、任瑾叔等等，都以我为知言。这么这种剑仙侠客的作料又到哪里去找呢？所以本局主人请我撰一部武侠小说，因循了好久，方才找出这部《红楼三侠》的作料出来，于是不加渲染，不尚铺排，据事直书，三月始成。现在将要出版了，就把我的苦衷写上几句，作为自序。

剡溪徐哲身序于沪寓之养花轩次

一九三二年九月五日

第一回

留隐语师父云游
愤邪行门徒水战

江西龙虎山的最高峰上有座庵堂，叫作了然庵，不知建自何年，出自何代。但晓得庵里有位白发老尼，数十年来，与人无事，与世无求，既不向俗家募化，又不要俗家前去进香。俗家也因庵前庵后时有虎狼出没，不敢上去。日子一久，莫说世人几乎忘了这座庵堂，就是龙虎山的本地人士也绝口不提此庵，不提此尼。

据老年人相传，红羊时代，此尼曾经和张天师斗过法的。张天师为她所败，马上奏了一本，要请皇帝捉拿此尼。皇帝本已答应，后来不知怎么一来，似乎皇帝受了此尼的警告，就把此事按了下来。老天师死后，小天师继位，自知非是此尼的敌手，托人调和，始解此仇。

这些说话，年轻人都当作一般神话罢了。话虽如此，大家便自作主张称呼她为了然师太。不过三五年之中，这位了然师太也到山下来经过次把。大家一见了此尼，各人脑海之中又会引起前事，偶尔问她，她总笑而不答，大家也就了事。

这年正值拳匪闹事，西太后听了端王的撺掇，很冤杀了几位忠臣义士。后来弄得赔款与外人言和，一班百姓的肩胛上各又增加担负。

这位了然师太一个人在她的修行室内，忽然心血来潮，便吩咐

1

她的执役小尼道："可把竹根、树皮两位师姊叫来，说是为师有话吩咐。"

小尼领命去后，不到一刻，就同着一个十八九岁、一个十四五岁美人似的两个带发少尼来到了然师太跟前。

二人稽首道："师父叫徒弟等有何指示？"

了然师太望了两个徒弟一眼，口称善哉善哉道："你们二人，往常请求为师告知你们二人的来历，为师恐怕告知你们来历之后，你们就要因此分心，所学武艺不会进功。现在你们二人的本领却也差不多了，你们二人的身上原有大事来了，应该下山前去办理。"

了然师太说到此地，就指着那个十八九岁的徒弟道："你的俗名本叫花棋。"又指着那十四五岁的徒弟道："你的俗名本叫月画，原是同胞姊妹，这个竹根、树皮的名字，乃是为师替你们二人取的道名。你们二人今天就在为师面前互相一拜，认了姊妹吧！"

二人听了，惊喜道："怪不得庵里的人们背后都在说徒弟等的相貌相像，原来真是同胞姊妹。"

二人说着，互相拜了几拜，一个叫着我的亲妹，一个叫着我的亲姊，一边叫着，一边竟会不知不觉地掉下泪来。

二人急把眼泪揩干，忙向师父问道："徒弟等既蒙师父告知本名和同胞之事，还求师父将徒弟等的身世来历全部说出，好让徒弟等明白。方才师父还说徒弟等尚有大事来了，不知什么大事。"

了然师太听说，微点其首道："你们二人可去收拾行李，明天为师自会告知你们，并要打发你们二人下山。"

二人听了，不敢再问，当下退出师父的修行室中，自去收拾行李。

第二天一早，她们姊妹两个走到师父房里一看，不见师父踪迹，忙去问那执役的小尼。小尼便拿出一张字条，交与她们姊妹二人道："师父在五更天的时候，忽把这张字条付我，命我传语二位师姊，就此下山，照条行事。师父又对我说，她要下山云游，十年八年之内，未必回庵。"

二人听罢一惊，一面恭恭敬敬地接了字条，一面又问小尼道："师父既走，还有什么训谕没有呢？"

小尼摇头道："并无他语。"

小尼说着，忽将眼圈一红道："二位师姊下山，不知何时再回庵来？"

竹根先答道："师父既说十年八年未必回庵，这是明明叫我们姊妹二人，这十年八年之内，不用回庵的了。"

树皮接口对她的姊姊竹根说道："我们且把师父所留的字条看过，或者知道我们二人回庵之期，也未可知。"

竹根点首道："妹妹说得不错。"说着，就把那张字条取出一看，只见上面写着是：

济南府里，遇柳成亲；奇冤宿恨，毋动刀兵。

竹根看毕，顿时羞得绯红了脸。略呆一会儿，对她妹妹说道："妹妹，师父的字条之上，既有'奇冤宿恨'字样，不知此冤此恨究是谁的？"

树皮到底是个十四五岁的女孩子，自然不知什么世故，她便蹙着双蛾，埋怨她的师父起来道："我们师父为何说得不明不白，又叫我们姊妹二人怎么办呢？"

竹根听了，忙不迭地微瞪了树皮一眼道："妹妹不得无礼，怎么可以怪着师父？我们姊妹二人自从有了知识以来，便知我们二人的身体是师父抚育成人的，所有的武艺也是师父传授的，师父待我们姊妹二人的恩德真比较父母还要重大几倍。况且字条之上明白地说着'济南府里'，自然先到山东，'遇柳成亲'……"

竹根说到这句，忽又把脸一红，一时不往下说。

树皮忽见她的姊姊说到"遇柳成亲"四字，只是把脸一红，眼

3

睛虽在瞧那字条，似乎又把视线避过一边。她便急得跺着她那只小小的天足，催逼她姊姊道："姊姊怎的不说下去呀？"

竹根微摇其首道："这种事情，你不懂的，将来再讲。'奇冤宿恨，毋动刀兵'，大概是即使要去报仇申冤，也不可动那刀兵，免伤上天好生之心。"

小尼在旁接口道："二位师姊，师父既是留着字条，吩咐你们二位下山，只有遵了师父之命，速去办理。"

竹根听了，连点其首道："这个自然，不过我们姊妹二人此次下山，却要与你十年八年不能相会呢！"

小尼忽被竹根这样一说，早已经哭了出来。竹根、树皮二人一同和这小尼对哭一阵，只好硬了心肠，藏过字条，携了行李，匆匆下山。

到了山下，竹根又对她妹妹说道："我们二人现在还是尼姑打扮，名该仍用道名，不必用那俗名。"

树皮道："妹子年轻，不懂什么，此番去到尘世，妹子遇事都听姊姊吩咐就是。"

竹根听说，抿嘴微笑道："为姊久住山上，对于尘俗之事未必一定全懂，以后遇着什么疑难事故，我们二人也得商量办理，不要闹出乱子才好。"

竹根说罢，便同树皮二人直向山东道上行去。一直到了济南府城，找上一家客寓住下。

竹根因见她们行李之中尚有师父累年所给的零星碎银，凑了拢来，也有百十两之数，她便问她妹妹道："我们二人可要改了俗家装束呢？"

树皮嘻嘴一笑。竹根带笑带恨地瞟上树皮一眼道："你无缘无故地笑些什么？"

树皮把头一偏道："我早已说过，一切事情悉凭姊姊做主。姊姊一到此地，头一句就来问我，我自然只有好笑。"

树皮说着，忽又盯了竹根的脸说道："我们姊妹此次下山，除了遵照师父的字条做去之外，别的无事可干。师父的字条上面既说'济南府里，遇柳成亲'，姊姊在山上还说我不懂，我年纪本小，别样事情自然不懂，可是师父教的文字武艺，我还记得。"说着，忽又摇头摆脑地笑道："现在字条上的第一句，我们已经照办，来到山东的了。第二句便是'遇柳成亲'，成亲就是嫁人，天下断没尼姑嫁人之理，姊姊问我可改装，姊姊自己想想看，可要改装呢？"

竹根听了，顿时现出十分为难的神情，自言自语地说道："师父，师父，你老人家可真被我们妹妹说着了。这件没头没脑的事情，叫做你徒弟的，怎么办呀！"

树皮接口道："妹妹曾经见过书本上所说，叫作什么'男大须婚，女大须嫁'，又说'男子三十而婚，女子二十而嫁'，这样说来，嫁人之事，这是天经地义，古今来人人应该做的。姊姊对于此事，动不动就在红脸，妹子真正不懂。"

竹根见她妹子对于婚嫁之事只在侃侃而谈，便知她的妹子无非读了几句死书，似乎只能知其然，而不知其所以然的，不禁好笑起来道："我早说你不懂，现在听你所说，真是在此时却又不懂，便和你明言。不过你说应该遵了师命办理，这话倒也不错。既是如此，自然先要还俗，这么且叫此地的伙计就去买两身衣服来，我和你改了装再办他事。"

树皮一愕道："我的年纪还小，改装怎么？"

竹根不解道："师父之命，你怎么可以不遵呢？"

树皮道："我晓得女子二十而嫁，姊姊今年已经十九岁了，师父故有此命。我还早呢！"

竹根笑着道："我说你不懂，果然被我说着。'二十而嫁'，乃是古礼；如今却已不然。况且师父的字条之上并未指我一个，安知不是师父命我和你同嫁一人的呢？"

树皮听了，并不害臊，她又连点其首道："古人之中，这倒有

5

的，娥皇、女英便是同嫁大舜。"

竹根听说，即付伙计几两银子，买到两身普通女衣。她们姊妹改换之后，树皮只朝竹根盯着呆看。竹根问她呆看什么，树皮好笑起来道："我在山上时候，瞧见姊姊长得美貌，那时没人比较，倒也罢了。现在瞧见街上一班妇女简直不像人形，姊姊真像画上的一个美女。"

竹根微笑道："为姊本来不算美貌，就算美貌，妹妹不是和我一模一样的吗？"

树皮还要再说，竹根便拉着树皮的手，一同出了房门，悄悄地咬着树皮的耳朵说道："我方才留心，瞧见水牌上第一号房间就是姓柳的，我们且去有意无意地看看，不知师父的预言可准？"

树皮听了，便毅然决然地答道："师父本知过去未来之事的，她老人家的说话断不会错。"

竹根掩口一笑道："师父的说话就算不会错的，可已叫我们二人为了难了。因为婚嫁之事，总得乾宅来求坤宅的。"

树皮把头一扭道："这倒不然，我曾经读过《红拂传》的，红拂便是去就李药师的。"

竹根道："妹妹，你太读死书了。"

树皮道："怎么？"

竹根因见已经走近一号房间，她就不答这话，顿时立定脚步，由那门帘缝里朝内一望，一见里面有个武士打扮的少年，正在那儿拂拭青锋宝剑，不觉大惊地暗忖道："师父真是神仙了，师父命我们下山办理冤仇之事，自然要嫁一个武士。此人既是武士，又是姓柳，更是住在一家客寓，这真奇了。"竹根一边这般想着，一边又推树皮去看。哪知房里那个少年瞧见门外两个美貌女子只在偷偷地看他，还当是两个流娼，便把手上的一柄宝剑搁在桌上，走到门前，揭起门帘向二人招招手道："不必站在门外，进来谈谈不妨。"

竹根即同树皮二人大大方方地一脚跨入，含笑地问那少年道：

"贵姓是柳吗?"

少年连点其头道:"在下正是姓柳,二位姊姊何以知道?"

竹根道:"我见水牌上写着,故而知道。不知柳先生贵省何处?"

姓柳的道:"俺是北京人氏,因为家乡正闹着拳匪,特地避到此间访友。"

竹根道:"柳先生已娶过否?"

姓柳的不答这话,就笑嘻嘻地用手在竹根肩上一拍道:"俺听你的口音像是苏州人。"说着,又看了树皮一眼道:"你们两个可是到此地来做生意的吗?在下正在这里无聊,我们不妨结个线头,你们的夜度资究要多少?"

竹根先被姓柳的一拍,心里已在怪着姓柳的太觉轻佻,但是要遵师父之命,料定姻缘自有前定,师父不会害她们的。及听姓柳的问出夜度之资,简直当她们是流娼看待,无论师父之命如何,怎么肯受这个轻薄?当下即将柳眉直竖,杏眼圆睁,大怒地责备姓柳的道:"你莫要出口伤人,怎么叫作夜度之资?"

姓柳的把肩一耸道:"咦!你们既非流娼,为什么青天白日地闯到俺的房里来?"

竹根自知有些冒昧,也不再和姓柳的去多辩,忙同树皮二人奔回自己房内,一屁股坐在床上,愤愤地说道:"这从哪里说起?自己寻上门去,坍此一个大台。"

树皮也气哄哄地接口道:"这种浪子,如何可以嫁他?"

竹根道:"我们既在此地无人,万万不能再住下去,只有赶紧换家客寓再说。"

树皮道:"说走就走,不要被这个姓柳的走来,再闹些是非出来,更是不妙。"

竹根连忙收拾行李,付了寓资,特地搬到一家冷落的客寓之中去住。

住下之后,竹根又问树皮道:"师父之命,不能不遵,不过这座偌大的济南府城，姓柳的人少说些也有上千上万，我们究去找谁呀？"

树皮道："我们不妨贴出榜示，招寻一个姓柳的丈夫可好？"

竹根听了，又气又笑道："真在放屁，如何使得？"

树皮道："依姊姊又怎么办呢？"

竹根道："只有静候姻缘，到了那时，或有姓柳的寻上门来的。不然，师父何必给我们两个徒弟上当呢？"

树皮也以为然，她们姊妹二人就在寓中静候。过了半月，消息毫无，实在无事可为。

一天，同了树皮去到黄河边上游玩，不料冤家正遇对头，倒说那个姓柳的少年，也在那儿玩耍。

竹根本想避开，还是树皮说道："河水不犯井水，我们只要不去睬他，怕他则甚？"

竹根听了，正待答话，忽见那个姓柳的奔到树皮身边，用手向她脸上一摸道："俺的好乖乖，今天巧极，怎么又在此地遇见？"

树皮因见这个姓柳的竟在千人百眼之前胆敢前来调戏，立时飞起一腿，只听得扑通一声，那个姓柳的早被树皮一腿踢下河中去了。

不知姓柳的性命如何，且听下回分解。

评曰：

此书起得非常离奇，非常香艳，竹根姊妹之事，看去似在情理之外，实在情理之中。读者设身处地，不知又作如何办法？作者久驰声誉，名笔自是不凡。哈哈！

第二回

见义勇为未解闺中事
当仁不让能援台下人

竹根一见树皮把那姓柳的一腿踢下河去，生怕闹出人命，很是不好，只得也是扑通一声，跳下河去，要救姓柳的性命。树皮还当乃姊下河去捉姓柳的，也怕乃姊有失，跟着也跳了下去。

那时岸上游人很多，大家见了此事，顿时哄了起来。就在此时，众人又见有三五个都是武士打扮的长条大汉，似乎要帮那个被少女踢下河去的武士，都又扑地扑地跳下河去。黄河本来很深，那时水又正急，换了别个没本事的人早已淹个臭死，幸亏下河去的一班男女全有水中功夫。岸上看热闹的人们正在替他们一行人众大担心事，他们却在河底下翻江倒海地水战起来。

过了好久，岸上的看客忽见二女数男平平安安、和和气气地一齐爬上岸来。那个被少女踢下河去的武士且去叫了两乘小轿，连同几个大汉，簇拥着两个女子，坐上轿子，直向城里而去。大家虽然看出不懂起来，但因事不干己，也就各自散去。

原来那个姓柳的，确是北京人氏，名字叫作柳大椿，因为要避拳匪之祸，同了几个朋友来到山东，谋点儿功名。此人并非什么坏人，自从住入那家客寓之后，这天忽见两个标致女子在他房门外面张张望望，盯眼看他，于是还当两个女子是闯客寓的流娼，才敢放大胆子，把竹根、树皮二人叫进房去。花钱行乐，本不为过，至于

9

竹根、树皮二人，奉了师命，要嫁姓柳的丈夫，这种事情这个柳大椿当然不会知道。后来竹根因见柳大椿当她流娼看待，大怒地同了妹子回房，跟着移寓而去。

柳大椿还在莫名其妙，但是他的心里仍旧还当竹根、树皮二人是个流娼。这天忽在黄河边上，重又遇见，因此又与树皮前去胡调。及被树皮一脚踢入河里，始知树皮有点儿本领。等得竹根跟着跳下，柳大椿不知竹根怕闹命案特去救他，正想用那打人要先下手的规矩，同时又见树皮跳了下去，直去扑他，更加认为二人都是他的敌人，自然就向二人战了起来。那几个长条大汉本是柳大椿一同来到山东的朋友，入河之后，当然要帮大椿。

双方打了好半天，并没胜负，照竹根一个人的本领，本可制住柳大椿一行人众，她因本是下河救柳大椿去的，尚未表示她的善意，已见她的妹子也跳下水去和柳大椿打了起来。柳大椿战住树皮又去战她，跟着又有三五条大汉也入水中来助柳大椿，大家拼命地互战一阵。

竹根因见柳大椿武艺不弱，起初被树皮踢入水中，乃是一个不防，不能怪他武艺不佳。此时更又联想到师父之命，以为她们姊妹二人仍与柳大椿有那姻缘之分，将她的劝和之心愈加浓厚起来。唯因对方进攻厉害，害她一时无隙劝和。直到后来，她才寻到机会，去和柳大椿表示她的善意。

其时柳大椿也已瞧出竹根的本领在他之上，也就借此收篷。树皮本听竹根之命，于是大家一笑停手，都上岸来。

结过水战之事，接说柳大椿同了他的朋友，把竹根、树皮二人送回寓中，开发轿钱之后，先述自己姓名，后问竹根、树皮姓名，又向二人赔罪道："大椿委实万分鲁莽，两次冒犯二位姊姊！"说着，又单对竹根一个人说道："今天大椿在那水中不是竹根姊姊有意劝和，预为留手，一条小命恐已不保。不过二位姊姊那天忽在大椿的房门外面做出那种使人误会的举动，内中必有道理，能够明白见告否?"

竹根不便说出"遇柳成亲"的原因,只好推说她们姊妹二人来此找寻一位素未谋面姓柳的表亲,因而有此误会。

柳大椿听说,自然信以为真。当下复又连连自己认错,认错之后,又将他那五个朋友,一个名叫高公明,一个名叫平卓州,一个名叫魏大名,一个名叫袁志高,一个名叫范本寒的,介绍与竹根、树皮二人。

竹根、树皮二人又和众人互打招呼之后,竹根即将树皮拉到一边,悄悄地说道:"我瞧这个柳大椿武艺也还罢了,至于他来轻薄我们,也是我们自己不是,做出使人误会的举动。这样说来,他的品行不能算坏,难道此人就是师父所说的这人吗?"

树皮听了道:"姊姊本来比妹子大着四岁,姊姊的见高识低,当在妹子之上,姊姊说是可以嫁他,妹子无不听命。"

竹根摇头道:"不是这样说法,我因一时拿不定主意,生怕师父所说的就是此人。若不嫁他,岂不误事?又怕师父所说的不是此人,若是嫁他,也是误事。原要妹妹替我斟酌斟酌的……"

树皮不待竹根说完,她又接嘴说道:"姊姊既是拿不定这个主意,妹子如何会拿得定这个主意?要么我们老实前去告知这个柳大椿,瞧他怎样?"

竹根听到此地,又好气又好笑地,一把将树皮推开道:"你真正是一个孩子,越说越不成话起来了。"

原来树皮才只一十五岁,真的只知夫妻的名义,不知夫妻的实际,所以对于嫁人之事,心中毫无挂碍,全不知道害臊。她答她姊姊之话,她还认为是一个极好的主意,连她姊姊一时也想不出的。忽被她的姊姊说她是个孩子,又将她很重地一推,她便不服气起来,不禁大声地说道:"我本来不知道什么,早已和姊姊说过,姊姊嫁谁,我就嫁谁,姊姊自己拿不定主意,前来问我,我倒替姊姊出了一个上好的主意,姊姊反说我是孩子,岂不奇怪?"

竹根一见树皮毫不避忌一点，当着大众只在高声连说嫁人之事，一丝不知害臊，只好忙去掩着树皮的嘴巴说道："我说你不懂，真正不懂，既是不懂，说话须得留口。"

竹根说完，只好又去和柳大椿等人谈些武艺之事，借此混了过去。

柳大椿等人此时对于竹根姊妹十分敬重，虽然明明听见她们姊妹二人在说嫁人嫁人的说话，一时也不去研究。及见竹根和他们说了一阵武艺，益发知道竹根的本领定是异人传授，不是普通的拳径。

柳大椿当下便问竹根道："现在大名府城里正在那儿大打擂台，天下的英雄无不到齐，二位姊姊的本领，不是大椿当面恭维，实是不同凡响，不知可有兴致，一同前去看看？"

树皮听说，不待她的姊姊接嘴，她就闹着要去。竹根因见左右没事，前去看看擂台，或者可以认识几个英雄，也未可知，当下也就应允。

柳大椿和他五个朋友约定次日再来会齐起程，告辞而去。

竹根一等众人走后，又埋怨了树皮几句。树皮不知同情，自然不肯认错，且怪她的姊姊拿她咕叽。竹根一见她的妹子实在不知男女闺中之事，恐怕此次同到大名府去，也有数日行程，大家既在一起同居同起，如果她的妹子再讲出些不好听的话来，岂不当场丢人？只好悄悄地将那男女同居，有那不可告人之隐的事情简单地告知了树皮几句，树皮不待听毕，早已羞得满脸通红，连说"该死该死！"且把她的双手掩了她的小脸，笑个不休。竹根见了，又微瞟上树皮一眼道："看你以后还敢把这种事情对着别个男子高声重语地再去瞎说吗？"

从此以后，树皮方知男女之事内中还有这篇文章，对于男子，反比竹根害臊起来。

第二天，柳大椿等人果不失信，一早各携包裹而至。竹根、树皮二人也已预备舒齐，便同大家赶路。在途无事，不必细叙。

一天，到了大名府的城内，找了一家叫作兴隆店号的客寓，分别住下。

次日，吃了早饭，同了柳大椿等人去至擂台之前，拣上一座茶棚坐下。抬头一上瞧，擂台之上的人们打得十分起劲，擂台之下的人们瞧得十分起劲。

树皮瞧得技痒起来，便对竹根说道："姊姊，我们也上去耍耍可好？"

竹根连连摇头阻止道："不可不可，莫说天下能人很多，我们二人的本领怎好自满？就是打胜他们，要这虚名何用？"

柳大椿在旁接口道："竹根姊姊的说话乃是高人一等的见解，树皮姊姊要去上台较较武艺，却是英雄的本色。竹根姊姊何不就让树皮姊姊前去一试呢？"

高、平、魏、袁、范五个也来怂恿。

竹根道："六位先生，你我还是初交，自然不知我们姊妹二人身上之事。因为现在我们所处的地位，万万不能闹事。"

柳大椿听说，即把手向那擂台柱上所排的告示一指道："竹根姊姊，难道没有瞧见告示上面写着的条例吗？凡摆擂台，不管打胜打败，都没事情的。"

竹根道："话虽如此，总以谨慎一点儿为妙。"

树皮听说，也就作罢。

其时擂台上面的那个台主一连打倒一二十个大汉，一时竟没一个再敢上台交手。那个台主却在台上说起俏皮话来了，只听得他向台下大声说道："在下来到贵府，摆此擂台，原定一月，现在已过二十七天，只有三天的期限了。"说着，又现出藐视众人的神情道："贵府有本领的朋友偏偏不肯上台赐教，所来之人都是不值交手之辈。"

那个台主刚刚说至这里，就见人丛之中陡地跳出一个十七八岁、极美貌的少年公子，向那台主大声喝道："咄！你这个濮天雕，不要

13

如此藐视他人，俺黄柳村虽然不是大名府人氏，倒要替大名府的人氏抓回这个面子。"

这位黄柳村公子边说边就跳上台去，照例写下生死文书。台主濮天雕忽然耸着他的双肩道："黄公子，黄柳村，你可要仔细一点儿！"说着，将他两只似斗大的拳头向黄柳村的面前虚扬了一扬道："在下倒肯让你一点儿，可惜他们不肯让你！"

黄柳村听说，自然更加动气，当下抱拳一拱道："濮台主，濮天雕，你也不必口出狂言，且看你们公子前来取你性命也！"

濮天雕慌忙摆下坐马，双手还拱道："请！"

二人一来一往地打了起来。台下的看客瞧见台上的二人真是拳逢敌手，将遇良材，黄柳村用童子拜观音的拳法去击濮天雕，濮天雕却用双龙取水的拳法解了开去。濮天雕用了泰山压顶的拳法来取黄柳村，黄柳村也用叶底偷桃的拳法解了开去。黄柳村又用蜜蜂进洞的拳法去击濮天雕，濮天雕也用毒蛇入窒的拳法解了开去。濮天雕又用联珠箭的拳法去击黄柳村，黄柳村也用一枝花的拳法解了开去。黄濮二人此时确是个个拿出平生绝技，要想击死对方，无奈二人的本领刚刚半斤八两，只好打个平手。

树皮却也瞧得出神，忽问竹根道："姊姊，你倒说说看，台上的两个，这场胜利究竟属谁？"

竹根道："大概属于姓黄的。"

树皮道："什么道理？"

竹根道："濮台主虽也不错，此时他的脚下已在略略发虚。两个人差不多的本领，如何可以漏出这个破绽？"

树皮还待再问，果见濮台主的腰下已被黄柳村打进一拳。哪知濮天雕一见他的拳术将要失败，忙在他的口中喃喃呐呐念念有词，不知怎么一来，就见黄柳村公子似乎一个头眩，一时立脚不牢，竟被濮天雕趁势一把抓住前胸，直向台下抛来。

说时迟，那时快，树皮在旁看得清切，早已一个箭步纵出茶棚，

14

蹿至台前，双手接住黄柳村的身子，放在地上，让他站定道："公子受惊了！"

竹根恐怕树皮救了黄公子之后，还要跳上台去，慌忙奔上前去，一面招呼黄公子，一面禁止树皮，不许上台。树皮自然不敢违拗姊姊。

黄柳村此时满面羞惭地谢了竹根、树皮二人，愤愤地似乎要去寻死模样。竹根、树皮、柳大椿，以及高、平、魏、袁、范五人都去劝住黄柳村。

树皮忽向黄柳村说道："黄公子也不必气恼，你是着了姓濮的邪术，此刻若没什么事情，不妨请到我们的寓中细说。"

黄柳村本在感激树皮救他，此时又听树皮说出着了姓濮的邪术一语，自己似乎也已觉着，忙答树皮道："这位姊姊如此的仗义救俺，俺本该前去叩谢。"黄柳村说着，便把他的手向众人一扬道："二位姊姊和诸位仁兄，请呀！"

竹根不便拦阻，只好同了黄柳村回到寓中。黄柳村又谢了竹根、树皮二人，然后问过众人姓名，互相寒暄一阵，始问树皮道："树皮姊姊，你怎么瞧出姓濮的在用邪术？"

树皮不答这话，反问黄柳村道："黄公子，你当时难道没有觉着不成吗？"

黄柳村道："我当时因为已经打进一拳，以为占了上风，不知怎么一来，忽然头眩起来。若不是树皮姊姊说破，我还当我的本领不够，力量不济呢！"

竹根道："姓濮的口中念念有词，我当初也没有防他在用邪术，及见黄公子头晕眼花起来，方才明白。"

黄柳村恨恨地把脚一跺道："姓濮的敢用邪术欺人，我且休养一二天，一定要去报复此仇。"

大家听了，不便阻拦。

黄柳村忽向大家拱拱手道："兄弟的身子此时已有寒热，只好借哪一位仁兄的铺上，暂躺一躺。"

柳大椿忙把黄柳村扶到他的房内，其余五人也都跟了出去。树皮一见房内只有她们姊妹二人，她便向竹根悄悄地说道："师父字条之上所说的'遇柳成亲'，这个'柳'字，并不是一定指姓而言。这位黄公子的名字上也有一个'柳'字的呢！"

竹根一听此言，忽将粉脸一红，不知答出何话，且听下回分解。

评曰：

　　树皮天真烂漫，一切之言辞举动，使人忍俊不置。竹根年龄稍长，妩媚羞涩之神情亦是使人生爱。柳大椿与黄柳村虽属同为武士，作者描写个性，完全不同，洵为画龙点睛之笔也。

第三回

着手成春竹根治病
存心不善大椿含酸

竹根起初被树皮冒冒失失地一说，果见这个黄柳村胜过柳大椿多多，因此将脸一红。后来一想，不觉失笑着对树皮说道："妹妹，你可弄错了呢，你只注重一个'柳'字，却把'济南府里'一句忘了。此地是大名府呀！"

树皮一被竹根提醒，她才知道自己冒失，也会羞涩涩地低头不语。但是她与黄柳村的一点儿情根已由擂台之下一接而种，便暗忖道："师父的字条之上既限济南一府，现在换了地方，虽遇姓柳的，或是名柳的，都不相干。不过我见了这位黄公子，样样胜过那个柳大椿，我瞧他的年纪大概还比我们姊姊小两岁呢，一个很娇弱的模样，怎有这般武艺，真是可爱。"

树皮想到此地，忽然想着一事，忙向竹根说道："姊姊，你说这位黄公子不是济南府人，与我们无干，那就无干。不过我此刻想到他的寒热，恐防不是病症。"

竹根笑上一笑道："妹妹又在讲孩子话了，寒热不是病症，却是什么东西？"

树皮道："姓濮的既用邪术，黄公子安知不是着了邪呢？"

竹根听说，点点头道："不错，不错，真是邪术侵身，也未可知。我倒会治，可惜不便。"

树皮发急地说道："救人一命，胜造七级浮屠，况且师父本来教我们以济困扶危为宗旨的，救人之事，这有什么不便呀？"

竹根道："你的年纪究竟小些，你去瞧瞧，再来告我。"

树皮听了，立即如飞而去。不到半刻，奔来回报竹根道："姊姊，不得了，不得了，黄公子发了痴了。"

竹根失惊道："真的吗？"

树皮嘟起嘴巴道："不是真的，倒是假的不成？"

竹根并不再说，即同树皮二人来到柳大椿房里。一跨进门，就见黄柳村披头散发，形似鬼怪地正在地上大跳大叫。柳大椿等六个人各用死力都拉不住。

竹根赶忙走近黄柳村的身边，问柳大椿等人道："黄公子除此以外，还有别样现状吗？"

柳大椿等人一齐答道："所说的呓语，使人害怕呢！"

竹根还待再问，忽见黄柳村连她也不认得起来，突出眼珠，指着她骂道："你这濮天雕的恶贼，你敢来害俺吗？俺乃玉帝驾前伏魔大仙是也，若不将你碎尸万段，怎么回去缴旨？"

竹根即在口中念念有词，又骈了双指，对着黄柳村的脸上连连画着圈圈。竹根边画，黄柳村边已静了下来。及至竹根指着黄柳村的脸上，道了一声病，又说声急急如律令敕。说也奇怪，黄柳村顿时清醒转来。

树皮忙问道："黄公子，你现在觉着怎样呀？"

黄柳村呆上一呆道："我不是在发寒热吗？怎么此刻又会站在地上的呢？"

树皮笑嘻嘻地道："黄公子，你可知道你方才对我们姊姊说些什么？"

黄柳村又一呆道："俺没有讲什么呀！难道病中得罪了竹根姊姊不成？"

竹根也笑道："黄公子却没有得罪我，得罪的是那个濮天雕。"

树皮接口道："姊姊，你怎么还在称呼黄公子呢？他是伏魔大仙呀！"

树皮这句说话，竟把满房人众说得无不笑了起来。

黄柳村听说，连连地向竹根道："这是俺病糊涂了，果有什么说话，竹根姊姊还得原谅一二。"

竹根道："黄公子还得静养一二天，不必多说空话。"

黄柳村不肯再去躺着，又向竹根一揖道："照这样说来，俺的毛病又是竹根姊姊救的了！"

柳大椿等人便将黄柳村发痴，竹根替他画符治愈之事告知了他。

黄柳村道："这样说来，俺又怎么报答二位姊姊的大恩呢？"

树皮接口道："'报答'二字，不必提它。不过我们姊妹二人将来倘有奉求之事，黄公子不要推托就是。"

黄公子连连地设誓道："俺姓黄的将来若负二位姊姊，还有好日子吗？"

竹根微笑道："这倒言重了，人类本有互助的义务，大家既已相交为友，有起事来，也有一个帮手。"

柳大椿和他五个朋友也赞竹根姊妹二人又有本领，又有义气，大家都愿为友。

竹根谦逊道："诸位既是瞧得起我们姊妹二人，我们无妨就此结为异姓兄妹。"

大家听了，无不大喜，一面吩咐寓中伙计去买香烛福礼，一面各自写出年岁、籍贯。结拜之后，高公明做了大哥，平卓州第二，魏大名第三，袁志高第四，范本寒第五，柳大椿第六，竹根此时尚未知道自己的姓氏、籍贯，只好随口说是姓赵，苏州籍贯，她便居了第七，黄柳村还比竹根小两岁，居了第八，树皮最小，居了第九。他们九人又去办了一桌酒席，大家吃个通谱之酒。这席酒上，独有树皮一个人最为起劲，她便主张要替黄柳村复仇。

竹根道："这个姓濮的却也杀不可赦！"

大家都请竹根去与姓濮的交手，竹根也就应允。

大家安息一宵，第二天大早，他们九人一同来至擂台之前，仍在昨天的那座茶棚之内坐了下来。树皮刚刚坐下，连一口茶也不及喝，就催竹根同她两个打上擂台。竹根此时早见台上的那个濮天雕又已一连打败几条好汉，她也动了真气，便向树皮摇手道："这个恶贼，何必妹妹同去？只要我一个人前去收拾，已是有余。"

竹根说完，她便走出茶棚，来到擂台之前，将她一双白生生的纤手向那濮天雕一拱道："我是女流，要想上台，求你台主指教一二，可否摆下一只扶梯，让我上来？"

竹根这句说话方才出口，台下瞧热闹的看客无不大笑道："这位娘儿们，真也说得写意，既是来打擂台，连跳高的一点儿功夫都没有，还是省了这条小命吧！"

那时濮天雕一见有位娇滴滴的绝色少女要去和他比较，心里暗暗地忖道："俺濮天雕样样已经如意，只少一个绝色夫人。这个女子哪里是人，简直是位仙女模样，赶快让她上台，俺用符咒将她迷住，便好一世受用。"濮天雕边想，边命手下人员放下扶梯，又含笑地对竹根说道："小姐就请上台，须要仔细，不可失足跌坏玉体。"

竹根一面暗骂道："你这恶贼，死在目前，尚不知道。"一面故意慢慢地走上台去，立下生死文书。

濮天雕此时业已急不可待，忙与竹根交起手来。正想口中要念邪咒，早被竹根当胸一把抓住，将这濮天雕的身子高高举起，也像濮天雕昨天抛黄柳村的一般，便向台下抛去。哪知昨天的黄柳村，他有树皮接住，倒还无碍。今天的这位濮大台主，却没人来接他，当下只听得砰訇的一声巨响，可怜濮天雕早已抛出数丈远的，跌在地上，七孔冒出鲜血，一魂往鬼门关上去了。台下的人众一见这位美貌女子竟将这个濮天雕抛下台来，立时身死，这回大名一府的已失面子，顿时围了拢来，都要请竹根到家一叙，以尽地主之谊。

竹根下台来，婉辞谢绝众人，恐怕缠扰不休，反而弄出事来，急与八人回到兴隆店内。尚未坐定，已见跟着走入几位绅衿，向她恭恭敬敬地一揖道："小姐贵姓？"

竹根答道："我叫赵竹根，诸位驾临，有何指教？"

几个绅衿一同答道："原来是赵小姐，我们尚有几句说话相谈。"

竹根只好将她八个兄弟的姓名一一介绍之后，又请几个绅衿坐下。

为首的一个绅衿道："敝处因见北京在闹拳匪，恐怕有匪侵入，大家都在习练武艺，原是要保平安。不料一个月之前，这个濮天雕忽然来此大摆擂台，县里也准了他。我们还当敝地人士既已习练武艺，内中总有几个出色人才，上台比比，也不枉大家习练一场。谁知一连二十八天，竟没有一个是姓濮的对手，死在他手里的，伤在他手里的，也有百十个了。今天蒙赵小姐收拾了这个姓濮的，抓回敝地的面子，我们叨列绅衿，第一件想凑集几两银子，送与赵小姐，以作赏人之用；第二件要请赵小姐长住敝地，作为总教习……"

竹根不待这个绅衿说完，连忙说道："承蒙厚意，感愧兼并，我们来到贵地，无非看看热闹，并没想打擂台的意思。"说着，指指黄柳村道："只因这位黄公子被姓濮的用了邪术，以致失败。昨天回寓，几为邪术所害。我不服气，所以前去交手，幸亏预先立下生死文书，不必抵命。我们尚在济南府中要等一个亲戚到来，万难久留此地，尚求原谅。"

几个绅衿听说，依然苦苦相留。后来说来说去，总算竹根收下了一百两银子，又答应了他们三个月之后，再来相叙，几个绅衿方始散去。

竹根一俟几个绅衿散后，就同大家回到济南府里，仍住那家客寓。此次又多了黄柳村一个，可算得人丁兴旺。

竹根初次与人交手就占了上风，虽然有些高兴，不过她的心里只在注意"遇柳成亲"那句。

树皮呢，却已暗暗地和黄柳村一往情深，但是黄柳村并未觉着

21

罢了。黄柳村只感激树皮在那台下救他，竹根又将他中邪之病治愈，一时无从报恩，不便马上说走。其实他还有满身的大事未办，不能长住此间，他趁没人之时，偶尔问到竹根姊妹二人的身世。树皮对外之事，她是不管的，都由竹根一人对付。竹根虽与黄柳村结为异姓姊弟，她的身世真的尚不知道，自然无从说起。至于"遇柳成亲"一事，更是羞人答答地不好告人，因此弄得黄柳村犹同丈八金身，摸不着头脑。又见竹根姊妹二人不是银钱俗物可以报答的，况且也没银钱，他怅怅地住了几天，只好去向竹根姊妹二人说道："七姊姊、九妹妹，我们既已通谱，便和同胞一般，报恩的空话，我也不再白说。我现在身上还有一件要紧大事未办，日内就要离此。"说着，便在身上摸出一座白玉小塔交与竹根，一块翡翠鸳鸯交与树皮，又对二人说道："这两件东西虽不值钱，仍是寒家祖传之物，七姊姊、九妹妹不妨留作纪念。以后七姊姊、九妹妹若要与我通信，可寄北京百顺胡同大方煤号李姓转交，不知七姊姊、九妹妹倘若离开此地，又往何处？"

树皮接了那块翡翠鸳鸯，先向身边一藏。此时瞧见黄柳村问她们的行踪，她先答道："八哥哥赠妹子的这个纪念之品，妹子不敢不收，八哥哥的通信地点，妹子当然牢牢记着。至于妹子等的行踪，在未遇这个亲戚以前，尚不能定，此刻无从说起。不过八哥哥就是有事要走，也得再住三月两月，方好分手。"

竹根笑上一笑道："你的八哥哥既有大事在身，如何可以留他？只有我们二人，一等此地事了，就到北京前去找他，才是正理。"

竹根说着，又对黄柳村说道："八弟赠我之物，我自然收着。不过我和你们九妹此次出来，身边空无一物，怎么办法？"

黄柳村道："纪念品物事小，不必提它。七姊说，一等此地事了，就去找我，这句说话，我最听得进去。至于九妹妹要我多住几时，这正是她的手足之情，但是我有大事，万万不能再事耽搁。你们何时可以进京，须得向我说个大概，我也有个准备。"

竹根道："这倒难说，甚至一两年后，也说不定。"

黄柳村听说道："这也没有法子，总之愈早愈好，我们话既说明，我明天便要起身。"

树皮一惊道："八哥哥明天就要走吗？我说至少也得再住十天八天。"

竹根阻止道："在我说来，十天之后，仍要走的，何必留此十天？"

黄柳村连连点头称是道："七姊说得不错，在我之意，恨不得长住此地呢！"

树皮忽将眼圈一红，以手抚弄衣襟，低头不语。他们三个人，大家黯然了一阵，各自无话。

起先柳大椿等人有事出外，所以黄柳村来和竹根姊妹二人叙话。黄柳村也并非对于柳大椿等人疏淡一点儿，只因对于竹根姊妹二人加上一层相救之情，自然较为亲昵。

刚刚大家没话的当口，柳大椿等人已经回来。竹根便将黄柳村要走之事告知大众，大众自然挽留，还是竹根劝阻。柳大椿便去办上一桌酒席，算替黄柳村饯行。可是这一席酒，却没有兴隆店的那一席通谱之酒吃得有味了。

第二天，黄柳村真的动身，大家送出十里长亭，珍重而别。八个人回转寓中，都是没精打采，各没说话。

这天晚上，树皮忽问竹根道："姊姊，我们八哥哥走了，现在我们快办我们之事，办好之后，就好到北京去找他。"

竹根摇摇头道："难、难、难！"

树皮一吓道："怎么？"

竹根道："师父的字条说得含含糊糊，我早已想前想后地想过了，此事委实难办。我的意思，觉得还是遍天下地去找师父容易些呢！"

树皮大喜道："这样也好，左右此地又没事情可做。"

竹根听了，也没言语再说。

第二天，竹根便对她的六个结义兄长说，她要同了妹子往他处一走，请大家留下通信地点。

柳大椿失惊道："两位妹妹，可是去找我们八弟去的吗？"

竹根摇头道："八弟昨天才走，何必就去找他！"

柳大椿听说，心里仍有醋意，嘴上却没说话，他便写出他的通信地点。

竹根接来一看，只见写着是：

北京燕子胡同一号柳大椿

竹根看了道："还有大哥、二哥、三哥、四哥、五哥呢？"

柳大椿道："由我家中转交。"

柳大椿说到此地，又很郑重其事地问竹根道："七妹，你们二人究往何处？"

竹根刚要答话，陡闻门外有阵脚步声响，跟着奔进一个大头和尚，手执一柄亮晃晃的钢刀，兜头就向她的头上劈下。

不知竹根怎样对付，且听下回分解。

评曰：

竹根姊妹先与柳大椿等人一打成了相识，彼此似甚投机。自从黄柳村加入之后，柳大椿等人仿佛稍觉冷落，其实竹根并未两样，皆是树皮一人起劲。此乃宾宾主主之法，编者自有道理。以上三回，全由"遇柳成亲"一语牵引出来，下文又有变化，使人捉摸不定。

第四回

杀天鹏同胞争凶手
救璇姐美女奏奇功

竹根瞧见大头和尚的手势很重，赶忙把头一偏，避过刀风，蹿至一旁，喝问那个大头和尚道："你这贼秃，我与你陌不相识，何故动手伤我？"

那个大头和尚急又一步纵到竹根面前，用刀指着道："你师父就是濮天鹏，濮天雕乃是俺的二兄弟，你怎么伤了他的性命？快快，献头过来，免你师父动手！"

竹根听说，冷笑一声道："你的兄弟惯用邪术欺人，居然碰到我的手内，也是天网恢恢。我念你是出家人，快快走吧，我就留你一条性命……"

竹根还在说着，树皮早把她们姊妹二人防身的两柄短剑，一柄取到手中，一柄递给竹根道："姊姊何必与这贼秃多说？赶紧收拾了就是。"

这个濮天鹏一见二人已执兵器，他就大吼一声，蹿出庭心站定，厉声说道："你们不怕死的都来，你们师父本是来替俺兄弟报仇来的。"

那时，柳大椿、高公明、平卓州、魏大名、袁志高、范本寒六个都已各执兵器，前来帮助竹根姊妹。

竹根走至庭心，阻止她的六位结义兄长道："六位哥哥，不必费心，妹子和他放对就是。"

濮天鹏虽见此地有二女六男，毫没一点儿惧色，忽又大吼一声，把刀向竹根脸上虚晃一下，飞快地缩回，又向竹根的下身戳去。竹根飞起一腿，只听得当啷啷的一声，濮天鹏的那柄钢刀早被竹根一脚踢得碰在一只水缸边上，落在地上，因此有那当啷啷的声音。

濮天鹏一见竹根的本领果然厉害，不及去拾那刀，又在身畔哗的一声取出一支九节钢鞭，就向竹根的脑门上打下。竹根避至一边。树皮趁濮天鹏正在注意她姊姊的当口，她便蹿到濮天鹏的背后，用剑就刺。濮天鹏反身敌住。高、平、魏、袁、范、柳六个也已围了上来。

此时寓中老板一见他的庭心之中忽然刀刀剑剑地大打起来，不是他能口舌所争的，生怕闹出大祸，赶忙悄悄地奔去禀报县里。县里正奉三大宪的公文，叫他防备北京散下来的拳匪，一听客寓老板禀报，连忙率领三班六房，以及小队前来捉拿。及进大门，就见一个大头和尚血淋淋地死在地上。当下一面命人把守前后两门，不准放走一人，一面验尸捉拿凶手，闹得不亦乐乎。

竹根、树皮二人乃是守法之人，当然不肯走逃。高、平、魏、袁、范、柳六个虽想逃走，又已不及，八人统被差人拿到县官面前，一齐跪下。县官一一问过姓名，便吩咐带回衙去。

竹根朗声禀明道："这个和尚，乃是女子所杀，不干众人之事。老爷要带，只带我去。"

树皮接口大喊道："老爷，不要听我姊姊乱说，这个凶手是我……"

高、平、魏、袁、范、柳六个忙向县官说道："凶手已经有人，老爷开恩，不必再带我们。"

县官即将六人取保释放，单带竹根、树皮二人回衙。问了一堂，竹根自然直供。谁知树皮硬要拉在她的头上，县官就把她们姊妹二人一同定了死罪，收入死牢。衙门规矩，犯人身上所有物件，照例搜去入库。竹根的那座白玉小塔被搜倒还没话，只有树皮一见差人要把她那块翡翠鸳鸯搜去，她就死命不放。

原来树皮若守规矩，自然也和常人一样，她一倔强，眼前之人，除她姊姊之外，恐怕没人奈得她何。

竹根一见树皮不肯守法，便喝声道："你的性命已经不保，何必还想保留这块翡翠？"

树皮听了，忽然掩面哭泣起来。

那班差人一面取过翡翠鸳鸯，一面各自好笑道："这个女孩子真也奇怪，她的姊姊认了凶犯，她偏要拉到自己头上。对于一块翡翠，反比性命看重，大概是她情人所给的纪念品吧！"

此时竹根、树皮二人已经上了脚镣手铐，穿了死罪犯人的红衣，送入牢内。幸亏尚在一起，没有隔开。

她们姊妹二人正待说话，突见一个面貌十分凶恶的老年犯妇走来问她们姊妹道："你们两个懂得铺监的费用吗？"

竹根摇摇头道："我们还是头一回入监，不懂规矩。你是何人，敢来勒索费用？"

那个老年犯妇冷笑了一声道："这倒说得爽脆，还要问俺何人！"

老年犯妇说着，便把她的手向另外几个犯妇一招道："这两个婆娘不给她们一点儿下马威尝尝，恐怕不知厉害……"

老年犯妇尚未说完，一班犯妇各执棍棒，就向竹根姊妹二人身上，像个雨点儿地飞下。

树皮一面用她手铐挡住棍棒，一面急对竹根道："姊姊，耐不住了，要还手了呢！"

竹根那时也在用她手铐挡开棍棒，对着那班犯妇说道："我们姊妹不肯还手，乃是客气。"

老年犯妇不待竹根说毕，顺手一棍，打得竹根的额上冒出火星。此时树皮不能再耐，就用她的手铐做了武器，不过稍稍一甩，那班犯妇早已个个跌倒在地。老年犯妇躺在地上，还在叫骂。竹根便把老年犯妇的身子踏住，高擎手铐，装出要往下击的样儿喝声道："你要老命，快快告饶了事！"

老年犯妇至此，始知竹根姊妹二人很是了得，只得服软。竹根放起老年犯妇，其余犯妇也都站起。

树皮吩咐她们道："你们以后还得好好地伺候我们姊妹，否则拳头厉害。大家须要知趣！"

众犯自知不敌，只好唯唯答应。

树皮又说道："此刻暂且替我滚开，不奉呼唤，不许走到我们面前。"

众人走开，树皮对着竹根笑上一笑道："姊姊，你以后遇事不可再存厚道。"

竹根不答这话，便同树皮坐在铺上道："妹妹，那个濮天鹏明明是我打死，你又何必拉在头上？现在闹成我们姊妹统办死罪，有何好处？"

树皮不服道："我正要怪姊姊呢！我还是一个孩子，就是抵命，算得甚事？我既抵罪，姊姊便可出去。现在弄得一同白死，不过有些犯不着罢了。"

竹根顺眼瞧见有人在窃听她们的说话，便不再答。

等到晚上，大家都已睡静，竹根方对树皮说道："我们二人在此，徒死无益，就让姊姊在此抵罪，妹子赶快出去，或是去找师父，或是去寻你们八哥。至于柳大椿六个，不可靠的。你瞧，我们姊妹两个都在抢认凶手的时候，他们都毫没一点儿义气，连开恩的丢人话也说出来了。"

树皮道："倘若我们八哥没有走，他一定有义气的。不过姊姊叫妹子出去，妹子的意思，妹子年轻不懂事，自然姊姊出去为妙。"

竹根听说，想上一想，道："这样也好，我既出去，自然设法救你。"

树皮不解道："妹子此刻要同姊姊逃出监去，并不繁难，何必姊姊出去之后，再来设法救我？"

28

竹根道："这句话你又不懂了，我们性命不能不保，国法却又不能不遵。姊姊出去设法，就是两样兼顾的道理。"

树皮听说，方才明白。

竹根又关照树皮道："我去之后，县官定要加你刑罚，你须奉公守法，熬着刑罚，等我信息就是。至于问我的去处，你只要给他百个不睬，部批未到，他们不好杀你的。"

树皮点首道："姊姊关照，妹妹都能理会。不过姊姊此去，倘若遇见师父，姊姊自会禀明一切。若遇我们八哥，你得知照他，我受刑罚，并不疼痛，叫他不要害怕，能够前来看我一面更好。"

竹根听说，起先扑哧一笑，跟着又微微地叹上一口气道："咳！妹妹呀，你小小年纪，初入世途，就去钻入这个情网。为姊决不怪你，不过你往后有苦吃呢！"

树皮把脸一红，低头无语。但觉她的心里似有万语千言，不便叫她姊姊转达黄柳村的样子。忽又想到她姊姊方才所说"为姊决不怪你"那句，却又感激她姊姊起来，不知不觉地流下泪来。

竹根因为临行在即，没有心思再管这等小事，忙又叮嘱了树皮几句，悄悄地卸下脚镣手铐，脱去红衣，走出监门，飞身上屋。只把身子一闪，早已无影无踪。

树皮年纪到底还小，此刻已经瞌睡，又把她惦记黄柳村的事情忘得干干净净，一头倒在铺上，一觉睡到大天白亮。

管监的女禁子早起查监，瞧见少了一个女犯，便把树皮推醒，问她道："你的姊姊呢？"

树皮假装不知，反去问女禁子道："我们姊姊哪儿去了，我得问你，怎么反来问我？"

女禁子听说，知道出了乱子，一面命人来把树皮看住，一面急去禀知捕厅老爷。捕厅老爷便去禀报县官。县官即把树皮提出，拍着惊堂问道："你的姊姊逃往哪里去了？快快直供，免得皮肉受苦！"

树皮却也顽皮，她却咦了一声，张目问县官道："老爷，你把我们姊姊藏到哪里去了？快快交出，万事全休！"

县官一见这个小女犯反而问他要人，不禁又好气又好笑地说道："你这孩子，不要说出话来不懂高低，你只好好供出，本县不来打你就是。"

树皮把头一扭道："老爷，这我不知道。"

县官道："真的不知道吗？"

树皮道："我睡熟了，怎会知道？"

县官即传女禁子上堂，就有加罪女禁子之意。女禁子要顾自己的干系，便把竹根、树皮二人入监行凶的事情禀明县官。县官听了，大怒地吩咐差人道："先赏这个小女犯三百鞭子再说！"

树皮听了，并不害怕，而且很快地把她双臂伸作十字形道："老爷，你要打我吗？这么你就打！"

两旁差人走了上来，剥去树皮所穿的那件夹衫，命她反穿着，使那衣掌遮煞前胸，跟着五鞭一换，打了起来。树皮原有炼气功夫，只要运用她的内功，莫说几根藤鞭不能伤她，就是刀砍斧劈，也难动她分毫。

县官瞧见树皮毫不疼痛，又命差人用香烧她双乳。烧了半天，虽然闻得臭气熏天，仍见树皮并无痛苦。县官至此，无法奈何，只好把树皮钉上双镣，仍去收监。过了两天，又将树皮提出刑讯了几次，树皮只是不瞅不睬，尽着熬刑。县官不敢再瞒，只得申详上府。府里命他限期缉获，县官自然遵办。

有一天，树皮忽见柳大椿同了范本寒二人前来探监，说了几句慰问话，柳大椿便悄悄地对她说道："妹妹，你肯答应嫁俺，俺可设法救你性命。"

树皮狠命地啐上柳大椿一口道："放你的屁！怎么讲出这种话来？我若不瞧你是我的结义哥哥，马上使你身上多出几个窟窿。"

柳大椿冷笑一声道："你们姊妹两个早已看上了那个黄柳村，你们还当我们都是死人吗？"

树皮一见柳大椿道着她的心事，不禁红了脸地，只叫快滚。

柳大椿、范本寒二人瞧见泼水不进，只好气哄哄地而去。

现在且把树皮这边的事情按下，再说竹根那天一脚来至城外，到了一所僻静地方，方始站了下来，自己忖道："师父既去云游，一时又到何处去找？倘若不能找着，岂不误了妹子大事？要么先去找到我们八弟再说。"竹根想到这里，便向北京走去。好在她有飞行的绝技，没有几天，已经到了北京。她也不下客寓，先到百顺胡同那家大方煤号找着姓李的问道："请问一声，此地可有一位名叫黄柳村的？"

姓李的望了竹根一眼道："你这位小姐，可是赵竹根小姐吗？"

竹根喜道："我正是赵竹根，你这位大哥，怎么知道我的姓名？"

姓李的便将竹根请了进去，对她说道："黄柳村是我的朋友，他前几天由山东回来，说知你们姊妹二人的姓名形状，我才知道。现在他又到杭州去了，你若跟踪追到杭州，只要到望仙桥晋升客栈，还能找到。"

竹根听说，别过姓李的，随便混过一宵，一脚来到杭州。刚刚跨进晋升客栈，可巧黄柳村由内走出，一见竹根，不觉大惊道："七姊姊，你怎么一个人会找到此地来的？九妹妹呢？"

竹根道："一言难尽。八兄弟就住在这家客栈里吗？"

黄柳村忙将竹根邀到房内坐下，细问别后之事，竹根方将前后的事情统统告知了黄柳村。

黄柳村紧皱双眉道："别的不打紧，九妹妹怎么受得起那种官刑呢？"

竹根道："她有炼气功夫，倒还不碍。现在第一样要紧的，要托八兄弟或去代为打点部里，或是运动县官，或是帮我上省请求昭雪。"

黄柳村听说，踌躇了半晌道："部文至快还得两三个月方能转来，不过兄弟现在也为要救一位女友出监，日子更比九妹妹的事情还要急促。"

竹根道："八兄弟在济南说的，有件大事未办，可是这件事情？现在我们须得分别缓急办理才好。"

黄柳村听了，一个高兴道："七姊姊，你今儿晚上就得替我担任一桩事情。"

竹根点点头道："只要为姊能够干的，决不推却。"

黄柳村先将房门轻轻掩上，方才悄悄地说道："兄弟有位极知己的女友，名字叫作毕璇姐，因为此地王相国的侄子王叔庵爱她美貌，硬要娶她做妾。她因一时愤怒交并，当场就将王叔庵击毙。她既犯了人命，兄弟四处地替她去走路子，要想减轻罪名。兄弟前在大名府里也为此事，并不是去打擂台的。谁知都是所托非人，弄得一无结果。现在毕璇姐的部复已转，明天午时就要解决。兄弟此刻只能顾她性命，不好再管国家法律。不料兄弟方才还去见她，要她设法逃走，她说她是一个孤苦伶仃的女子，活在世上也没味儿，情愿一死了事。兄弟的本领又不够救她出来，现在只有求着七姊姊，不管她肯不肯，硬去把她救了出来再讲。"

竹根一口答应道："这事可以办到，不过救出之后，我们何处会面？"

黄柳村道："此地万松岭上很是僻静，我想托七姊姊把她救到那儿再讲。"

竹根听说，一看天已晚，忙说道："准定这样。"

竹根说着，别过黄柳村，自去办理。

不知竹根能否救出那个毕璇姐，且看下回分解。

评曰：

　　此书不说美人之美，读者看去自美；不说美人之勇，读者看去自勇；不说歹人之歹，读者看去自歹；不说情人之情，读者看去自情。此种笔法，真与《水浒》无二，非寻常之小说也，读者不可忽略。

第五回

好弟兄重到大名府
亲姊妹复配黑龙江

黄柳村一等竹根去后，他一个人在房内暗忖道："我们这位七姊姊这般仗义，真是难得。九妹妹相待俺的情分也与同胞手足无异，就是这位毕小姐，对俺也在有情无情之间，使俺不敢将俺的心事向她开口。但是久别重逢以来，问暖嘘寒的事情，待俺实在不错。她虽比俺大了七岁，夫妇之间，只在情投意合，相去几岁，有何碍事？但她此次忽然只在望死，难道对俺这人真是无情不成？"

黄柳村正在胡思乱想之际，陡然想起一事，连道："不好不好！"说着，又自言自语地说道："毕小姐的本领并不亚于俺这七姊，怪俺匆匆未曾告知俺这七姊。"黄柳村说至此地，他就唤进伙计道："如果方才出去的那位小姐再来找俺，你可对她说，俺已经往万松岭会人去了。"

伙计答应自去。黄柳村便悄悄地怀了银两来至万松岭上守候。直到三更天气，未见竹根到来。他的心里便有点儿着慌起来，他又自问自答地说道："她们怎么还不来呢？第一样，要防俺这七姊出了乱子；第二样，要防俺这七姊的本领和那毕小姐差不多，不能将她硬行救出。"

黄柳村刚刚想到此地，陡见似有两条黑影向他面前闪来。赶忙定睛一看，两条黑影已经近前定了下来，不是他的七姊和毕小姐二人是谁呢？不禁大喜地问二人道："还秘密吗？没有出乱子吗？"

竹根笑着指指璇姐道："八兄弟，你倒问问你们这位璇小姐看，可真把我累出一身臭汗。"

璇姐微笑道："此地还不秘密，不是说话之处，我们何不走入深林之中，再行说话未迟。"

那时正近中秋，天上的月光很亮，照出他们三个白火火的脸，都是一般美丽，宛如一母所生一般。三人进了深林，璇姐先将她的罪衣脱去，掘上一个泥洞埋下，然后大家一同坐在草地之上。

璇姐先对黄柳村说道："这位竹根妹妹虽是好心，硬要救我出来，她是不知道我的身世，自然不好怪她。你是知道的，把我这个孤苦伶仃的女子救了出来怎甚？此其一；就算救出，我便是朝廷的罪犯，普天之下，莫非王土，又叫我如何出面做人？此其二；我的师父自然老人，十年以来，我又找他不到，不然，还可以跟我师父而去，此其三；不是我说句不见情的说话，你们二位救我出来，反而害了我了呢！"

黄柳村接口道："毕小姐，你这个人也未免太消极了。老天生人在世，也费了点儿心机，一个人只有向生路走去，断没有向死路走去的道理。"

黄柳村说着，又用他的嘴巴努努竹根道："她为了她们九妹妹的事情，一直赶到京里，一直赶到此地，无非要救九妹妹出狱。现在俺拜托了她将你救出，你反而在发脾气，这不是稀奇的事情吗？"

璇姐忽被黄柳村说得失笑起来，跟着又微微地呼了一口气道："一个人有一个人的难处，他人哪会知道？"

竹根微笑着接口道："璇姐姊姊，我说出话来，你可不要见笑。我同我们妹妹二人一向跟着我们师父在山修炼，我的心里向无什么喜怒哀乐，自然我们师父打发我们姊妹来到尘世，第一次打死了那个濮天雕，因有生死文书写着，总算没有惹事。第二次又把濮天鹏打死，只好入狱抵命。但是蝼蚁尚且贪生，何况一个大人？况且师父尚有吩咐要办的事情未了，更加不能守死。璇姐姊姊方才的说话和我刚刚成了一个反比例了。"

璇姐道："这些空语此刻不必多说，竹根妹妹，今年多少贵庚？"

竹根道："虚度十九年了。璇姐姊姊大概和我差不多吧！"

璇姐微笑道："我比你大了五六岁呢，我已二十四岁了，你们九妹妹几岁了？"

竹根道："她呀，她小呢，只有十五岁。"

璇姐忽然现出惨色道："这样说来，叫她一个小姑娘怎么受得起那种官刑？虽说能有内功，到底皮肉受苦。"

黄柳村道："现在我们就办她的事情。"

竹根问道："还是进京呢，还是仍到山东去？"

黄柳村道："七姊姊真也太迂，现在正是虎狼当道，本没什么公理可言。依兄弟的主张，还是叫九妹妹逃出狱来，俺们就此远走高飞，还怕谁呀？"

竹根道："实在没有办法，自然只好逃出狱来。若能好好地释放，当然能够出头露面为是。"

璇姐看看天上那个月光将要西沉，便对竹根、黄柳村二人说道："时已不早，我们赶紧离开此地再说。"

黄柳村道："俺本没甚行李，所有一点儿银钱业已带在身上，快快挨出城去，再定方针。"

璇姐便去扶起竹根，竹根扑地站了起来笑着道："璇姐姊姊，我又不是孩子，不劳你来扶我。"

黄柳村不来加入讲话，他便将手向竹根、璇姐二人一扬道："我们快走吧！"

三人走到清泰门前，可巧刚刚开城，进进出出的人众很多。他们三个杂在众人之中，混出城去。

走过一座古庙，黄柳村道："二位姊姊且在此地停一停脚，索性定下宗旨再走。"

35

璇姐、竹根便同黄柳村走入庙中，就向大殿上的蒲团上一坐。黄柳村向竹根说道："部里打点没用，只有在山东皋台那儿去翻案，但是没有请托，当然是白告的。俺前次到大名府去，原是为了毕小姐的事情，去找一位朋友去的。这位朋友名叫卞洛阳，本来不认识的，因为偶尔同寓客店，说得投机起来，结为弟兄。他的老太爷单名一个昭字，是位告老在家的翰林学士，为人仗义疏财，真是一位有求必应的人物。不料在俺去的时候，这位卞学士出外游山玩水去了，不知何时回家，不能逆料。俺正想另寻别路的当口，因去看打擂台，闹出事来，方才遇见了七姊姊的。"

　　竹根一直听到此地，忙问道："这么我们何不再去求这位卞学士去呢？"

　　黄柳村点点头道："兄弟正是此意。"

　　二人既已决定，便同璇姐三个再行赶路。

　　一天到了大名府城，随便找了一家客寓住下。黄柳村就叫竹根、璇姐二人在寓谈谈，他去找那个卞洛阳去。

　　璇姐一等黄柳村走后，便问竹根道："竹根妹妹，你懂剑术吗？"

　　竹根道："我们师父本是一位剑仙，我和我们妹妹两个闹着要学，我们师父再三不肯。她说我们女孩儿家，有了这点儿本事，应付世上，已是有余，因此未曾学得剑术。姊姊呢？"

　　璇姐摇摇头道："我也不会，我们师父也是这般说法。"

　　竹根又问道："姊姊府上还有何人？又和我们这个八兄弟怎么相熟起来的？"

　　璇姐道："我是杭州人，一向住在凤山门外，先严、先慈在我十四岁那年上头，相继去世，我又没有兄弟姊妹。你们这位八弟，他幼小就和我做邻居，我既比他大上七岁，我在十一二岁的当口，他还只有四五岁呢！我因爱他长得聪明，常常抱他玩耍。后来他家搬到北京去了，就有十多年没有见面。直到去年，他到杭州有事，方始重行会面。今年春上，我因打死了王相国的侄子，被捉入狱，他虽替我上下打点，依然定了死罪。我为什么打死姓王的，他大概已经告知你了，我也不愿意再提此事。妹妹的家世呢？"

竹根见问，便将她的事情从头至尾、一字不瞒地告知璇姐。璇姐听完，也替竹根一呆道："'遇柳成亲'的这桩事情，你们师父未免说得太觉含糊。姊姊想想看，这种婚姻的问题，叫一个女孩儿怎么去办？"

竹根把头乱点道："对呀，我真正作难死了。"

璇姐微笑道："这么这位柳大椿的人品怎么样？"

竹根道："越看越不是个好人，倘若我们师父真个说的是他，我也情愿逆天行事，不遵师命的了。"

竹根说到此地，也对璇姐笑上一笑道："我们这位八兄弟，我说样样都好，姊姊不必动气，姊姊既是孤身一人，何不就嫁了他？也有一个倚傍。"

璇姐听说，将脸微红了一红道："我冷眼看看他，他或者也有此意。不过他的为人尚有品节，并未向我表示。我呢？也因年龄的关系，认为不妥。"

竹根道："姊姊只比他大七岁，我说也不碍。"

璇姐摇头道："这样究属不好，妹妹只比他大两岁，可要我来作伐？"

竹根也红了脸道："我有我们师父的命令，恐怕非济南府里的人不行吧！"

竹根刚刚说到这里，只见黄柳村手里拿了一封八行书，笑嘻嘻地走了进来，一面把那封八行书交与竹根，一面又笑道："七姊姊的运气真好，这位卞学士，可巧今天刚刚回家，兄弟去与洛阳一说，洛阳一口答应，马上就请他们老子写了此信。"

竹根边听边把那封未曾封口的八行书抽出一看，只见写着是：

小潭年兄廉访赐鉴：

久未通候，梦想为劳。弟年来身体粗适，游兴益豪，五岳看山，视为乐事，以故视家庭为传舍，一年三百六十日，竟有三百五十日在山崖水畔间也。

今日甫行回舍，有黄柳村者，为小犬之通谱交，渠有义结姊妹二，姊曰赵竹根，妹曰赵树皮，为人人敬仰、龙虎山了然师太之高足，前在此间打擂，击毙台主濮天雕氏，既立生死文书在先，照例不得偿命。返济后，讵濮天雕之兄天鹏忽向赵竹根姊妹寻仇，赵氏姊妹为自卫计，当场又毙天鹏。贵属历城县德令不依律断，业判死刑。人命为重，似未公允。

若彼赵氏姊妹来辕上控，乞为昭雪。弟为公非为私也，年兄乞留意之。专此拜恳，即颂升安，惟照不戬。

年弟卞昭顿首肃上

竹根看毕大喜道："这封信倒写得恳切，或者有些指望，也未可知。"

黄柳村道："据洛阳对兄弟说，这位汪臬台与他们很有交情，这封八行书拿去，定有效验。"

竹根道："事不宜迟，我们明天就到济南上控去。"

璇姐接嘴道："当然以早为妙，我只在可怜我们这位树皮小妹子呢！"

他们三个商量妥当，第二天正待动身，忽被从前那班绅衿瞧见，自然要请竹根践约，竹根只好告知现在讼事在身。那班绅衿问明原委，都替竹根不服。内中也有和汪臬台有交情的，又替竹根加上两封信，并送二百两程仪。竹根正要用钱，只好拜谢。

回到济南，就在臬台衙门左近寻下一家客店住下。黄柳村一面投进那几封信，又替竹根姊妹做上一张状子，并且声明竹根逃出监狱的苦衷。

汪小潭臬台见了那几封信，已存先入为主之念。及见竹根的状子，立即亲自提讯，问明之后，就把竹根以及树皮二人发交首府的发审局里再审。发审员本是臬台的心腹，自然就将竹根姊妹减为二千里的徒刑，并将历城县德令撤任记过。

竹根姊妹二人既然免了死罪，却要充发黑龙江去。璇姐特去执着树皮的纤手，恳恳切切地慰问一番。树皮又把所受的刑伤，掀开衣服给璇姐、竹根二人看过。

黄柳村在树皮给璇姐、竹根观看刑伤的当口，他便背过脸去。等得看完，他急去拖住树皮，含泪地说道："九妹妹，这次真委屈你了！"

树皮一见黄柳村对她如此关切，早已簌落落地掉下泪来道："八哥哥，你妹子还能见你一面，就是死也甘心的了。不过即日又要起解，如何是好？"

黄柳村又拭着眼泪道："为兄一定护送你们到了配所再说。"

在树皮之意，自然十分情愿。还是竹根知道一点儿世故人情，再三再四地阻止。

璇姐也来阻止黄柳村道："你们姊弟兄妹的情重，自然令人钦佩。不过朝廷定例，不许犯人带同亲属随行，不要爱之适以害之，那就不妙。"

树皮听到黄柳村送去，于例不合，生怕黄柳村因此惹祸，反又硬了心肠，不要黄柳村相送。黄柳村没法，只在一旁暗暗哭泣。

树皮又将柳大椿、范本寒二人曾经入监说不规矩的说话告知竹根、璇姐二人。竹根听了，便要去与柳、范二人评理。后来打听出来，高、平、魏、袁、范、柳六个早已他往，不知去向，只好作罢。

树皮又把她的那块翡翠鸳鸯连同她姊姊的那座白玉小塔都已入库，告知黄柳村听了。黄柳村便去拜托衙门中的管库书吏，花上几十两银子，弄了回来，交还竹根、树皮二人。

树皮提了那块翡翠鸳鸯，对着黄柳村垂泪道："八哥，此物既已弄回，妹子带在身边，犹同天天见着哥哥一样。"

黄柳村听了这话，忽又伤心起来。大家苦脸相对地闹了一二天，已是竹根、树皮二人的起解之期。黄柳村又将身边所有的银钱悉数赠了竹根、树皮二人，又同璇姐二人送出二三十里之外，叮嘱而别。

黄柳村暂回他的北京，毕璇姐不能回她的杭州，就与黄柳村一同上京。

现在先讲竹根、树皮二人起解之事。竹根因为身上尚有二三百两银子，一半送与解差，一半留作嚼裹儿。解差既得使费，又知竹根、树皮二人和那臬台大人有点儿渊源，一路之上倒也好看好待。及至到了黑龙江配所，把竹根、树皮二人交与县里，自行回省销差。县里也知竹根、树皮二人上控昭雪之事，又因都是妇女，一任她们自去赁屋居住，不加管束。

竹根、树皮二人先去赁了一所宅子，嗣因房租昂贵，便又迁入一家破大房屋之中居住。有一天，忽然听人说起，这所破屋就是明朝济南王的王府，不禁一喜。

不知竹根所喜何事，且听下回分解。

评曰：

　　济南府里一语，人人要当山东地方解释，不图黑龙江竟有这座济南王府发现。事实既已变化，自然即有妙文随之而出也，岂不奇哉！

第六回

捉蝙蝠飞檐走壁
睹鸳鸯究蒂寻根

树皮瞧见她的姊姊忽然面有喜色，忙问何事欢喜。

竹根悄悄地答树皮道："妹妹，我们两个竟把师父那句'济南府里'的说话解释错了。我方才无意之中听人说，这座破屋便是明朝济南王的府第，照这样说来，我们师父真有预知的本事。"

树皮听了道："如此说来，不是我们姊妹两个又要在此地找那姓柳的人了吗？我可是找得怕了，这桩事情，只有姊姊一个人去办。"

树皮说到这里，陡又狂喜起来，把她一个小身体跳得百丈高的，不知所以。

竹根笑喝道："你又在疯了不成？为何这个样子，难道一听嫁人之事，就……"

树皮急去掩着竹根的嘴巴道："姊姊，你不要这般地乱说人，我到底还是一个孩子呢！我本来有桩极好的事情告知姊姊，姊姊既在挖苦我，我只好不说。"

竹根听了，笑上一笑道："你有话尽说就是，好在此地只有我们姊妹二人。"

树皮正待说出，忽又嗫嗫嚅嚅，似乎又在害臊的样儿。竹根便去理着树皮的头发，候她说话。

树皮将头一扭道："我说说又要说到我们八哥这人头上去了。"

竹根催她道："叫你只管说，你又这般怪头怪脑起来。我们的爷娘倘在此地，或者宝贝你这小女儿，心爱你这小女儿。现在要怪你的命不好……"

竹根说到这个好字，顿时伤心起来，只把两颗乌溜溜的眼珠盯着树皮脸上，一转不转，没有言语。

树皮忽见她的姊姊提到爷娘，伤心起来，她就一头滚入竹根怀内，嘤嘤地哭了起来道："姊姊，你比我大几岁，你就当了我的娘吧！"

竹根听说，又气又笑地轻轻地把树皮一推道："不要放屁，又在讲孩子话了。爷娘乃是天地，姊姊怎好当娘？我也一共只不过大了你四岁。像有钱的人家，十八九岁的闺女还要她的亲娘梳头裹脚呢！"

树皮瞧见她的姊姊眼眶之中还有泪珠含着，她有意要使她的姊姊开心，她便突然地跷起一只小小天足，对她姊姊说道："像我这只猪蹄，就是有娘在我身边，怎么能够裹呀？"

竹根果被引得破涕为笑起来道："你的这只蹄子，真也不大高妙。你还没有瞧见人家的三寸金莲，真好看呢！"

树皮一见她的姊姊已有笑容，她就接口道："姊姊，我们不必说这空话，我说'遇柳成亲'一句，不必管姓管名，只要有了一个柳字就得。从前我们只把'济南府里'一句当作山东地方解释，对于我们八哥这人只好不谈。现在的这个济南王府，不是八哥的功劳，我们怎会来到此间？姊姊，你说说看，我说得对吗？"

竹根想了一想，她的一张粉妆玉琢的白脸竟会犹同喝醉一般起来。她暗暗忖道："我们这位八兄弟真是头等人才，你看他对于那个毕小姐，本是总角之交，彼此又说得来，尚未请求婚事。这样的正人君子，何处去寻，何处去找？从前毕小姐就要替我做媒的，我因师父限定济南地方，当然不说。此次由他这人牵到这么济南王府里来，我妹子的说话很有道理。我们姊妹二人若能同嫁这位夫婿，倒

42

也罢了。"

竹根想到此地，始答树皮道："我话虽如此，你们八哥要不要我们二人即是一个问题。他和毕小姐认识在先，毕小姐也似乎有跟他之意，又是一个问题，你可不要这样的一厢情愿。"

树皮又将她的嘴一撇道："我说我们师父的说话一则不会错的，二则八哥一见了我们两个，就把白玉小塔送与姊姊，又把翡翠鸳鸯送与我，安知不是他相赠的表记呢？"

竹根此时听了树皮的解释，觉得越说越像，心里不免一动，当下便对树皮说道："果能如此，这就如你的心愿了。"

树皮道："这么姊姊呢？"

竹根笑笑道："我仍旧做我的尼姑去。"

树皮不依她的姊姊道："你敢不听师父吩咐吗？"

竹根站起走开，不答这话。树皮却把她身上所挂的那块翡翠鸳鸯取了下来，只在翻来覆去地瞧着，又怕她的姊姊笑她，托故避了出去。竹根也不睬她，自顾自地走出房去，忽见对面住的一位婆婆手上拿了一串念佛珠子，可巧从她房里走了出来，朝她笑笑道："大小姐，没有出去逛逛吗？"

竹根点头道："没有出去。"

老婆婆又问道："二小姐呢？"

竹根道："她还是孩子，一天到晚，只和我闹着，我真被她闹得头昏脑涨。此刻却不知道她又闹到哪儿去了！"

老婆婆听了道："大小姐左右没有事，空的时候，只管到我房里去谈心，我是一个孤老太婆，并没什么闲人闯来的。"

竹根因见老婆婆瞧得她起，真的跟着老婆婆到她房内闲谈起来。老婆婆问到竹根的身世，竹根除了师父的字条不说外，其余并无一句相瞒。老婆婆听了一吓道："阿弥陀佛，我现在也遇到两位有本事的小姐了。"

竹根问她此话怎讲。老婆婆一抖一抖地说道："我也不是此地人氏，因为避难至此，一住也有十四五个年头下来了。我本是孤身一人，全仗替人念念经，一贮了几文，便被贼骨头偷去。有一年，还来了两个软进硬出的大贼。"

竹根不懂，问她怎叫"软进硬出"。

老婆婆道："你真是一位小姐，连'软进硬出'的说话都不懂吗？贼骨头就是'软进软出'，强盗就是'硬进硬出'。如遇带了家伙的大贼，他可以偷偷地进来，偷了东西之后，有人听见了，他就拿出家伙，从大门走出。"

竹根道："原来如此，婆婆以后倘遇贼来，只要叫我们姊妹一声，包你捉住那贼就是。"

老婆婆连连点头道："晓得晓得。"

她们二人，一老一小，说说谈谈，时候已经不早。老婆婆硬留竹根在她那儿吃晚饭，又将树皮找去，叫她和竹根一并排坐着吃。又把她的体己素菜一样样地都拿出来请客，还要大小姐、二小姐地叫得应天响地，很像祖奶奶看待孙女儿的形状。

竹根年纪大些，倒也罢了，独有树皮，从未经人这般宝贝过，她便一边吃着，一边笑着对老婆婆说道："婆婆，我就认你老人家做了娘吧！"

老婆婆连连笑道："二小姐不要折死了我这老太婆了，我能够做你们二位小姐的用人，我已经欢喜死了呢！"

竹根怪着树皮道："婆婆比你我大上五六十岁，做我们两个的祖奶奶也绰绰有余，你怎么好叫她娘呢？"

老婆婆又笑道："大小姐的眼光真不含糊，我今年可巧七十岁了。"说着，又亲自去替树皮装饭。竹根拦阻，她也不听。

吃完之后，老婆婆又把她所经过奇奇怪怪的事情讲给竹根、树皮二人消闷。树皮听得津津有味，不肯回家去睡。

竹根因见这里只有老婆婆一个人，真的并没一个男子踪迹，也就让树皮和老婆婆同睡。树皮就从这天起，还是在老婆婆家里的日子多，自己家里的日子少了。

有一天，老婆婆正与竹根、树皮二人闲谈，忽见树皮听得厌烦起来，突然之间，一个人跑到墙壁跟前，用她的背脊贴着墙壁，只把她的身子往上一升，离地就有三五尺高，仿佛有了膏药粘在墙上一般。老婆婆见了这种玩法，又吓又笑，忙不迭地指给竹根去看。那时竹根正是背向墙壁，回头一看，连忙站了起来，奔到树皮面前，要去打她。树皮见她姊姊要去打她，她索性像腾云般地，背脊贴着墙壁，飞快地升了上去，她的脑壳已经碰着椽子。

老婆婆吓得连连地拍手大叫道："大小姐，你快不要去吓二小姐了，倘若摔了下来，那还得了？"

竹根摇头道："她有贼本事，婆婆勿吓，再不会跌死她的。"

老婆婆只是仰头望着，又见树皮非但不肯下来，且在上面捉着蝙蝠玩耍，那种飞檐走壁的绝技，真比戏剧中的三上吊还要好看万倍。老婆婆又喊着天道："我的天爷爷，二小姐的本领真比齐天大圣还要厉害了。"

竹根笑喝树皮道："你还不滚下来，万一一个失脚，真也不是玩的。"

树皮笑着，手上抓了一大把所捉的蝙蝠，扑地一声纵了下来。跟着又把那些蝙蝠向空一排，那些蝙蝠统统飞散。哪知树皮就在这天晚上，忽然生起病来，一天一天地加重，甚至水米不进。竹根急得四处地替她延医诊治，也没效验，幸亏老婆婆日日夜夜地帮同服侍。

竹根已经渐渐地不能支持，不料又有一桩雪上加霜的事情闹了出来，你道什么事情？

原来竹根带来的几两银子早已用得干干净净，此地又没什么亲戚朋友，自然无处通融半文。老婆婆虽然仁慈，常常拿出银钱借与竹根，后来连老婆婆的一点儿积蓄也已用个精光。有一天，要去抓药，老婆婆和竹根二人手上都没分文，竹根既忧树皮的病势日增，又愁两手空空，如何得了。

树皮得病之际，竹根已经写信给黄柳村去，向他商借。哪知所去之信犹同石沉大海一般，毫没影踪。竹根没有办法，只好急得干哭。

老婆婆赶忙一边劝慰，一边说道："大小姐，你且不要着急，让我再去找点儿东西去当去。"说着，去了半刻，走来站在竹根的房门外面，将手上拿着一副翡翠帽蝙蝠向竹根高高地一扬道："大小姐，有了当的东西了！这个翡翠帽蝙蝠至少也得当它三五串钱，一两天的嚼裹儿包你不必忧愁。"

竹根走到房门口向老婆婆的手上一看，不觉很诧异地说道："怎么？这些东西可以当钱的吗？"

老婆婆来不及答话，只把她的手做着手势，一拐一拐地自去当当去了。没有多久，竹根果见老婆婆背着五六串钱，急急忙忙地走了回来。跨进房门，把她肩胛一卸，将钱一串串地放到地上，又把她那张有舌没牙的嘴巴，向天一张，抽上一口大气，再用拳头弯到背后，一边捶着腰骨，一边对竹根说道："大小姐真是一位千金小姐出身，连玉器好当钱的事情都不知道。"

竹根此时也不及再说这话，先托老婆婆去抓了药来，煎好之后，让树皮吃下。树皮只是昏昏沉沉地吃了就睡。

竹根和老婆婆二人坐在床沿上陪着，这才对老婆婆说道："玉器可以当了银钱用，我活了十九岁，真的还是第一次听见。早知玉器可以去当，我倒也有一样东西在这里。"

竹根边说，边在身上摸出那座白玉小塔，递与老婆婆道："不知这件东西可当多少？"

老婆婆接到手中一瞧，不禁大吓一跳，险些把这白玉小塔落在地上。她忙紧紧捏住，把她那双昏花老眼盯着竹根的脸上问道："这座玉塔，你从哪里得来的？"

竹根瞧见老婆婆见着玉塔那种失惊神情，已经很是诧异，及见老婆婆问她，她便老实相告道："是我一个姓黄的结义弟兄赠与我的，莫非婆婆认得这件东西吗？"

老婆婆不待竹根说完，早在那儿双泪交流起来。等得竹根说毕，她又拭着眼泪道："岂止认得这件东西，我在留心这件东西已有十四五个年头了。我先问你，姓黄的叫作什么名字，何处人氏，多大年纪？快快告诉我听！"

竹根道："姓黄的叫作黄柳村，北京人氏，今年才只一十七岁。"

老婆婆听说，似乎并不认识此人的样子，又问竹根道："这么姓黄的老子又叫什么名字？"

竹根摇头道："这倒不知道，不过他的老子早已过世的了。"

老婆婆又问竹根怎么认识此人，竹根便将在大名府打擂相遇之事告知了老婆婆。老婆婆听完，忽自言自语地说道："这件东西怎会落在此人手内的呢？"

竹根此时已被老婆婆寻根究底地问得越加稀奇起来，也去问老婆婆道："我这东西既非偷来，又非盗来，你何故这般盯着问我？"

老婆婆至是仍是捏着白玉小塔不放，答竹根道："大小姐事不干己，自然不知我的苦楚。你莫忙，让我把这东西的来历细细地讲给你听。这座白玉小塔乃是我那旧主人的传家之宝，我那旧主人家中，除此白玉小塔之外，还有一样珊瑚美人、一样珍珠罗汉、一样翡翠鸳鸯。"

竹根听了大惊，急向树皮身畔摸出那块翡翠鸳鸯，递与老婆婆道："你说的翡翠鸳鸯，可是这件东西？"

老婆婆忙又接到手中一瞧，连连说道："正是此物，正是此物。这件东西大概又是姓黄的送给你们的了！"

竹根点头答复，又催老婆婆快讲下去。老婆婆一手捏了两样，接着说下去道："我那旧主人对于四样东西，真比性命还要宝贵，其实这四样东西，据我那位旧主妇说，也不过值得几千银子罢了。旧主人因为是他家传之物，所以当作宝贝看待。哪知我们旧主人的一家数十口人众，不幸都断送在这四样东西上头。"

老婆婆说到这个头字，忽把手上那两样东西递还竹根，顿时放声大哭起来，一种万分伤心的形状，就是铁石心肠的人们见了也要发软。竹根本是性情中人，又与老婆婆同住同吃的两三个月，自然也替老婆婆伤感起来，赶忙劝上一阵，又叫老婆婆快讲下去。

老婆婆便又一把眼泪一把鼻涕地说道："我也为了此事方才逃到此地，一混就是十四五年。"老婆婆说到这里，又把她的头一点一点地叫着她自己的名字道："柳成亲，柳成亲，你今儿无意之中也会重见这两样东西了吗？"

竹根一听老婆婆突然说出"柳成亲"三字，不觉大惊起来。

不知竹根问出何话，且听下回分解。

评曰：

此回犹同直入宝山，大有目不暇接之势。奇文奇事，真如排山倒海而来。小说而至此，叹观止矣。

第七回

柳成亲细述前情
赵月画预防后事

竹根忽听老婆婆说出"柳成亲"三字，不禁大惊失色，忙问老婆婆道："婆婆，你的名字叫作柳成亲吗？你可知道是怎样写法？"

老婆婆道："杨柳的柳，成功的成，亲戚的亲。"

竹根不待老婆婆说完，忽然大笑起来道："师父师父，你老人家的隐语，真把你的徒弟弄得几乎走投无路呢！"

老婆婆不知就里，自然不问这话，又对竹根说道："大小姐，且莫打岔，听我讲下去呢！"

竹根一面藏好白玉小塔，一面又把翡翠鸳鸯去替树皮挂上。树皮仍是昏昏沉沉，似睡非睡，并未听入一字。竹根只好让树皮躺着，再听老婆婆说下去。

当下老婆婆又说道："我那旧主人是被那班胡匪的杀坏生生捉去的，那时我也被捉。及至到了胡匪寨里，旧主人的一子三女幸而已在半路逃散。"

竹根听到此地，忽然心里一动，忙问老婆婆："可知一子三女叫作什么名字，现在已有几岁？"

老婆婆一口答道："大小姐叫作风琴，今年二十四岁，二小姐叫作花棋，今年一十九岁，小小姐叫作月画，今年一十五岁，公子排行第三，叫作雪书，今年一十七岁。"

竹根听到这里，陡向老婆婆的身上扑去，拉着她的双手大笑道："我的名字就叫花棋。"说着，急向树皮一指道："她就是月画。我现在竹根的名字、她现在树皮的名字，都是师父取的道名。此次师父打发我们姊妹二人下山，方才告知我们二人乃是同胞姊妹，以及花棋、月画的本名。我今年不是十九岁吗？妹子不是十五岁吗？可惜黄公子不在此地，不然，问了他可是叫作雪书？他今年正是一十七岁。"

老婆婆听了一呆道："小姐真叫花棋吗？这是老身真的碰着主子了！"

竹根拭泪道："我是花棋，决不会来冒认。你究竟是我们家里何人？我们的爷娘难道真被胡匪所害了吗？你快快告诉我呢，让我好去相救。"

老婆婆见问，忽又掉下泪来道："老身是你们亲娘的乳母，随嫁到了你们家里，蒙你们老太爷的情，很瞧得起老身，老身自然一心一意地替你家中照管事情。"

竹根发急地拦了老婆婆的话头道："你快莫说这个闲文，先将我们爷娘的事情说给我听。"

老婆婆道："可怜，可怜！你们爷娘可已亡过了十五年了。"

竹根听说，一头滚到老婆婆的怀内，后又抢天呼地地哭闹起来，几乎把这位老婆婆推翻在地。

老婆婆简单地劝慰了一阵，又将竹根扶着坐下道："二小姐，报仇的事情自然要紧，但也要等小小姐的毛病好了再讲。"

竹根望了树皮，见她已经瘦得不成模样，忙叫老婆婆把二道药拿来给树皮吃下，又去捧着树皮的小脸儿问她道："妹妹，你可清爽一点儿了吗？我和老婆婆所讲的说话你可听明没有？"

树皮糊里糊涂地，不知答了一句什么。竹根见她仍未清醒，只好把被将她盖好，让她睡着，又对老婆婆说道："你快将我们家里如何会被胡匪所害，我们爷娘叫作什么名字，现倘活着，多少年纪？统统讲给我听，我好明白！"

老婆婆听说，就坐在树皮的床沿上说道："你们老太爷叫作赵子玖，苏州人氏，向在北京，放些重利过活。今年若在，不是四十四岁，便是四十五岁。他在十八岁的那年上，娶了你娘过门，你娘和你们老太爷是同年的，娘家姓钱，她的老子叫作钱如铭，也在北京放债度日。你娘的小名叫作傻姑，长得十分美丽，不过她的行为有些不大规矩，老身也曾竭力相劝，她总不听。自从嫁到你们家中，仍有花花柳柳等事。我是她的乳母，怎好显她的丑？只好帮她瞒住你们的老太爷。其照理而论，我真对不起你们老太爷的。你娘头一胎生下风琴大小姐，二胎就生下了你，三胎生下雪书公子，四胎生的小小姐。哪知小小姐的命不好，生下不到三个月，你们老太爷全家就被胡匪捉去，老身也捉在内，还有你们老太爷的姊妹四人，老太爷的弟兄六人，你们外公、外婆，连同几个远亲，一齐捉到胡匪寨里。那时大小姐和你们等人都有乳母带着，总算你们的祖先有灵，竟在半路之上一齐逃散。这些事情，老身到了胡匪寨中方才知道。

"胡匪本是杀星，又是受人指使，当下就把你们老太爷，以及众人统统杀害。你娘那时是位少妇，又长得美貌，那班胡匪便把你娘留下，要她去做压寨夫人。你娘贪图活命，只好答应，老身是她乳母，于是就在你娘身边服役。哪知你娘真也太没品行，倒说又与别个胡匪不干不净起来。她所嫁的那个胡匪本坐第二把交椅的，把你娘宠得无法无天，但是醋心极大，命老身暗中监督你娘，又说你娘如有不规矩的行为，唯老身是问。老身自然老实告你娘，岂知你娘非但不改脾气，还要老身替她瞒天瞒地。老身要保性命，只好单身逃到此地。"

竹根一直听到此地，她便紧皱双眉道："我娘怎么这般不争气的呢？不说替我们老子报仇雪恨，竟去失身给她仇人。"

老婆婆道："你娘太觉贪色，真的坏在这个上面。"

竹根又问道："那班胡匪，他们虽是杀人放火的歹人，为什么单单和我家作对的呢？"

老婆婆道："这件事情，说了起来，又要怪你们的娘不好了。她的本事真大，不知怎么一来，竟和吏部侍郎蒋至玲的公子蒋功奇有了交情。你们老子有一天隐隐约约似乎知道此事，从此不准你娘出门半步。你娘正在红心发热，如何能够熬住？蒋功奇就仗吏部右堂公子的势力，要想害死你们老子。你娘又去帮出主意，说是害死人命，要抵命的，不如另想一个妙策，总要你们老子死得没人过问才好。蒋功奇听了此言，便去买通胡匪，因此你们全家被害。"

竹根听到此地，拼命地把脚一踩道："这样说来，我们老子不是明明死在我娘的手上吗？"

老婆婆合掌向空拜着道："阿弥陀佛，谁说不是呢！"

竹根道："让我先去把娘救出再说。"

老婆婆道："这句说话整整的十五年了，你娘的生死存亡现在也说不定了。因为那班胡匪都是杀星，你娘又与别人不干不净，真也危险。"

竹根听了，一时反没言语。不过对于救娘的心思淡了不少。当下又问老婆婆道："这么你又怎么知道我们在半路上逃走的呢？你又只在打听这些玉器做什么事情呢？"

老婆婆一抖一抖地点着脑袋道："老身是你娘的乳母，她的做人不好，我也没有法子。你们四个都是你们老子的亲骨血，老身怎么肯不惦记？老身那时被捉上山，一见胡匪在杀他们的小喽啰，老身方才知道那个胡匪在怪小喽啰不会办事，放走你们。我当时一见你们逃走，真的谢天谢地，高兴万分。"

竹根道："那时我们大姊姊的年纪不大呀，我们更不必讲了。"

老婆婆道："谁说不是呢？那年大小姐不过九岁，算是最大。你不过四岁，三公子只有两岁，小小姐还不过三四个月，你们各人都有奶娘带着。大小姐的奶娘叫作郁妈，她们四个奶娘，老身知道她们都还有些良心的。当时你们娘老子全家被捉，你们老子就把这四样玉器暗暗交与褚妈手中。因为匆促之间没有来得及讲话，老身却晓得你们老子当时的心理。"

竹根道："什么心理呢?"

老婆婆道："无非想望你们几个里头能够逃走一个,就留一个。这些玉器,好做纪念。"

老婆婆说着,又问竹根道："二小姐,你看那位黄公子,可像我们的三公子呢?"

竹根道："他虽长得十分美貌,至于相貌同不同,我也一时没有留心。停刻让我拍份电报,去叫他来到此地一趟。他若在家,一定来的。"说着,又把毕璇姐的事情告知了婆婆。

竹根的意思,认作毕璇姐就是她大姊姊,也说不定。

老婆婆听了一吓道："黄公子不是我们三公子,毕小姐不是我们大小姐,那就不管;倘若黄公子真是我们的三公子,毕小姐真是我们的大小姐,他们两个既未知道自己的身世,二人又在感恩报德的时候,莫要成了夫妇,这个乱子,那才闹得比天还大呢!"

竹根一被老婆婆提醒,连道："婆婆防得不错,我就在电报上提出此事,他们如未成亲,便不要紧。"

竹根说至此地,急去写出电报底稿是:

北京百顺胡同大方煤号李转黄柳村君子鉴:

　　姊在此间,忽遇吾母之乳母柳成亲其人,因睹白玉小塔、翡翠鸳鸯,即将姊之身世说出,并疑心吾弟即吾雪书胞弟、毕璇姐姊姊即吾风琴胞姊,吾弟见信飞速邀同毕小姐来此。

　　九妹现患大病,经济甚窘,来时可为张罗少许。

　　曾上数函,未见回音,未知该信误于洪乔否?并请先行电复为要。

　　　　　　　　　　　　　　　　　　赵竹根原名花棋

53

竹根写毕，又问老婆婆道："拍电要钱，日内小小姐的医药之费还不着杠，只有暂把我这玉塔当了再说。只要黄公子一到，便不愁没钱了。"

老婆婆拿了玉塔，真的去当。当了回来，竹根便问当了多少。老婆婆笑道："一百两，还是少当。"

竹根即拿三十两银子，先还老婆婆。老婆婆笑着推辞道："二小姐，你怎么拿老身当外人看待起来？老身此刻恨不得把心挖出来给你看呢！"

竹根道："这样也好，我们并了家吧！"

老婆婆先去拍过电报，又去烧饭给竹根吃。竹根边和老婆婆吃饭，边又问道："婆婆，你这十几年之中，难道没有遇见褚妈等人的吗？"

老婆婆蹙眉道："老身倘若遇见她们一个，那就不会孤身在此地的了。"

竹根听说，想前想后了一阵，一时想到她娘，忽又切齿起来，叹着气地问老婆婆道："我倒问你一声，你也活了七十岁了，自然见多识广，我爷死得好苦，我娘确是我爷的仇人。但是天下无不是的父母，我做女儿的，难道真好去杀娘不成？"

老婆婆道："照正理讲来，不但你的老子死在你娘手上，就是你们全家所死的人，也为你娘所害。你娘既是你老子的仇人，应该替父报仇，方是正理，古人说大义灭亲，这话本是。不过老身是你娘的乳母，除了没有十月怀胎外，简直和老身的亲女儿一样，老身怎忍叫你前去杀娘？"

竹根听了，垂头不语。哪知就在此时，树皮忽然又变病症，忽在床上发起狂来。竹根不觉一吓，急去抱着树皮的身体问她道："妹妹，你心里难过吗？所以发起狂来的吗？"

树皮突出眼珠道："姊姊，我心里烧得发慌，你快救我一救！"

老婆婆还要不识趣，忽去拉着树皮的手道："小小姐，我是你的亲人……"

竹根不待老婆婆说完，忙拦着道："她病得这般样儿，且莫和她去说。"

老婆婆听了，吓得退开两步。竹根便命老婆婆去请医生。老婆婆因见有了钱，她便去请到一位有名医生。诊治之后，只吃了一剂药，树皮的毛病居然好了大半。竹根始把老婆婆说的话告知树皮。

树皮听了一吓，拉了竹根的手道："姊姊，黄公子真是我的哥哥吗？"

竹根道："这也不过猜猜罢了。"

树皮忽又扑哧一笑道："姊姊，'遇柳成亲'一句，不防如此地解释，倒也好笑。现在百事不说，我们总算有了亲娘了。妹妹有病在身，只好在此守修，姊姊就去把我们的亲娘接来。至于我们亲娘什么行为不正，什么害死我们爷爷，我都不管。我自从长了一十五岁，方才有个亲娘，我老实预先和姊姊说明，姊姊倘若碰伤我娘半根毫毛，我就和你拼命。"

竹根被树皮说得好笑起来道："她是你娘，难道不是我娘吗？我也没有一定要主张去害娘。现在但望黄公子果是你的哥哥，毕小姐果是你的大姐，此事还是帮爷帮娘，不妨开个家庭会议再说。此时你只顾养病，倒是要紧。"

树皮道："这么我们今天就改名字可好？"

竹根笑道："改了名字，有谁来叫我们呀？"

树皮把头一扭道："不管！"

竹根又笑道："依你依你，你是仗了病势，我只好怕你。我的月画妹妹呀！"

树皮接口笑应道："喂，我的花棋姊姊呀！"

她们姊妹二人相视一笑。编者以后也就改口。

再说当时那个柳成亲老婆婆一见她们姊妹两个一个叫着姊姊，

一个喊着妹妹，一种家庭之中的怡怡气象仿佛又将她从前带着傻姑玩耍的情形，复又现到她的眼帘前面来了。

月画忽然想起一件事情，问出一句说话，倒把老婆婆一呆。

不知月画所问何话，且听下回分解。

评曰：

柳成亲说出花棋、月画之家事，不是说给花棋、月画二人听的，乃是说给读者听的。

花棋对于其母之事，一时不能解决，也在人情之中；月画不许花棋伤害其母，此是伏线，读者不可忽过。

黄柳村、毕璇姐，不知是谁，颇费读者踌躇。

第八回

盗印符恶人坐长监
赎玉塔主仆走京师

月画忽然问出一句说话，老婆婆瞠目不能对答。你道什么说话？原来是问那胡匪的姓名。

花棋瞧见老婆婆不能对答，便插嘴对老婆婆说道："小小姐问你胡匪的姓名，你还是忘记了呢，还是本来未曾知道？"

老婆婆道："实在本来未曾知道。"

花棋又问道："胡匪的山寨究在什么地方，你总该知道的。"

老婆婆忙不迭地点头道："这是知道的，叫作锦屏山，在山海关外，一百五十六里的样子。"

月画听说，便对花棋笑道："姊姊，我们亲娘的地方既已知道，我求你马上前去可好？不过你去虽去，可是不能和娘动武。我又想起一件事情，师父的字条上不是还有'深仇宿恨，毋动刀兵'那两句吗？这样说来，我们师父原有预知的本领，生怕姊姊要替我们爹爹报仇，因此预为关照，'毋动刀兵'的字样儿。"

花棋听了道："我现在不能就去。"

月画蹙额道："为什么不能就去呢？"

花棋道："第一样是妹妹的病体未愈，我不放心；第二样是我是配犯，照例不准出境。依我之意，最好是等候你那八哥和毕小姐到来再说。"

月画听说，没有法子，只好等候黄柳村的回电。哪知一等也不来，两等也不到，看看已经腊尽春回，并没回电及信到来。此时月画的毛病已经痊愈，每天总要问着花棋数次，她的八哥和毕小姐怎么没有信来。

花棋道："我也不懂，不过你们八哥和毕小姐并不是那种有头没尾的人，要么他们两个都不在京。且让我再拍一份电给大方煤号姓李的，讨他一个回音。"

花棋说着，又去拟上一张电稿是：

北京百顺胡同大方煤号李君鉴：

　　年前曾有电一次、信数封，托君转交黄柳村义弟，迄今片字未复，深为不解，有事等决，务请转致。飞速来电，以免挂念，并希电复黑龙江济南王府旧址，勿误！

　　　　　　　　　　　　　　　　赵竹根

花棋发出此电，第二天就得姓李的回音，说是敝友黄君，自去夏赴杭，至今未返。现在亦不知行踪何处，一俟返京，即将尊电及信转交可也，恐念先闻等语。

花棋、月画二人看了此电，大失所望。月画发急地对花棋说道："姊姊，这电一来，我们八哥这人便没下落了。"

花棋道："他又不是孩子，为人又极仔细，谅想不至于出了什么乱子，或者因事耽搁，一时没有返京的缘故。"

月画道："我们姊妹来到此地也有好几个月了，八哥怎么连一封慰问的信都没有来过呢？"

花棋道："你哪里知道人世的艰难，你们八哥或者有不能来信的道理在那儿。好在你的毛病已经好了，我也放心可以离此地了。"

月画接口道："这是我要一同去时……"

老婆婆在旁岔嘴道："配犯出境，必须官府的公文，倘没公文，这是要罪上加罪的。要么托人到衙门里去想想法子看。"

花棋、月画听了大喜，急催老婆婆快去办理。老婆婆去了一刻，回来说道："二小姐、小小姐，现在有个好机会在这里。"

花棋、月画问是什么机会。

老婆婆道："此地府里，前几天忽把一颗官印失去，现在贴了告示，说是有人能够把印寻回，赏银三千两。若是罪犯寻着，并可减轻罪名。"

月画不待老婆婆说完，她先现出不乐意的样儿出来道："这到哪儿去寻呀？"

花棋更问老婆婆道："婆婆从前不是说过，你的屋里长有软进硬出的贼骨头吗？这种贼骨头，还是别份人家也常常发现的呢，还是只来闹你一家？"

老婆婆道："此地的贼骨头最多，今年更加不好。有人说，都是北京下来的小拳匪，不知是真是假。这几天哪家不在闹贼呀！"

花棋听说，想上一会儿，即对月画说道："这个偷印的贼，他若偷到了手，马上远走高飞，我们就无法奈何他；他若仍在此地，我们总有法子可想。此地的那府山，地势最高，只要到那里最高峰上，四面瞭望，凡是夜间出来的贼人，都能瞧见的。今天晚上，我同妹妹两个就到那座峰上，前去瞭望，我管东南，你管西北，只要一见贼人踪迹，便去捉拿，还怕他逃到哪儿去呀？"

月画道："姊姊比我年纪大，我总依姊姊的主意行事。今天晚上，且去看看。"

她们姊妹商量停当，就在当天晚上，去到府山的那座最高峰上。花棋自去瞭望东南，月画自去瞭望西北，第一晚上，没有什么动静，第二、第三两晚上，也是如此。直到第四天的半夜，花棋瞧见那座鼓楼屋面忽然有条黑影发现，她急奔到月画跟前，叫她同去捉那黑影。月画此时也已瞧见，便同花棋二人，使出夜行之术，就向鼓楼那里奔去。不料那条黑影却也机警，不待花棋、月画二人走到，早已一闪不见。花棋、月画二人奔了一趟空，只好怅怅而回。第五天再去瞭望，也没什么动静。

第六天的白天，花棋正与月画在那儿闲谈，忽见老婆婆现出一脸十分害怕的神情，走来对她们姊妹二人说道："刚才府里来了两位差人，说是奉了府里师爷之命，前来向二小姐、小小姐做媒。"

花棋一吓道："做什么媒？"

老婆婆道："我已问过，据两位差人对我说，府里失落的那颗官印，就是一个名叫柳大椿、一个名叫范本寒的所偷的。柳、范二人，他们说，能够由府衙出面，使姓柳的娶了二小姐，姓范的娶了小小姐，他们马上送还那颗官印。府大人听了此话，一想那印要紧，你们二人是罪犯，本是不算什么，因此就命师爷设法办理。师爷就派两位差人去与柳、范二人接洽之后，来此做媒。现在两位差人还在我的房里守候回信，怎么得了？"

花棋、月画二人听了，气得发抖地大骂柳大椿、范本寒二人都是禽兽。老婆婆不懂，花棋便把柳、范二人的来踪去迹告知了老婆婆。老婆婆听说大惊道："这样说来，柳、范二人的手段、心思，岂不太毒了吗？"

花棋把眉一皱，似乎想出一个主意，就对老婆婆说道："你就去答应两个差人，我还得当面和两个差人一谈。"

月画发急地说道："姊姊，你在说什么话？我们两个真的去嫁那两个禽兽不成吗？"

花棋道："我自有道理，你不必多管。"

月画又说道："妹子事事悉听姊姊主张，不过嫁人的事情，妹子却不能随便。"

花棋笑着不答，即同老婆婆见了两个差人道："二位的来意我已知，柳、范二位本是我们熟人，既承他们不弃，又由两位公差前来做媒，我们不敢不遵。不过却有三个条件：第一，要府大人赦了

60

我们之罪。"

两个差人连连答道："可以可以。"

花棋又说道："第二样，须要一千两的聘礼。"

两个差人又说道："也可答应。"

花棋道："第三样，须得柳、范二人前来当面求亲，那颗官印也得带来我们一瞧，我们方才相信。"

两个差人道："小姐的三样要求都在情理之中，这件事情，我们府大人也不过想化大事为小事罢了。因为柳、范二人既有偷印的本领，我们这里又没这种本事的人可以制他。好在小姐们总要嫁人的，又可赦了充军之罪，我们所以来此做媒，这样说来，我的这杯媒酒可以吃定的了。"

两个差人说完之后，告辞而别。

花棋送至门口，又叮嘱道："他们不来当面求亲，我们太没面子，我们不能答应，两位公差不要责备我们失信才是。"

两个差人连道："放心，放心！一定替小姐办到就是。"

两个差人去后，花棋回到里面，暗与月画咬上几句耳朵。月画含笑点首。

第二天大早，两个差人先来给信，说是柳、范二人，午后同了府里师爷，一同过来。

老婆婆在旁问道："府里师爷也加入做媒吗？"

两个差人摇摇头道："柳、范二人恐怕此地的二位小姐翻悔，特地约了府里师爷来做见证。"

到了午后，柳、范二人果同府里师爷到来。花棋一人出去接见。

府里师爷见了花棋这人，不觉一吓，暗暗夸赞道："这位小姐，怎么长得这般标致！"当下先与花棋寒暄几句。

柳大椿便对花棋笑道："赵竹根小姐，两个差人回来报告的说话，"柳大椿说着，即将范本寒指指道："我和他两个事事遵命，不过喜期已经拣出明天，特先告知小姐一声。"

61

花棋道："喜期迟早，我们这边倒也随便，那颗官印可曾带来？"

柳大椿听说，即向身边摸了出来，送与花棋。花棋接到手中，突然冷笑了一声，一面一把将柳大椿抓住，一面又大喝一声道："妹子何在，还不快把姓范的恶贼拿下……"

花棋犹未说毕，只见月画早已蹿至范本寒的背后，一把将他的辫子抓住。

此时柳大椿已和花棋动起手来。花棋的本领本是数一数二的，当下就把柳大椿踢倒在地，用绳捆了。月画也把范本寒捆住。柳、范二人只在地上破口大骂。

花棋先把那颗官印交与府里师爷，又请师爷带她们姊妹二人去见府尊。

府里师爷虽见她们姊妹二人变卦，但是印已到手，柳、范二人又被她们绑了，便对花棋、月画二人说道："此事我也不能解决，只有见了我们府尊再说。"说着，即命几个差人，把那柳、范二人先行抬到府衙，自己便同花棋、月画二人一同来见府尊。

府尊那时已据报告，一面命人好好看住柳、范二人，一面就在小花厅之中接见花棋姊妹。

花棋叩见府尊之后，垂手说道："犯女姊妹二人本与柳大椿、范本寒二人通过谱的，妹子树皮在那历城县的牢内，柳、范二人已去要挟攀亲，婚姻大事，必须双方情愿，妹子当场拒绝。等得犯女由京返鲁，想去和柳、范二人评理，柳、范二人业已先期他往。此次又胆敢前来盗了府印、要挟府尊，犯女明知府尊也是不得已之举，故命两位公差前去向犯女等作伐。犯女特设此计，拿住柳、范二人。印既缴呈，尚求大人将柳、范二人法办。"

府尊听毕道："本府果被你们猜着，为了要保全官印，只好如此。现在你们姊妹既将柳、范二人拿住，连本府也免干系，当然照例治罪。你们二人准俟夏间万寿期内，将你们赦罪释放便了。"

花棋即同月画二人谢了府尊退下。府尊立即升堂，把柳大椿和范本寒二人办了长监之罪。这件盗印案子就此完结。

花棋、月画回到屋里，老婆婆接入里面，问明一切。花棋细细告知。

老婆婆笑得眼中淌泪道："二小姐、小小姐，你们二人真有天大的才情，你们老太爷在那阴间也能闭眼的了。"

月画问她姊姊道："姊姊，那天晚间，鼓楼上的那条黑影可是他们两个恶贼？"

花棋摇头道："恐怕不是，我知道这两个恶贼没有这般本事。"

月画道："这么我们可要再去瞭望了呢？"

花棋道："二贼既已拿下，官印又已到手，何必再管别人的闲账？现在已经三月将尽，离开六月不过三个月了，我们只要一奉赦罪的公文，马上带同老婆婆去找你的八哥去。"

月画听了大喜。日子易过，已到万寿之期。府里倒不失信，早将花棋、月画二人赦罪。花棋因见动身在即，此次离开黑龙江，若无特别事故，决不会再来了。那座白玉小塔既是她家传之物，应该赎出带走。但因没钱去赎，颇费踌躇起来。

月画道："要么我去盗了出来。"

花棋摇头道："他们出了一百两银子当的，如何可以害那朝奉？"

月画道："这又怎么样办呢？"

老婆婆道："可要我去找着前回来做媒的差人，托他们转求府里师爷，或是府大人借点儿川资，也不为过。"

花棋又嫌太觉寒碜。不料事有凑巧，当天晚上，府大人赏下二百两银子给她们姊妹二人作为出境的川资，花棋就命老婆婆前去领下，赎出那座白玉小塔，所余银两，备作盘缠。花棋姊妹本没什么东西，老婆婆虽有破破烂烂之物，花棋主张一概弃去。三个人打上几个包袱，就此起程，一路晓行夜宿，不必细叙。

一天，到了北京，花棋找下一所客寓，就让月画和老婆婆住下。她急去到百顺胡同大方煤号，找着姓李的问道："黄公子回来没有？"

姓李的道："至今没有回来，我给你的回电大概接到了吧！"

花棋道："接到的。黄公子既未回来，李先生可以知他在哪里？我有要紧事情须去找他。"

姓李的道："实在不知，去年他在杭州，我不是老实告诉你的吗？"

花棋道："请你再仔细想想看，可有地方前去找他？"

姓李的道："真的不知，无从奉告。"

花棋道："难道出去一年多，连一封信也没有回来吗？"

姓李的道："他往常出京，迟迟早早，总有封把信回来的。这次不知何故，我也很是不解。"

花棋因见问不出道理，只好回寓，告知月画、老婆婆二人。

月画道："毕小姐是杭州人，我们何妨找到杭州去呢？"

花棋道："毕小姐是杭州的逃犯，如何可以回去？不必去找。"

老婆婆道："现在既没地方去找黄公子，我说可以先办一件大事。"

花棋、月画二人忙问哪桩大事。

不知老婆婆怎样说法，且听下回分解。

评曰：

　　柳大椿、范本寒二人真是笨贼，盗印求亲，可以吓倒胆小如鼠的知府，不能屈服花棋姊妹。锒铛入狱，本是应该。花棋虽能将计就计，拿下柳、范二人，此非花棋之智，乃柳、范之愚也。柳、范不办死罪，而办长监，后文自有波折。大方煤号之李姓，既不知黄柳村之下落，花棋姊妹须要大费一番跋涉也。

第九回

锦屏山下寡妇述淫魔
香枣村中佳人吐微意

老婆婆因见一时找不到那位黄公子，即对花棋、月画二人说道："我们既已到京，那个蒋功奇的恶贼真是我们第一个仇人，那班胡匪，他们本是一把刽子刀杀人脑袋，是听上官吩咐的……"

花棋、月画二人不待老婆婆说毕，一同接口道："婆婆说得不错，我们全家若没这个恶贼，何致这般结局？"

花棋又单独说道："此刻就让我出去打听打听，瞧这恶贼现在可在这里？"

花棋说完，老婆婆又对花棋说道："这个恶贼，今年也近四十岁了，也是一个脑后见腮的刮骨脸，身量像个花旦，二小姐可要记住。"

花棋点点头道："我会留心。"

花棋的心字尚未说完，她已如飞而去。这天直至深夜，方才回转，一进屋里，就连声说道："真正便宜这个恶贼，真正便宜这个恶贼。"

月画、老婆婆二人忙问道："难道这个恶贼已经生病死了吗？"

花棋摇摇头道："不是的，他的老子不知怎么得罪了慈禧太后，已在上年的夏天正了国法。这个恶贼同时充发黑龙江。"

花棋说至此地，望着老婆婆，又叹上一口气道："咳！我们明明和他同在一个地方，竟会不知道。否则我还不把他碎尸万段了吗？"

老婆婆听说，就把那双大红镶边晴雨不定的眼皮往上一掀道："咦！我们怎么一丝不知道呢？"

月画接嘴道："这也不迟，我们马上再回到那里去一趟，怕他逃上天去不成吗？"

花棋道："我今儿出去，眼睛前头只见着一班都是将要上轿的新娘子，她们的娘没有一个不把她们的亲生女儿拖着心肝宝贝地在哭，竟把我那想娘的心思引了起来。我的意思，先要去探探我娘的下落，再去收拾那个恶贼。"

月画听了，忙不迭地说道："我也要去，我也要去！"

老婆婆在旁笑道："你们二位小姐想娘，我把她一把屎、一把尿拖长大的，难道不想着她吗？"

花棋道："在此左右没有事情可做，我们说走就走。"

月画听说，最是起劲，连夜同了花棋、老婆婆去到街上，买了一些干粮。第二天大早，就此动身。

一天到了锦屏山下，找下一家客店，住下之后，花棋问那店主妇道："我们知道这座山上都是胡匪，你们怎么这般大胆，还敢在此地做买卖呢？"

那个店主妇答道："俺瞧你这位姑娘大概是南方人，初到此地，不知道此地的事情，让俺来告诉你们听。这座叫作锦屏山，前几年本是住的胡匪，上个月方才走的。"

这个店主妇说了这句，忽然挂下泪来。花棋不解，忙问她哭些什么。

店主妇呜咽着答道："我们当家的就死在这座山上一个女匪手里的。"

老婆婆急问道："这个女匪叫作什么名字？现在哪儿去了？"

店主妇道："人家都叫她作女大王，俺却知道她的小名叫作傻姑。说起这个人来，真正是个天上少有、地下难寻的大淫妇、大骚货。"

花棋听到这句，就有些又气又愧地对店主妇说道："你且莫讲这个，先说她现在哪里。"

店主妇道："他们去的地方，叫作什么山，俺也说不上来。不过这个女匪哪里是人养下来的，简直是个畜生！"

月画因见这个店主妇当着她的面骂她的娘，顿时大怒起来道："你这婆娘，替我留口些，怎么尽在骂人！"

店主妇一愕道："你这位姑娘，倒也稀奇，俺和你人生面不熟的，你怎么开口就骂俺婆娘！你不在骂人吗？"

月画一个不留口，突出眼珠地向店主妇咦了一声道："她是我娘，你当我的面骂她，我在骂你，还是你的便宜，我就毁你，你又怎样？"

月画说着，立即擎起拳头。花棋一把托住月画的臂膊道："你疯了吗？怎好就动手打人？"

月画不服道："她好骂人，我不好打人吗？"

老婆婆也来劝月画道："小小姐，这里的老板娘她又不知我们的事情，不能怪她的。"

月画听了，方始放下臂膊，对花棋说道："姊姊，我们换一家去住，我决不再住此地。"

花棋听说，道："这样也好，住在此地，大家不便。"

当下花棋就付了一天寓费，搬到隔壁一家去住。走进里面，也是一个老板娘前来招呼。

安铺之后，花棋又把老板娘叫到房间里，问她道："你可知道此地山上的这班胡匪往哪儿去了？"

老板娘一怔道："你这位姑娘，问他们做甚？"

花棋道："我有我的道理，你且莫管，只告诉我他们的去处就是。"

老板娘望望花棋道："你们可是奉天来的女侦探吗？"

花棋摇头道："不是的。"

老板娘听说，方才说道："这班胡匪到了长白山去了。"

月画接口道："还有一位女的，也同去的吗？"

老板娘点头道："自然同去，她好不同去吗？"

月画又问道："为什么缘故呢？"

老板娘陡地把眼圈一红道："她在此地闹得不成模样，怎好不去？"

花棋、月画、老婆婆三个都不懂道："她们既是胡匪，还怕谁呀？"

老板娘道："胡匪对于老百姓们自然不怕谁，可是一个人总要面子的。这个女匪，她把过路客商，拣年少貌美的就拿去享受不算外，还要把这左近几十里的小伙子也捉去垫空，俺的男当家就被她闹死的。这个女匪的丈夫面子上又不能制她，心里又不愿做乌龟，只好离开此地再讲。"

老婆婆道："这个女匪可是叫作傻姑？我知道她今年也有四十多岁了，难道还有人看上她不成？"

老板娘把嘴一撇道："看上她，这些真是死人了，是她前来看上人家的，人家依她的，那就死在她的肚子上；人家不依她的，那就死在她的尖刀上。"

老板娘说到这句，又恨得咬牙切齿的样儿，眼睛里似有火冒出来。

老婆婆见了这种形状，便朝花棋看了一眼道："这真正是从哪儿说起？天下怎么竟有这种人物？"

花棋不答说话，先令老板娘出去。

等得老板娘走后，她才对老婆婆说道："我真替我的娘臊死了！我们的外公、外婆不知做了什么天大的恶事，方才养出这位女儿。"

月画道："姊姊，你不是想我们娘，才来此地的吗？怎么又在怪着她老人家了呢？师父说的'毋动刀兵'，定是指我们娘的事情而

68

言。姊姊，你就恨娘，也得遵着师父之命的呢!"

花棋听了道："我也不过听着气人，谁在恨我们生身的娘呀! 现在不说这个，明天我们就动身，且到了长白山再说。"

谁知花棋等人到了长白山之后，方才知道她们的娘并没有到过那儿。月画发急起来，立誓必要找到她娘方休。花棋没法，只好陪她妹子四处地寻访她娘。这且按下不表，先来讲讲黄柳村和毕璇姐两个的事情。

原来黄柳村和毕璇姐两个，自从在济南府里送走花棋、月画二人起解之后，黄柳村知道毕璇姐一时无处安身，他便约她同到北京，再定行止。毕璇姐自然赞成。

一天，已经到了天津，黄柳村忽然想起要到湖北汉阳地方访一位姓马的知己朋友，本想亲送毕璇姐到京，将她安顿好了，再往湖北。毕璇姐因为她一个人住在北京，人生路不熟的，很不便当，她就主张索性一同去到湖北。黄柳村本没什么存见，也就答应。

及至到了汉阳，黄柳村的那位姓马的朋友又已他往。黄柳村和毕璇姐二人却走了一趟空，正想重回京去，毕璇姐忽然生起病来。黄柳村对于这位毕璇姐本已种下一点儿情根的，当然住在寓中，忙着替她延医诊治。后来毕璇姐的毛病反而天天地重了起来，黄柳村身上的盘缠可巧用罄，一时无处可以商借，他就瞒着毕璇姐，把他身边的一个珊瑚美人当了百把两银子使用。

到了年底，毕璇姐的毛病虽然已脱危险，可是毫无精神，尚须大大将补。黄柳村因听人说，汉阳城外有座香枣村，风景既佳，一切什物也比城里便宜，他既要陪毕璇姐长住，便去到香枣村中租了一所小小的房屋，住了下来。客寓里本有男女伙计伺候，他们自己既租房子，自然要用女仆。毕璇姐原是有病，这些事情都归黄柳村调度。有一晚上，女仆已睡，黄柳村还在陪着毕璇姐闲谈。毕璇姐因为黄柳村和她虽与姊弟一般，但是一遇紧要之处，仍旧事事避着嫌疑，一丝不敢随便。

那时黄柳村却坐在房门口的一把椅上，毕璇姐忽然望了黄柳村一眼道："柳兄弟，你坐过来。"

黄柳村忙答道："姊姊，你有话尽讲，我坐在此地听得见的。"

毕璇姐用手指指她的喉咙道："我讲不重，我还有话要和你长谈呢！"

黄柳村听说，方才坐到毕璇姐的床前那张椅上。毕璇姐便慢慢地侧身朝外，把她的那张淡黄病脸对着黄柳村说道："柳兄弟，你这般地待我，我早要和你说了。前一向，只因没有气力，这两天，觉得稍有精神一点儿，我委实不能再熬了。我一次次地承你相救，叫我怎么过意得去？"

毕璇姐说到这句，忽然将脸微微地一红，跟着现出一种万分感激的样子，却又没话。

黄柳村心中一动，暗忖道："我的好姊姊，我实在想你这个人，可是不敢开口。"黄柳村想到此地，也就将脸一红，一时反而无话可答。

毕璇姐一见黄柳村也在红脸，她是一位二十四五岁的人物了，如何会不明白？这样一来，毕璇姐更加把脸臊得绯红，只好假装咳嗽，用那枕畔的一个小痰盂，边咳边遮她的脸。

黄柳村见了道："姊姊，可要我去喊醒女仆进来服侍姊姊？"

毕璇姐连连摇手道："不必，这个咳嗽，不碍事的。"说着，她脸上的红晕略略退去，一面把痰盂放下，一面说道："我因为实在过意不去，我又一时无可报答。不过说了这句空话，心里似乎好过一点儿。"

黄柳村连连地正色答道："姊姊，我们本是总角之交，这些报答不报答的说话，万万不可存在心上。"

毕璇姐微微地点首道："我也知道，柳兄弟不是望报的人，不过在我这面，总之过意不去。"

黄柳村道："我和姊姊幼小就在一起，姊姊在杭州的时候，不是还常常抱着我玩耍的吗？你瞧，像那两位竹根、树皮姊妹二人，我和她们还是萍水之交，我也当她们二人是亲姊妹一般看待，何况姊姊呢？"

毕璇姐道："说起她们两个，人品也好，武艺也好，哪知竹根小姐还是我的恩人，她到牢里去救我的当口，我还得罪了她，她非但不动气，依然苦苦地劝我。后来我见她的本领似在我之上，又知是你请她去救我的，方才同了她出监。你瞧，像这样的好人，天下哪里去找？我在济南的当口，我曾经悄悄地问过她，可愿意嫁你，我好替她做媒。她当时也没反对，不过说是奉了师父之命，不能嫁别个。"

黄柳村一怔道："姊姊为什么替我做起媒来？"

毕璇姐道："我因你们二人年纪相仿，因有此意。"

黄柳村道："那倒不然，一个人只要性情相投，就是年纪大了一点儿，有何碍事？"

毕璇姐连连地接口道："恐怕不好吧！"

毕璇姐说出这句，自知此话说得太显明了，重又害臊起来。黄柳村也正在懊悔，他的说话太觉率直，恐怕毕姐动气。他也不去再看毕璇姐的面庞，突然说道："姊姊养养吧，有话明儿也好谈的。"说完，站起就走。

毕璇姐忽然想着一事，忙叫："柳兄弟慢走，我问你一声，竹根姊姊那里，你有信去过没有？"

黄柳村站定道："去过两三封了，她们那边当然不知道我们的行踪，就有回信，也寄到京中去的。"

毕璇姐听说，微微一笑道："我是怕她们两个怪你忘了她们。"

黄柳村不知答上一句什么，匆匆地回房而去。

毕璇姐一等黄柳村走后，一个人暗自忖道："这样讲来，他已说明，我也表明。但是没人做媒，总之不妙。不是我毕璇姐说句不害臊的说话，像我们柳兄弟这种不嫁，再去嫁谁？不过竹根、树皮二人都是我的情敌，树皮而且对他有恩。"

毕璇姐想到此地，忽将黄柳村送与她的那座珍珠罗汉向她腰间除下，一边把玩着，一边又自言自语地说道："他将这座罗汉送给我的时候，我还当有些作用。谁知他又将白玉小塔、翡翠鸳鸯送与竹根、树皮二人，他既对于竹根无甚存心，就是树皮，也未曾提过一句，可知这些东西，不能认为表记。或者他嫌憎树皮年纪太小，也未可知。"

毕璇姐想到此地，忽又吓得一跳道："他既能够嫌憎人家太小，就好嫌憎我的年纪太大。"毕璇姐这样胡思乱想了一阵，忽然又很高兴起来，自己安慰自己道："他已说明，年纪有何碍事。我又何必愁它？"

毕璇姐想到此地，只觉心里一舒，系好罗汉，早已安然睡去。第二天午间醒来，她的柳兄弟早在她的屋里坐着。她就一笑道："柳兄弟，我的毛病真的已有起色了呢！"

黄柳村听了大喜道："我也巴望姊姊马上痊愈，好做别……"

毕璇姐盯着问道："别说甚……"

黄柳村笑而不答。毕璇姐也是笑而不言。

不知黄柳村和毕璇姐二人何时道出心事，且听下回分解。

评曰：

据柳成亲口气，以四件玉器而论，黄柳村似是赵雪书，毕璇姐似是赵凤琴，二人既属同胞姊弟，如何可以婚配？作者如此描写，真将读者急煞。此书极少直叙各人身世，正因不肯直叙，使读者惊神道怪，作者刁钻之笔墨，使人又佩又恨。

72

第十回

马如龙仗义执柯
钱傻姑贪花学法

毕璇姐自从这天和黄柳村两个相对一笑之后，她的毛病居然一天一天地好了起来。不料黄柳村忽又卧倒。

毕璇姐现在对于黄柳村这人，心中又是一番看待，一见黄柳村有病，自然推心置腹地前去服侍。那个女仆本来不知道黄、毕两个的历史，但因这两位主人待下尚宽，又见女的病好，男的又病，她便与毕璇姐二人替换着服侍。

有一晚上，毕璇姐偶然去替黄柳村更换小衫，忽见黄柳村身边所挂的那个珊瑚美人不知去向，未免暗吃一惊。可是黄柳村正在病得迷迷糊糊的当口，她又不便去问。正在心里纳闷之际，一天之内，先后来了两个黄柳村的朋友，一个是黄柳村在济南府里结义弟兄袁志高，一个就是黄柳村这次特来寻访的那个马如龙。袁志高是偶然住到黄柳村和毕璇姐二人曾在汉阳城内住过的那家客寓，因而追踪寻访至此。马如龙是回家之后，见着黄柳村所留的地址，特地赶至香枣村中，要邀黄柳村去到他家居住。

毕璇姐一见袁、马二人到来，只好由她代表出见，述明黄柳村的病状。

袁志高听了先开口道："鄙人和黄公子本是结义弟兄，济南别后，很是惦记。此次因事来到汉阳，住在那家客寓，方始知道我们义弟和毕小姐二人业已迁此，单来专诚拜谒，叙叙积愫，并无事端。"

毕璇姐本知此事，当下自然客气几句。

马如龙因见姓袁的话已说完，他始对毕璇姐说道："柳村是我的要好朋友，也有一二年不见了，我因出门访友，致失迎迓，所以我昨天一回家，见了柳村所留之字，特地赶来邀他和毕小姐两个去到寒舍暂住，不知柳村的毛病可以迁移否？"

毕璇姐瞧见马如龙虽是一位十八九岁的武士，一切举动言辞很是诚挚，当下便含笑答道："我们柳兄弟这回本来找马先生的，不料马先生适已公出，因此相左。现承马先生前来相约过府，无奈柳兄弟病得糊里糊涂，我偶尔替他换件小衫，已经受了风寒，如何再能迁移呢？"

马如龙道："可否请毕小姐带领去瞧瞧柳村的病体？"

毕璇姐但命女仆将黄柳村的房内略加收拾，即同马如龙、袁志高二人走入。马如龙一见黄柳村一个人卧在床上，那种迷迷糊糊的神情已经使人一吓，又见黄柳村的一张脸瘦得不成人形，赶忙奔近床前，喊着柳村道："柳兄弟，我来瞧你的病来了呢！"马如龙边说，边又用他手去捏着黄柳村的一只病手道："柳兄弟，你可认识我吗？"

黄柳村不知说出一句什么。马如龙一见黄柳村的毛病不轻，便对毕璇姐说道："你们请的哪位医生？"

毕璇姐说是姓古的。马如龙听了点点头道："他本是此地的名医，请他不错。"

毕璇姐道："我的毛病本也很重，就是姓古的医好的。"

马如龙道："既是如此，搬到寒舍一节暂且不谈。停刻我就命人先送三百两银子过来，毕小姐对于钱的问题不用操心。"

毕璇姐谢了马如龙，马如龙便同袁志高分别回去。没有一刻，马如龙果将银子送到，并说，若是缺少用物，尽管到他家中去。

毕璇姐收下银两，打发来人之后，无意之中，忽在黄柳村袋内检出一张当票，见是那个珊瑚美人，始把她的疑心弃去，便命女仆去将珊瑚美人赎出，仍替黄柳村扎在身畔。一时姓古的医生到来，诊脉开方之后，说是病症虽重，可以担保生命无虞，不过迁延日子而已。

毕璇姐听说，心里放下一半，再三叮咛医生，要他用出全部本事医治病人，将来一定从重酬谢。医生满口应允而去。

又过月余，黄柳村的毛病果然渐有起色，也知道这场毛病累了毕璇姐了，口中虽然不说那些感恩报德的空话，可是一往情深，全神更注在毕璇姐身上。

毕璇姐本已拿定主意要嫁黄柳村的了，视为服侍未婚之夫，应该如此的。

黄柳村因此便在这个温柔乡里度这病中岁月。马如龙和袁志高二人时常也来看视，马如龙不待第一次所赠的银两用罄，又将银子源源接济。黄柳村本与马如龙十分知己，此次前来访他，原为听了一句谣言，说是有人要与马如龙寻仇，所以特地赶到汉阳，前来帮助他的。后来见了马如龙，方知此事不确，但是马如龙已经很是感激黄柳村的义气。

有一天，马如龙又来视病，黄柳村因见毕璇姐不在身边，便把要娶毕璇姐，没人执柯的事情告知了马如龙。马如龙听了，很起劲地答道："柳兄弟，你既不嫌毕小姐的年龄稍长于你，我又瞧出这位毕小姐很是温柔，这么准定由我和你们那位结义老兄袁志高先生执了此柯吧！"

黄柳村大喜道："这样最好没有，不过这几天我还不能下床，须得她来服侍。你们倘若一提婚事，她就是一位新娘子了，如此同住一直，难免种种不便。且俟我的病愈，再谈不迟。"

黄柳村说着，又问马如龙近日可要出门。

马如龙道："我此次回家，本是回来约同几个朋友再去收拾一个女匪去的。及至到家之后，见你病得这般模样，便把此事丢开。"

黄柳村道："大哥可是吃了这个女匪的亏吗？"

马如龙摇摇头道："未曾交过手，不过我听人说起，有个名叫钱傻姑的女胡匪，年纪已经四十多岁了，瞧去还只三十上下的模样。这个钱傻姑，听说又淫又悍，不但打家劫舍视为家常便饭，最使人可恼的事情，就是欢喜蹂躏少年美貌的男子。凡是到她手中的男子，没有一个不是因色而亡的。我因听了不服，故想前去除了此匪。"

黄柳村听说，点点头道："我在江湖之上也曾听人谈过此事，只因一则十分穷忙，二则生怕敌不过她，因此不去拨草寻蛇。大哥既有此意，且等我们婚后，我们两夫妇也可相助大哥一臂之力。我还有一位结义姊姊，叫作赵竹根，一位结义妹子，叫作赵树皮，她们二人本是同胞姊妹，二人的本领呢，大哥不要生气，却在你我之上。"

马如龙接口问道："这两位现在哪里？"

黄柳村道："现在充发黑龙江，我曾经去过两三封信，未曾接到她们二人的回信。"

马如龙忙笑道："这位赵竹根小姐，可是在那大名府里打死那个濮天雕的吗？"

黄柳村道："正是，大哥怎么知道？"

马如龙道："我也听见江湖上说起。"

黄柳村便将他和赵竹根姊妹的事情从头至尾的告知了马如龙。马如龙正待答话，忽见毕璇姐亲自捧了一碗汤药，走入房来，一见黄柳村和马如龙谈得十分上劲，她便含笑地对黄柳村说道："柳兄弟，你不要只管和我们这位马先生谈得太上劲了，病后的人最忌伤神呢！"说着，即把药碗送到黄柳村手中道："药已晾了一阵，快快吃下。"

黄柳村吃下药，漱了口后，也笑着对毕璇姐道："我还不觉着吃力，姊姊关照，我知道就是。"

马如龙也岔口笑道："我也说得忘其所以了，毕小姐说得很是。

76

柳兄弟，你快将养将养，我们办正事。"

马如龙说着，告辞而去。

毕璇姐代表送走马如龙，回进房来，一面命女仆收去药碗，再煎二道，一面就在床沿上坐下，问黄柳村道："你们两个方才究竟讲些什么，讲得如此长远。那位马如龙又说好办正事，又是什么正事？"

黄柳村此时瞧见毕璇姐淡施脂粉，穿的衣服也极整齐，却比前一晌忙着服侍他病的时候妩媚得多了。心里一个快活，便向毕璇姐一笑道："姊姊问到什么正事，兄弟此时却不便告诉姊姊，姊姊将来自会知道。"

毕璇姐一见黄柳村对她的情状，心中早已明白，但因女子的娇羞，本是她们的天性，当下就把面庞上的双窝一动，两颊绯红起来。

黄柳村知道毕璇姐不便答话，只好另说别的道："马如龙送来的银子还有吗？"

毕璇姐点头道："还有。"说着，忽笑问道："你去当那珊瑚美人，为何不告诉我一声？不是见着当票，还当你又把此物送了人呢！"

黄柳村正待答话，忽见女仆进来说是袁先生来了。毕璇姐出房迎入。

袁志高望了一望黄柳村的脸上道："八兄弟，你已大好了呢！"

黄柳村谢过袁志高的关切，始问道："兄弟病中，少和四哥谈天，现在公明大哥一班人呢？"

袁志高道："我自七妹、九妹二人入狱以后，便一个人回至家乡一趟，所以他们大家的行踪毫不知道。八兄弟也不知道吗？"

黄柳村听说，即指指毕璇姐道："我和我们这位毕家姊姊先后各生大病，因此少和朋友们通讯。"

袁志高道："七妹、九妹两个不知到了黑龙江以后，可有信给八弟？"

黄柳村道："没有。她们怎么知道我在此地生病？等我病好，我还想亲去看她们一趟，不知四哥近来有没有什么发展的事业？"

袁志高道："我来此，本想谋干谋干，谁知谋个栖枝真难，连旅费也将用罄了。"

黄柳村听说，忙叫毕璇姐取出三四十两银子送与袁志高前去浇裹。袁志高道谢一声，又谈了一会儿，方才告辞。

又过半月，黄柳村已能下床走了。一天，正和毕璇姐对坐闲话，忽见马如龙和袁志高二人衣冠楚楚地一同走入。随便谈了一阵，马如龙忽将黄柳村指使开去，含笑地对毕璇姐说道："今天我和袁志高仁兄来此，是想来向毕小姐讨杯喜酒喝喝的。我们这位柳兄弟，今年已经一十八岁了，一晌替他作伐的人虽多，所说的几位新娘都不合他眼光。毕小姐既和柳兄弟是总角之交，男大须婚，女大须嫁，又是古礼。毕小姐原是一位巾帼英雄，不是我们这位柳兄弟，还有何人能配？不知毕小姐可赞成此议否？"

毕璇姐一直听完一想："我乃一个孤身女子，这等大事，自然只好自己做主。"当下也就大大方方地答道："我的爷娘早背，一个孤苦伶仃的女子活在世上，本没什么味儿，每想去到九泉，在那地下侍奉爷娘，都被柳兄弟阻住。去年在杭州犯了人命官司，又是柳兄弟替我花钱打点，并请一位赵竹根小姐救我出狱，这回同他来找马先生，不料彼此一病，害得马先生破费不少。今天既承马先生和袁先生来此作伐，只要柳兄弟不弃葑菲，我也可以应允。"

马、袁二人听了大喜。马如龙又说道："此事既承毕小姐赏了我们二人的面子，这就一言为定。我们柳兄弟的病体已愈，我想邀他先到寒舍暂住，此地作为女家，将来聘礼一切，就由我们那边送来。"

毕璇姐听了，微微地点着头道："这件事情，悉听二位主张。柳兄弟暂且住到马先生的府上，这个办法更好。"

马、袁二人一见事已谈妥，更去告知黄柳村。黄柳村自然极端赞成，就在这天，真随马、袁二人离了香枣村，住到马如龙家中去了。好在马如龙尚未娶亲，家中本没什么闲人，索性把袁志高请来一同住下，好办下聘之事。

及至聘事一毕，毕璇姐自然躲在香枣村中，除了那个女仆之外，不敢再见外人。

马如龙因问黄柳村道："柳兄弟，你打算就在此地成亲呢，还是回到北京？"

黄柳村道："我的意思，总以北京迎娶为是。现在既没什么事情，我想同了毕小姐先去办了那个女匪之事再讲。"

马如龙听了，自然大喜，便到香枣村中告知毕璇姐听。毕璇姐当然一口应允。

袁志高却不愿意同去，马如龙又送了他一百两的程仪，由他自去。

黄柳村既与马如龙约定，要叫毕璇姐同去，毕璇姐自然只好和黄柳村重行见面。起初见面，未免有些羞羞涩涩，到了后来，也就习以为常了。

黄柳村又问马如龙："这回回家，打算来约哪几位朋友的？这几位朋友本领如何？"

马如龙道："我所想约的几个朋友，本领都在你我之下，我因怕双拳不敌四手，带了他们同去，无非壮壮声势罢了。至于他们是不是那个女匪的敌手，却不知道。现在他们又已散了，好在有你们贤伉俪同往，当然胜过他们多多了。"

黄柳村听说，因见病已大愈，闲在汉阳又没事情，便催马如龙择日起身。毕璇姐就赏了那个女仆一二十两银子，命她自去，又将香枣村中的房屋退了。她的事情刚刚办毕，马如龙也定行期。

三人上路之后，便向山海关进发。

黄柳村在途问马如龙道："我知道一班胡匪大半在锦屏山、长白山一带的居多，这个女匪也在那儿吗？"

马如龙道:"这个女匪本来住在锦屏山的,后来不知到了哪儿一趟,现在又回到锦屏山的老巢之中去了。这个女匪,本来没甚本领的,听说还是一个放大债的闺女,后来被掳上山,做了女匪。哪知她是一个淫妇,东也掳下少年男子,她去开心,西也掳下美貌男子,她去开心。一天,不知怎么一来,遇见一个有邪术的和尚,他们鬼鬼祟祟地干了一阵把戏,和尚就把通身的邪术传授了她,她又用心练习武艺,又有邪术相助,居然成为一个又狠又悍的女匪了。"

马如龙说到此地,还要说句说话,因见毕璇姐在座不便,只好不说。毕璇姐已经瞧出其意,她却向马如龙扑哧一笑。

不知所笑为何,且听下回分解。

评曰:

毕璇姐与黄柳村二人之事,此回写得极香艳细腻,于是而知二人亦属书中之主人翁也。马如龙疏财仗义,似较黄柳村老练不少,袁志高此来,亦非闲笔。

第十一回

闯虎穴母女相逢
入龙潭娘儿大战

马如龙见毕璇姐向他忽然扑哧一笑，便问毕璇姐所笑何为。毕璇姐又微笑着道："我们都是曾经习过武的人，无论何话，无论何事，例不忌讳，此是公理。今马先生因我在侧，所说的话尚在藏藏掩掩，故而好笑。"

黄柳村也接口说道："一个女子，除非躲在绣房，大门不出，那就又是一种办法。若要出来和天下英雄交手，男男女女之事，怎能顾得许多？"

马如龙一听毕、黄二人都是一般口气，便笑道："这倒怪我婆婆妈妈的不是了。"说着，又接说道："那个钱傻姑，她竟是天下第一个淫妇，在她的欲壑，已似韩信将兵，多多益善。再加那个和尚教她的邪术，更须男子的精力补助。钱傻姑这样一来，居然武艺绝伦，听说有位少林门徒也被她一手撕得两片。"

毕璇姐听到此地，顿时气哄哄地说道："这等淫妇，就是不做胡匪，已为世上不容之物。况且又做胡匪，还好再让她活在世上吗？"

毕璇姐说着，急催马如龙、黄柳村等快快赶路，到了目的之地，便好手刃那个姓钱的淫妇。他们三个既在赶路，暂且不提。

再说那个钱傻姑，她在锦屏山上太觉闹得不成样子，她的那个算是正式丈夫的，名叫李金彪，她的一班算为面首的，一个叫作程马超，一个叫作海吕布，一个叫作梅七怪，一个叫作张三锋，这四个都是李金彪手下大头目。李金彪起初不过爱钱傻姑面庞标致，性情淫荡，后来又爱她本事高妙，可以做个靠山，明知程、海、梅、张等人和他妻子有些不干不净，尚在眼开眼闭，装作不知。哪知钱傻姑自从得了那个铁头和尚濮天鹏的邪术，自己有了本领，哪里还将李金彪这人放在眼中？犹因李金彪的床功特别，具有通宵不泄之能，方才保全这个夫妇名义。

李金彪也是锦屏山的一山寨主，因见钱傻姑每将捉上山来的少年男子当作消遣之物，既不避大众耳目，弄得各山寨主无不知道，似乎不成体统，还要使李金彪时常地孤眠独宿，因此关系，只好带了钱傻姑和程、海、梅、张几个头目，以及数百小喽啰，迁往长白山中。后因长白山中已为一个名叫宗天锡的胡匪所占，只好改过去到松山。不料松山也有胡匪居住，于是仍旧回至锦屏山中，再作他图。

马如龙所得的消息，倒也确实。一天，那个钱傻姑正和李金彪二人在那寨后饮酒取乐，忽据小喽啰报入，说是寨门外面来了三个妇人，一老两少，指名要见女大王。钱傻姑听了一愕道："我现在没有交接什么女朋友呀！这三个又是谁呢？"说着，便问小喽啰道："她们什么装束？身上有无兵器？"

小喽啰道："老的是个用人模样，两个年轻的是平常娘儿们的装束，生得十分美貌。身上有无兵器，却瞧不出。"

李金彪接口道："只要叫了进来，一见便知，何必多问？"

钱傻姑即将一双杏眼向李金彪一瞪道："不要你管！"

李金彪连连赔笑道："女大王，俺就不管。"

钱傻姑也不睬他，单吩咐小喽啰道："唤了进来！"

没有半刻，小喽啰果将三个女的领入。钱傻姑忽见为首的一个老妇正是她的奶娘柳成亲，一时想起旧情，她的眼泪也会滚了出来道："我的奶娘，你怎么记得再来瞧瞧我的呀？"边说边已站了起来。

原来花棋、月画、老婆婆三个，四处地找寻钱傻姑无着。后来听人说起，钱傻姑已回锦屏山中，因此寻上山来。她们三个本是并排着走的，花棋、月画二人一见那个女大王在和男大王喝酒，那个女大王的模样不甚像她们的亲娘，完全还是一位二十五六岁的少妇，疑心男大王或已另娶，因此缩身在后，本是要让老婆婆上前问明原委。及见那个少妇一见老婆婆这人就喊出奶娘来了，方才知道此妇真是她们的亲生之母，哪里还来得及再等老婆婆接口，花棋、月画二人早已三脚两步地奔到钱傻姑的跟前，扑的一声跪在地上。花棋抱着她娘的左脚，月画抱着她娘的右脚，一齐放声大哭地高喊道："我们的亲娘呀，你老人家的两个不肖女儿今天才算见着了生身之母了呢！"

钱傻姑虽见这种形状，她却十分仔细，一则惧怕政府侦探化装前来拿她；二则母女相别十五六年，确也一时认不清楚。她急甩开花棋、月画二人之手，匆匆退至李金彪的背后，问老婆婆道："这两个真是我的孩子吗？"

老婆婆尚未答言，忽见三五个小喽啰急急忙忙奔入，对着李金彪说道："回大王的话，长白山的宗大王亲自到来报知，说是不日即有官兵前来会剿俺们。"

李金彪听了大惊，立即跟了小喽啰走至前寨去了。

老婆婆一听官兵要来会剿，不觉吓得发抖，连钱傻姑问她的话也会瞠目无语。

月画对于她娘的心理本比花棋亲切，早由地上站了起来，奔到她娘跟前，拖着她娘的手，垂泪地说道："娘呀，我就是你老人家小女儿月画呀！"

此时花棋也已站起接口说道："娘呀，我是花棋女儿呀！"

钱傻姑瞧见她们几个并无意外举动，方才放心，就去坐在李金彪坐过的那把椅上，一手拖着花棋，一手拖着月画道："你们两个今年到底几岁了呢？"边说边又对月画道："你也这般大了吗？"

月画道："我已十六岁了。"

钱傻姑又朝花棋道："这么你不是已经二十岁了吗？你的姊姊和兄弟呢？你们怎么又会和奶娘在一起的呢？"

月画哭着答道："娘呀，这真一言难尽。我的姊姊、哥哥见是见过，不过是不是，还不知道。"

钱傻姑听说，不懂起来道："这是什么说话？"

老婆婆到此，方才走上几步，把她遇见花棋、月画二人的始末，以及黄柳村、毕璇姐两个的事情简单地告知了钱傻姑。

钱傻姑听毕道："我的儿子、我的女儿，我岂有不惦记的道理？只因我那个姓赵的死坏，我恨他将我管头管脚，因此就把我的心一狠，不再会记这班儿女。"

花棋一见她娘提及她的老子，就露仇人口吻，心里不禁一阵酸楚，脸上便露不乐之色。

月画一见她姊姊的脸色不妙，忙向她姊姊说道："姊姊，师父的字条你可还在身边？快给我娘看呀！"

花棋明知月画此话乃是叫她不可和娘作对之意，当下一面将脸色和缓下来，一面取出字条，递与她娘去看。

钱傻姑本也识字，接到手中一看道："你们师父真是一位未卜先知的仙人，她把你们二人教会了本事，为娘也很感激她呢！"说着，又对花棋、月画二人说道："为娘也不瞒你们两个孩子，为娘既已嫁了你们这位爹爹十多年了，你们这位爹爹就是你们的亲生之父一般，停刻进来，你们都得还他一个规矩，否则不必认我做娘。"

月画抢着答道："放心，我们姊妹二人自然听娘吩咐。"

钱傻姑不知花棋和月画两样心肠，当下就嘻嘴一笑道："这才乖了！"

刚刚说着，那个李金彪已经送客进来。

钱傻姑就含笑地对李金彪说道："这两个便是我们的花棋、月画女儿。"说着，又对二女道："你们快来见过爹爹。"

月画并不推辞，径直上前叩见。花棋略略为难一会儿，只好暂且跟着月画一同下拜。

李金彪笑着双手扶起二女道："乖孩子，快快坐下喝酒。"又问钱傻姑道："我们的孩子都懂得武艺吗？"

钱傻姑很得意地答道："恐怕强你老子十倍呢！"说着，即拉花棋、月画一个坐在她的上首，一个坐在她的下首，又命小喽啰带了老婆婆下去吃酒。

李金彪道："长白山的宗大王特来报知，说是不日就有大宗官兵前来会剿俺们，俺们也得联合拢来，和官兵前去对敌。"

钱傻姑道："现在我有我的两个孩子做帮手，还怕谁呀？"

李金彪道："但能如此，俺也可以放心。"

月画忙又在身边摸出那块翡翠鸳鸯，递与她娘去瞧，又遇着花棋取出那座白玉小塔，也给娘瞧。

钱傻姑接到手中道："我和这几样东西也有十多年不见了。"一面递与李金彪去看，一面说道："你做了一二十年打家劫舍的胡匪，恐怕还没有见过这些好东西呢！"

李金彪接到手中，边瞧边赞道："这两样东西，果是名贵品物。"说着，分别交还花棋、月画二人道："好好儿藏着，不可失去，且俟为父再抢到了好东西，自然分给你们。"

等得吃毕，钱傻姑又亲自带了花棋、月画二人去见程、海、梅、张四位头目，又吩咐二人叫过叔叔。程、海、梅、张四个都是色鬼，一见这两个娇滴滴美人儿，心里都发奇痒，但惧钱傻姑的狮威，不敢现出妄想的念头。略略寒暄几句，又各赠一锭黄金，作为见面之礼。

钱傻姑带同两个女儿回进里面，这天晚上，要和两个女儿同睡，把李金彪赶出前寨去睡。她们娘儿三个一床上谈谈说说，讲到天明，又是钱傻姑所说的都是寨里的事情，不涉赵家一句，花棋心里又是一个不甚快活。

85

第二天，她们母女三个刚刚吃过早饭，忽见小喽啰报告，说是山下又来二男一女，要会女大王。

钱傻姑一喜道："难道我们的大女儿、三孩子也来找我不成吗？"说着，就叫花棋、月画二人且在寨内玩耍，让她下山前去相会。

花棋、月画二人便不同去。

钱傻姑带同程、海、梅、张四人，下得山去，忽见二男一女各执兵器在手，一同指着她骂道："你这淫妇，快快献首过来，我们是来替世上除害的！"

钱傻姑大怒道："且莫夸口，先报名来！"边说，边将腰间的一柄佩刀拔出，捏在手上一扬道："本大王素来不斩无名的人！"

马如龙先答道："我乃汉阳的马如龙。"说着，又指指一男一女道："这个是北京的黄柳村，这个是杭州的毕璇姐。你这女匪，该可以死得瞑目了吗？"

钱傻姑听了道："你们这班无名之辈，本大王一个也不知道……"

钱傻姑的道字尚未离口，顿时一个箭步打到马如龙的跟前，举刀就砍。马如龙将头一低，避过刀风，陡然扑的一声向地上一滚，滚到钱傻姑的身后，站了起来就刺。钱傻姑反身斗住。程、海、梅、张四人也和黄柳村、毕璇姐二人打了起来。

他们六男两女正在打得难解难分之际，早有小喽啰飞报上山。李金彪率同二女，各执兵器，赶下山来，来助钱傻姑等人。月画眼尖，一见和她娘同在厮杀的，正是她的八哥黄柳村，慌忙跳入阵中，一刀隔开道："都是自己人，快快住手再讲！"

黄柳村一见月画这人，不禁一唬道："九妹妹，你怎么也在此地？"

毕璇姐大喊道："我们先把这个女匪除去，再谈别的。"

毕璇姐边说，边又蹿至钱傻姑的面前，用出双龙取水的拳法，要想刺她死命。钱傻姑瞧见来势厉害，不敢怠慢，便在口中念念有词，将手忽向毕璇姐的脸上一指，又跟着道声："疾，还不死去！"说也奇怪，毕璇姐这人本是清清楚楚的，竟会陡然之间立足不定，砰的一声，倒在地上，似已死去。

黄柳村一见他的这位未婚妻中了邪术，这一急还当了得？正待上前去救，谁知他自己也被钱傻姑的邪术所中，立时跌倒在地。

那时程、海、梅、张四个头目刚待来取毕、黄二人的首级，月画慌忙隔住。马如龙还算抢得快，只把毕璇姐一个抢走。李金彪早把黄柳村的尸身命人抬到寨内。

钱傻姑等人回上山来，先将黄柳村捆绑好了，始用符咒把他治醒，问他何故前来寻衅。

黄柳村破口大骂道："你这女匪，人人得而诛之，问我老爷怎甚？"

李金彪道："快把这个小贼拿来点上人烛，大家设宴贺功。"

原来胡匪有样毒刑，名叫点人烛，是把这人全身用白布一缠，又向油缸之中一浸，没过之后，又用一个铁架把人倒插烛地插住，然后从脚下点燃，大家坐着吃酒，看燃人烛取乐。这人喊痛一声，大家饮酒一杯，等得这人烧完，大家也已醉了，这就是点人烛的毒刑。

月画、花棋二人一见李金彪要用这个毒刑去治黄柳村，慌忙对着钱傻姑说道："娘呀，女儿们所说的就是此人，女儿们疑心他就是你老人家的儿子呀！"

钱傻姑一惊道："就是此人吗？"

月画此时还未知道黄柳村已与毕璇姐订婚，她的心里却有两种观念，一种是如果真是她的哥哥，她们兄妹相会，也是一件天大喜事；如果不是她的哥哥，她就好求她母亲，将他们二人配为婚姻。当下急去拿起黄柳村的衣服，一见果有一个珊瑚美人，忙指着所挂的那个珊瑚美人对钱傻姑说道："娘呀，你老人家快瞧这个东西呀！"

老婆婆在旁接口问黄柳村道："黄公子，你的名字可是叫作雪书吗?"

黄柳村摇摇头道:"你这老婆子说些什么?什么叫作雪书不雪书,我却不懂。"

照黄柳村的为人说来,本是一位硬汉,那个死字原不在他心上。他此时的不硬口,因为身已被捆,倘若真被此地点了人烛,把他那位未婚妻毕小姐又置何处?又因月画、花棋二人都在此地,自然会保全他性命的。哪知钱傻姑一听黄柳村不叫雪书,立即命人取下那珊瑚美人,藏到身边,就命小喽啰们:"快把黄柳村点上人烛!"

不知黄柳村的性命如何,且听下回分解。

评曰:

　　黄柳村、毕璇姐二人究竟是谁,至今尚布疑阵,然读者亦不可怪作者狡狯,盖布局如此,不得不然者也。

88

第十二回

钱傻姑一意为难
赵花棋双方并顾

月画一见她娘因闻黄柳村不叫雪书，就要点他人烛，吓得一头滚入她娘怀内，一面哭着，一面揉搓她娘道："这个姓黄的，就算不是我们的亲哥哥，也是我们曾经结义过的哥哥，女儿今天无论怎样，要求娘不必怪他，他的前来和娘厮杀，内中定有什么道理。此刻请娘将他这人交付于我，让我细细问他，倘若问出真有不好之处，那时由娘去或杀或剐，我才不问。"

钱傻姑此时已见黄柳村是位标致脸蛋，她忽暗忖道："此人的面庞既有这般俊俏，定是一个风流种子。只要他肯如我之愿，我又何必定要害他？"钱傻姑想到此地，便将这个人情卖给月画道："我见你第一次向娘开口，为娘只好准你。"说着，即命小喽啰等把黄柳村这人看押起来，听候小姐随时审问。月画哪里还能再等？当下便将黄柳村送至一间空屋之中，亲自替他解去绳索，让他坐着，然后问道："我的八哥，我们自从到了黑龙江之后，曾经几次写信给你，后来我病了，我们姊姊打电报给你借钱，你为什么回信倒没有，反尔凭空来此杀起我的娘来呢？"

黄柳村一听，道："怎么说法？九妹妹怎会做这女匪的女儿？"

月画见问，方将前前后后之事讲给黄柳村听过，又问黄柳村和她别后的事情。黄柳村也不相瞒，便将他和毕璇姐两个去到汉阳访友，如何彼此生病，如何由马如龙和袁志高二人作伐，如何同了马如龙来此寻事，统统说与月画听了。月画暗暗吃惊道："他倘若真是我的哥哥，毕小姐便是我的嫂嫂了，那倒不必讲她；倘若不是我的哥哥，像这样的一位如意郎君，眼睁睁地送与人去，岂不冤枉？"

月画想到此地，她又细细问明黄柳村可是她的同胞手足。黄柳村听了，咦了一声道："我明明姓黄，有父有母，不过过世得早些。九妹妹怎么疑心我是此人的儿子呢？"

月画道："这四样玉器，乃是我们姓赵的家传之宝，怎么会到八哥手里的呢？"

黄柳村道："这四样东西真是我娘临死时候交与我的，决不相欺妹妹。"

月画接口道："哥哥的娘是否略有几点俏麻子的呢？"

黄柳村摇头道："并无麻子。九妹妹这问，更是使我不解，难道九妹妹见过我那亡母不成吗？我娘死的时候，妹妹还小呢！"

月画道："我有一个哥哥，名叫雪书，被难的当口，是由一个有麻子姓郑的奶娘带了逃走的。此话是老婆婆讲与我听的，因此我疑心八哥这人就是我那失散的雪书哥哥。"

黄柳村听说，仍是绝口不认，但请月画救他性命。

月画道："照这样说来，八哥哥一定不是我的同胞手足。"

黄柳村被月画问得有些不过意起来，只好说道："我确是姓黄，并非姓赵，血统关系，不敢冒认。不过我和你们姊妹早结兄妹，也和同胞手足一般，何必尽管研究此事？"

月画忽然红了她脸道："八哥不知道我的心事。"说着，更加羞得把头低了下去。

黄柳村自从月画救他之后，本来很是感激，只因月画的年纪太小，他和毕璇姐早已种下情根，当时虽见月画似乎有情于他，但是不能见新忘旧，做此荡子行为。此刻又见月画如此形状，只得老实表明他的心意道："九妹妹本是我的恩人，可惜为兄已与毕小姐有约在先，不能再谈婚姻之事。"言下很是唏嘘。

哪知月画一听黄柳村老实说出他的心事，又见黄柳村不肯负了毕小姐，是位多情人物，把她相慕黄柳村的心理越加浓厚起来，索性老老脸皮，拿出孩子行为道："夫妇之间，只在情投意合，别的多可不问。从前的大舜，他不是同娶娥皇、女英两个的吗？"

黄柳村一见月画如此说法，心中不觉一动，忽又想到他和毕璇姐的历史，很觉为难起来，半晌无言，只是痴痴地呆望月画。

月画正待再说，忽见走入几个小喽啰来对她说道："小小姐，俺们女大王吩咐，即带这个姓黄的前去，她要亲自审问。"

月画不好阻拦，便要一同前去。

小喽啰又说道："女大王又吩咐过的，毋须小小姐同去。"说着，不由分说，早将黄柳村带走。

月画虽替黄柳村担心，但又没法，只得作罢。

单说黄柳村被那小喽啰引至一所很华丽的室内，又见那小喽啰掩了室门自去。黄柳村不解道："既要审我，为何又把我领到这间卧室，难道女匪审人，是在卧室之中的吗？"

黄柳村正在疑虑之际，陡见那个女匪钱傻姑打扮一新地从那床后走了出来，用手向他一扬，又笑嘻嘻地说道："黄公子请坐，我和你有话相谈。"

此时，黄柳村还当钱傻姑自己来替她的女儿提亲，只好就座。坐定之后，钱傻姑方微笑着问道："黄公子，你今年贵庚多少？"

黄柳村道："虚度十八岁了。"

钱傻姑一喜道："英俊得很，方才小女和公子所问答的说话，我已尽知，公子并非赵氏之子，我也知道。小女年轻，哪能配匹公子？"说着，忽然掩口地扑哧一笑道："我的年纪虽然四十开外，不过我有采纳之法，你瞧瞧，我不是像个二十五六岁的人吗？"

黄柳村一见钱傻姑这般无耻，陡将双眉一竖道："你说的话，我都不懂。"

钱傻姑又和颜悦色地接口道:"黄公子不必这般固执,我劝你还是随和一点儿的为妙。你可知道,你的性命悬在我的手腕之下吗?"

黄柳村此时已动真气,似把毕璇姐忘了,当下只气哄哄地答道:"我姓黄的乃是一个顶天立地的奇男子,就是把刀搁在我的项上,我也决不做此无耻之事。"

钱傻姑冷笑一声道:"你可不要只是满嘴地无耻无耻,你难道还不知道我是一位杀人不眨眼的魔王吗?"

黄柳村也把牙齿一咬道:"你少爷早把性命置诸度外的了,快快不必多说!"

钱傻姑因见黄柳村真是长得齐整,她反耐气下去道:"黄公子,你又何必拿性命来拼呢? 照我的原意,本想把你留在我的身边。现在见你似乎不甚爱我,这么我也可以将我们月画许你,不过要你自己知趣罢了。"

黄柳村一任钱傻姑去说,他只闭目等死。不料他的眼睛前头,忽然瞧见毕璇姐的影子一现,顿时想起前情,忽自忖道:"我若一死,我们这位璇姐姊姊,叫她如何为人呢?"黄柳村想到此处,便将眼睛一睁,望了一望钱傻姑,微微地吁声道:"你的行为、你的本事我统统听人说过,但是一个人有权在手,却也不可用尽,还是放我回去,我和你两个女儿到底结拜过的呢!"

钱傻姑瞧见黄柳村稍稍地软了下来,她想逼得太急,于事无济,只有慢慢地劝他回心转意,方是正办。钱傻姑即将机关一按,便有几个小喽啰也从床的背后走出,雄赳赳地侍立两旁。

钱傻姑吩咐道:"你们且将这位黄公子带到前寨,交与程头目,说是我说的,叫他好好地劝解劝解这位黄公子。吃的穿的,我自派人服侍。"

那班小喽啰奉了钱傻姑之命,即将黄柳村带了出去。月画此时已知她娘没有得罪黄柳村,稍稍把心一放,便把她的心事悄悄地告知老婆婆,请她设法。

老婆婆想上半天道："小小姐，你初见你的娘，不知她的脾气，她是一瞧中此人，任你是个铁汉铜人，她一定要如她之愿，方肯罢休。小小姐如果定要嫁这黄公子，除了黄公子先将一点儿甜头给了你娘吃着，此事方才有望。"

月画皱眉道："他是一位正人君子，怎么肯干此事?"

老婆婆微微摇着头道："老身只敢答应小小姐一半，只好做到哪儿再讲。"

月画无法，只好再三再四地又叮嘱了老婆婆一番。

可巧当天晚上，钱傻姑忽然心里闷得发慌，便叫老婆婆去陪她解闷，老婆婆就趁势把月画的心事告知钱傻姑。钱傻姑本来不怕老婆婆的，她忽扑哧地一笑骂着月画道："这个小东西，她的眼光倒也和她娘一样，可惜这个姓黄的却是一个傻子，像我们这样一对的娘儿，还不在他的眼上，岂非奇事?"

老婆婆道："我曾经听得小小姐说过，他和毕小姐已经定了亲了。"

钱傻姑岔口道："姓毕的早被我的符咒治死了，他想和姓毕的成亲，这是只有等到来世的了。"

钱傻姑还待再说，忽见他的窗外一连扑扑地跳进两个人来，一见就是马如龙、毕璇姐两个。连忙顺手找出一把钢刀，迎着马、毕两个，冷笑一声喝着道："你们自己要来送死，那就不能再怪老娘!"

钱傻姑的一个娘字犹未说完，马上将她手上的那把钢刀就向马、毕两个面前搅去。此时马、毕二人四只眼睛早已冒火，各把手上的兵器敌着钱傻姑的钢刀，厮杀起来。钱傻姑瞧见马、毕二人的本事很是了得，不敢只在实打，急又口中念念有词，想用她的邪法拿下马、毕两个，好去要挟黄柳村。哪知马、毕两个早已防备，一见钱傻姑又在念那符咒，早已蹿出庭心，飞身上屋，一时不知去向。

钱傻姑一则因见已是深夜，守那穷寇莫追之旨；二则一心一意只在想那黄柳村，所以也不追赶，只命老婆婆唤入几个小喽啰，前去吩咐李金彪，连同程、海、梅、张四人，说是以后再有外人闯上山来，就要他们的好看。

小喽啰走后，钱傻姑又命老婆婆和她一同卧下道："我只当那个姓毕的婆娘已经被我治死，她倒居然活着，或是她的先天太足，也未可知。"

老婆婆道："我起先还疑心这个姓毕的就是我们的风琴大小姐，现在既是不是，你老人家就让小小姐嫁了黄公子吧！至于黄公子已定姓毕的在先，只要小小姐愿意，你老人家也不必去干涉他们。"

老婆婆说到这里，忽向钱傻姑笑上一笑道："天下标致的小伙子岂少你的宝，一个做娘的，何必定要去和亲女儿抢一个人呢？"

钱傻姑也被老婆婆说得笑了起来道："这么这个姓马的我也看中，你能去知照黄公子，将姓马的替我成了好事，我准定把月画给他做第二个夫人就是。"

老婆婆听说道："这样事情，恐怕办不到吧！"

钱傻姑听了，忽然把脸一板道："我已迁就至此，倘若连这样也不依我，那就不要怪我动火。"

老婆婆只好暂且应承下来，说是去和黄柳村商量了再给回音。

第二天一早，老婆婆先给月画回信。月画因为真爱黄柳村，就是做他的二夫人也愿意的，当下便和老婆婆去到前寨，把黄公子请到一间书房之中，委委屈屈地将钱傻姑要求的事情告知了黄柳村。黄柳村因见月画如此痴情，于是答应了再娶月画，马如龙的事情不能担任。

老婆婆听说，发急地说道："姓马的不能办到，小小姐的事情仍是空谈。"

黄柳村皱着双眉地对月画道："九妹妹，你可不要怨我，你娘的这种下作行为，你可不要动气。试问凡是正派的人，谁肯与她来鬼混呀？"

月画也很不高兴地答道："我的事情就是丢开不谈，八哥呀，你的性命很是危险呢!"

黄柳村听了，连连摇头道："这就无法了。"

月画、老婆婆二人正待答话，忽见花棋悄悄地闯了进来。黄柳村忙向花棋将手一拱道："七姊姊，你得再救我一救。"

花棋道："八兄弟，岂有不想救你之理?"说着，便与月画咬上几句耳朵。

月画一面在听，一面点头，等得听完，便答花棋道："姊姊此计，妹子自然赞成。"说着，忽向黄柳村瞟上一眼道："只要八哥不来负我，还有何说?"

花棋听说，又把黄柳村叫到一边，和他轻轻地说道："我们娘的行为，莫说别人瞧她不起，连我也很寒碜，不过她是我的亲娘，叫我也没法子奈何。现在我想来担一个不是，一有暇隙，我就放你下山。不过你们九妹妹很愿奉你巾栉，毕家姊姊为人又极柔和，八兄弟你瞧怎样?"

黄柳村不待花棋说完，早已感激得拭着眼泪道："七姊、九妹都是我的救命恩人，七姊此刻情愿担着不是放我逃走!"说着，瞧了月画一眼道："九妹如此好意，我姓黄的决不相负就是。"

月画绯红脸儿道："八哥本是君子，何至相负!"一面说着，一面将她眼圈一红，对着花棋说道："姊姊，你有什么法子，能够放我们的八哥下山去呢?"

花棋道："我就去对娘说，八弟这人，要我劝说，我娘一定答应。我等夜深人静之际，就将八弟放走。我娘知道，我不过担上一个一时疏忽之罪罢了，我娘不见得会治死我的。"

月画、黄柳村、老婆婆三个大喜道："准定如此办法。"

花棋又对黄柳村说道："七兄弟倘能安然下山，第一件事情，快同毕家姊姊去到北京成亲，你们二人本是孤单之人，大家也好有了照应；第二件事情，通知姓马的不要再来和我们娘作对，双方有了损失，都非好事；第三件事情，无论走到何处，须得通知大方煤号姓李的，以便九妹妹好去找你；第四件事情，现在发配黑龙江的有个配犯，名叫蒋功奇，他是我们姓赵一门的冤家，八兄弟能够暗暗地去把此贼除去，我更感激。"

黄柳村听说，自然一一答应。

不知黄柳村几时被放下山，且听下回分解。

评曰：

此回愈入纷乱之境，作者不是用笔在写钱傻姑，却是用笔在写花棋、月画、黄柳村、老婆婆等人也。

第十三回

明放火深宵纵妹婿
暗报护大令献师尊

黄柳村一一答应之后，又托花棋从速去办放他下山之事，恐怕迟则有变。

花棋便去对钱傻姑说道："娘呀，黄公子本和女儿等结拜过兄妹的，他的来此找杀，乃是马如龙约他来的，他既不知道我们是你老人家的女儿，当然不能怪他。至于他不肯应允妹妹的亲事，也因已与毕小姐订婚在先。毕小姐，女儿也救过她的，这样说来，黄公子不肯见新忘故，更是君子，这等好人，我们应该敬重他，不好欺侮他。女儿此刻特来禀明娘一声，娘尽管放心，把黄公子这人交给女儿，女儿自有法子劝他回心转意。只要他肯回心转意，其余之事，娘要怎样便能怎样了。"

钱傻姑一直听花棋说到此地，方才答道："你的说话都是偏护姓黄的居多，只有末了一句还算像句说话。你要求娘把黄公子交给你去，为娘也可答应。不过倘有逃失走亡等事闹出，不要怨娘翻脸无情，公事公办就是。"

花棋道："女儿既在娘面前担任前去劝他，怎会让他逃走？"

老婆婆也来撺掇。钱傻姑听了，方始答应。

花棋一见她娘已经应允，心中暗暗欢喜，她又去叮嘱了黄柳村一番，叫他这天晚上不可睡着，早为预备，一俟马棚起火，赶快乘机逃走。黄柳村当然满口称谢。

到了晚上，大家安睡，未至半夜，前寨马棚里果然失火。其时李金彪正和钱傻姑两个睡熟未久，一见马棚起火，还防官兵中来了奸细，连忙奔出前寨，督同程、海、梅、张四个头目救火。

黄柳村的本事虽然不及花棋、月画二人，已是数一数二的人才，当时一见马棚起火，赶忙趁着大众纷乱之际，用出平生绝技，只把身子一纵，早已飞身上屋，一闪之间，就到山下，急去找着毕璇姐、马如龙两个，连话也不及说，拉了他们两个，飞步就走。走了一夜，天已大亮，看看已离锦屏山约有百十里了，方始走入一座古庙，大家坐下。

毕璇姐、马如龙两个起初只跟黄柳村直奔，此刻坐下，毕璇姐方才问黄柳村道："你有什么大祸临身，这等拼命逃法？"

黄柳村见问道："你不知道，听我告诉你们两个。我的逃下山来，乃是花棋、月画二人所放。花棋、月画，就是竹根、树皮，不知怎么说法，她们两个竟是这个女匪的亲生闺女，你们说说，奇也不奇？她们两个既是三番两次地救我，莫说我的本领不敌她娘，就是能敌，也不能去杀大恩人的亲娘呀！"

马如龙先一惊道："怎么说？这个女匪竟是她们两个的亲娘吗？这真稀奇了。"

毕璇姐也接口道："竹根妹妹本是我的恩人，早知如此，我是决不到这锦屏山来伤这和气的。"

黄柳村等得马、毕二人说完，始把山上的事情一五一十半句不瞒地告知马、毕二人听了。马如龙听了，连连摇头道："天下怎有这种无耻的淫妇？"

毕璇姐道："树皮妹妹又是你的救命恩人，我在济南府的时候，一见了她，就爱她天真烂漫。现在你既允了亲事，这也不必说什么大夫人、二夫人，大家只要和和气气，真和姊妹一般，有何不可？"

马如龙笑着接口道："这样讲来，不过便宜了那个淫妇。"

毕璇姐也含笑地指指黄柳村，对马如龙说道："她是他的丈母老太太了，自然只好便宜她了。"

马如龙又笑上一笑道："我们再走呀，且俟进关，你们两个尽管入京，我是要回我的府去了。"

黄柳村也笑道："就到我们府上委屈几时，也不碍事的呀！况且你是大媒，我们此去，就要结婚，媒人本是不能不到的。"

马如龙连连地摆手道："常言说得好，叫作'轿前媒人轿后狗'，我也不稀罕你的谢媒之礼。不过那个蒋功奇，我倒喜欢去和他见个高下。"

黄柳村一面立起就走，一面答马如龙道："姓蒋的又没什么本事的，这真正是杀鸡焉用牛刀了。"

马、毕二人也一面跟着黄柳村出了朝门，再向前行，一面同声道："竹根、树皮两个，她们府上的事情真有一部小说可做。"

黄柳村道："我也仅知大概，内中定有曲折离奇之事，可惜无暇问明。我最稀奇的是，我明明是她们姊妹二人的结义姊弟，怎么她们的娘竟会看中我这人起来呢？"

毕璇姐一笑道："这就叫作胡匪呀！"

三个人一问一答，在途便不寂寞。

一天，过了京中，黄柳村就要毕、马二人一同到他家去。

毕璇姐微微红脸道："我是……"说了二字，又是轻轻地扑哧一笑，抿嘴不语。

马如龙也笑道："柳兄弟的家境本也平常，现在不能大排场的。"说着，朝毕璇姐笑笑道："你虽是一位新娘子，好在他家又没上人，一塌括子，只有你们夫妻两个大人，还怕什么呀？"

黄柳村接口道："马大哥说得不错，只有委屈毕家姊姊一点儿的了。"

毕璇姐一见黄柳村忽然和她说起客套话来，又将她的那张粉脸一红道："柳兄弟，你我又非外人，本不碍事。我所怕的，你们那里有个姓李的同住，有些难为情罢了。"

黄柳村道："怕他做甚？况且他在前院，我们住在后院，各住一院，又走不通的，关他甚事？"

毕璇姐听说，方才无话。

一时到了黄柳村家里，黄柳村家里仅有一个半傻不傻的小书童，余无他人。毕璇姐见了，一想倒也清净，一面就叫黄柳村先生去通知那个姓李的，免得进来臊人，一面又去分派书童，打扫房屋，以便马如龙居住。

黄柳村去了半天进来，手里拿了好几封信和电报，对毕、马二人说道："怪不得花棋、月画两个在山上的时候，只管埋怨我不给她们回音，我又没有回来，如何会瞧见这些信、电呢？"

毕璇姐笑上一笑道："可怜她们两姊妹，在没有寻着她们这位气数娘之先，真也是个孤家寡人一般，自然当你是她们的亲人。没钱用不来问你，又去问谁呢？"

黄柳村摇摇头道："谁知我也是一个穷光蛋，真正对不起她们姊妹两个。"

黄柳村说到这里，便把马如龙拉到一旁，唧唧哝哝地在咬耳朵。毕璇姐已经猜着，定是在说他们喜期的事情，赶忙避得远远的，不敢去听。

过了一会儿，黄柳村出去买物，马如龙便来对毕璇姐笑道："毕小姐，柳兄弟是出去拣日子去了，他叫我转知你一声，只好瞧他家中早亡人上，没人主持婚事，一切事情，请你原谅一点儿。"

毕璇姐听说，羞得不答。

马如龙又笑道："毕小姐本是巾帼英雄，何必也做这种小家派数？况且你和柳兄弟又是患难之交。"

毕璇姐方才羞涩涩地答道："我已嫁他，凡事应该由他做主，我又不是外人，何必再来关照？"

马如龙听说，哈哈大笑起来道："这就叫作刀切豆腐两面光，你们二人既能如此的夫唱妇随，我这大媒的责任就完结了。"

他们二人刚刚说完，黄柳村已经买了不少吃的用的回来，一面交与书童，自去安排，一面对着马如龙笑道："今年没有日子，倒说非得来年方有喜期。"

马如龙笑道："这是你们二人一生一世的大事，自然只好听那瞎子做主。既是这般，我是一个好动不好静的人，你们二位何不先往黑龙江去，收拾了那个姓蒋的，也算不负人家相托一场。"

毕璇姐接口道："好，明天就走。"

黄柳村笑阻道："忙什么？黑龙江本在关外，早知如此，我俩又何必巴巴结结地进京？现在既已进京，至少也得休息休息一两个月再讲。"

毕璇姐好没意思地向黄柳村说道："问你呀！"

黄柳村也望了毕璇姐一眼，并不接腔。

马如龙笑着打圆场道："毕小姐说明天就走，未免太快。柳兄弟说住一两个月，又未免太迟。依我说来，多则半月，少则十天，也可以了。"

毕璇姐道："北京乃是御辇之下的地方，听说很是热闹，我们大家也得好好地逛它几天。"

黄柳村道："京里本来是极热闹的，因被拳匪一闹，两宫西幸，顿时萧索起来。现在虽已回銮，市面渐渐恢复，但已不及从前。你们既要去逛，我来做东就是。"

马如龙笑道："别说，别说！请问你不做东，难道我这大媒反来做东不成？"

黄柳村和毕璇姐二人竟被马如龙说得笑了起来。

这天晚上，黄柳村和马如龙在西面的屋内睡，毕璇姐一个人在东面屋内睡。

第二天，黄柳村先同马、毕二人到了东安市场，畅逛一天。

第三天，又到那座陶然亭上逛了一天。

第四天，他们三个方在天桥吃茶，毕璇姐忽见她的那个名叫何淡然的师兄，同了一个美貌少年，匆匆走至她的面前问她道："师妹，我们多年不见，师妹为何在此?"

毕璇姐尚未答言，黄柳村已和那个美貌少年握手大谈起来。

毕璇姐、马如龙二人方才知道，那个美貌少年名叫卞洛阳，乃是大名府人氏。大家互相介绍、寒暄之后，毕璇姐始把她的近状统统告知她的师兄，又问她的师父自然老人现在何处，她要前去寻找。

何淡然答道："师父海外云游，说明须要十年八年方才回山。现在还不到三年，我也不知他老人家现在何处。"

毕璇姐一时想着她师父待她的好处，不禁淌下泪来。何淡然劝慰一阵，黄柳村又谢过卞洛阳替他写信，救了赵竹根姊妹二人之事。卞洛阳谦虚几句，方才说明他的老太爷忽然放了黑龙江巡抚，天恩高厚，不敢推辞，业已前去上任。他是赴东京聘请幕友的，又说黄柳村如果肯就，他就不去再聘别个。

毕璇姐在旁听得清楚，便向黄柳村暗递眼色，叫他答应。

黄柳村便向卞洛阳说道："兄弟漂流京外有年，现在既有室家，自然望得一个发展之地。我兄如果能够提拔，岂有不愿之理? 不过才疏学浅，恐负我兄介绍耳。"

卞洛阳本来最佩服黄柳村的，一见黄柳村满口答应，又知这位毕璇姐就是黄柳村的未婚妻，当下就撺掇黄柳村，马上同往黑龙江去。

黄柳村道："我们本要到黑龙江去有事的，早走几天也可。"

大家说定，除了何淡然自去云游外，这里黄柳村、毕璇姐、马如龙、卞洛阳一行人等，便向黑龙江去。

到省之后，卞巡抚很是高兴，立即下了一个委札，委了黄柳村做总文案，马如龙做武巡捕。卞洛阳还有一位妹子，叫作卞文莺，也是一位才貌双全的女子，近来正在学习武艺，一听毕璇姐是自然老人的女徒，她就拜了毕璇姐为师，由毕璇姐天天地教习。

黄柳村本要第二年才和毕璇姐结婚，自己便不另租公馆，住在文案房内。毕璇姐自有卞小姐替她收拾内房居住。

及至打听那个蒋功奇，方才知道，已于一个月前在逃，现在正在通缉。黄柳村知道，此事只好暂时作罢。

一天，见着东三省总督和吉林巡抚来的咨文，说是要请黑龙江巡抚派兵会剿长白山、锦屏山一带的胡匪，他便把毕璇姐请出，先将咨文给她看过，然后和她商量道："花棋姊妹两个本是我们二人的恩人，女儿对于亲娘，岂有坐视之理？钱傻姑那个淫妇的好歹又是另一问题。我既见了这个咨文，应该暗中帮忙，但又无法按住这个公事，所以和你商量商量，你瞧怎样办法？"

毕璇姐想了一想道："最好是按住公事，不去会剿。如果按不住公事，只有暗暗派人去到锦屏山通知花棋姊妹，叫他们赶快防备。"

黄柳村道："公事是按不住的，只有派人前去通知，但是私通胡匪，脑袋就要不保的。此事只有我们和马如龙三个人可办，万万不好去派别个。"

毕璇姐道："马大哥现在也和你一样有了公事在身，当然不能离开此地，只有我还可以行动自由，要么我去对我的徒弟说，我要出外访友，请她两个月假，便好向锦屏山一行。"

他们夫妻二人暗暗商量妥当，毕璇姐即向卞巡抚请了两个月的事假。正待起程，卞小姐因与毕璇姐二人虽然谊属师徒，却已情同姊妹，当下对毕璇姐说道："师父此去访友，难免各处走走，师父对于一切匪盗自然不怕他们。不过现在各处的关卡盘查极严，师父又是女流，恐有不便的地方，让徒弟去问家父讨支大令，师父藏在身边，没有事情，也无损伤；倘若有起事来，便好调动官兵。"

毕璇姐见是好意，虽然藏了那支大令，并不十分重视。及至将近锦屏山下，只见路上的行人都劝她不可前行。毕璇姐假装不知，忙问何故。

路人道："前面就是锦屏山了，那山上的胡匪，更比别处的胡匪厉害。你这位娇滴滴的娘儿们一上前去，还有命吗？"

毕璇姐又问道："我从前时候，也在山下经过几回，似乎没有这般厉害呀！"

路人又说道："你这位姊姊哪里知道，从前官府不去理睬他们，他们自然随便一点儿。现在三省的大兵指日就要前来会剿，他们既是有名的胡匪，岂有不防你是奸细之理？从前山下还准老百姓自由买卖，现在是一把火烧得干干净净。我们原是好意，信不信由你。"

路人说毕自去。

毕璇姐暗暗好笑，仍往前进，将到山下，就听得一阵人喊马嘶，似在厮杀之声，不禁一吓道："难道官兵反比我来得快些不成？"

毕璇姐一面想着，一面紧走几步，远远望去，只见那个钱傻姑率领不少喽啰，似与一个姑娘正在那儿厮杀。

不知这个姑娘是谁，且听下回分解。

评曰：

　　此回描写毕璇姐，分外有劲，非等闲笔也。

第十四回

遍体有伤亡爷诉亲女
一言无隐师叔戏娇徒

毕璇姐起初听见山上有人厮杀，还疑心官兵比她先到。及至奔到山下，抬头一望，只见那个钱傻姑正同许多头目喽啰在那围场之中，围着一个姑娘厮杀。定睛一看，原来非别，正是赵花棋。不禁大为诧异起来道："这不是奇怪的事情吗？她们母女两个何故自相残杀起来？"又见那个钱傻姑拿了两柄双刀，只向花棋的头上直劈。花棋拿着一把短刀，一面招架，一面避让，还有那个李金彪以及四个头目也围着花棋厮杀。花棋似想逃走，一时又没有暇隙可以逃走的样子。

毕璇姐又暗忖道："我知道花棋的本领，无论何人战她不下，她的此时不肯还手，明是看在亲娘分儿上。但是她娘之外，还有四五条大汉一同杀她，倘然一个措手不及，岂不误事？她是我的救命恩人，我不助她，谁去助她？"毕璇姐一面想着，一面几个箭步蹿到围场之中，取出防身兵器，陡向钱傻姑大喝一声道："你这女匪，休得逞能，吃我一刀！"

钱傻姑忽见这个毕璇姐又来厮杀，她就丢下花棋，使动双刀，一刀先向毕璇姐的脸上虚晃一下，不待毕璇姐避过刀风的当口，她又一刀直向毕璇姐的私处刺。毕璇姐本是行家，虽在上面避过刀风，下面也在留心，同时将身一侧，也用她手上的那把刀直向钱傻姑的头上劈去。刀甫劈出，忙又缩了回来，顺手却向旁边的那个张三锋肩上砍去。顿时只听得张三锋哎哟一声，他的肩上已被毕璇姐劈去一块皮肉。

原来李金彪和程、海、梅、张四个帮着钱傻姑在杀花棋，这个张三锋一见毕璇姐忽然杀入，在斗钱傻姑，他便大气特气之下，一股怒气全冲花棋身上，就想马上结果花棋。不防毕璇姐用出声东击西之法，顺手去砍张三锋。张三锋一个不防，他肩上的一块老肉顿时与他的身体宣告脱离关系，一时痛得几乎晕去，身体就像随风杨柳一般，乱摇起来。靠他最近的那个梅七怪赶忙将张三锋扶至一边，交与小喽啰照应，自己一步蹿至毕璇姐的前面，抢戟便战。毕璇姐自然慌忙招架。

此时花棋忽见毕璇姐一个人杀上山来，心里未免一惊，暗想："黄公子为何不听我的言语，此时又让毕璇姐单身前来冒险，岂不奇怪？"但又不及相问，只好趁那张三锋受伤之际，慌忙跳出圈子，飞身纵至一棵大树之上，隐住身子，口中念念有词，暗中保护毕璇姐。

再说钱傻姑一见她的面首张三锋忽被毕璇姐砍伤，这一气还当了得，顿时大吼一声，即与毕璇姐拼命地杀了起来，还防另外有人来助毕璇姐，她又口中念念有词，要将毕璇姐咒倒，取她性命。

毕璇姐一见钱傻姑又在念那咒语，不禁吓了起来，正想觑空逃走的时候，陡闻空中一个晴天霹雳，顿时天昏地暗起来，各人伸手不见五指。毕璇姐趁此逃出圈场，下得山去，就往前奔。不料后面追上一人，一把将她抓住。毕璇姐自然还当是钱傻姑追至，正想甩脱逃走，已经听得那人说道："璇姐姊姊，你莫怕，是我呀！"

毕璇姐赶忙回头一瞧，却是赵花棋，方始把心一放。当下又见花棋把手向前面一座荒冢一指道："且到那里再讲。"

毕璇姐同着花棋两个走入荒冢之中，低头盘膝坐下。那时天仍昏暗，毕璇姐先问花棋道："妹妹，这个天昏地暗之法，是你作的吗？"

花棋一面点头，一面说道："璇姐姊姊，你一个人怎么又来此地，黄公子呢？"

毕璇姐见问，忙简单地把她从到京起，一直至黑龙江到此止，讲与花棋听了。

花棋听毕，微吁了一口气道："我娘真太糊涂，你瞧，你来通信，原是看在我们姊妹二人面上，我娘竟要杀我，岂不使人寒心？"

毕璇姐道："月画妹妹呢？"

花棋道："她昨天到长白山去了，她若不走，我们母女两个还不至于破脸呢！"

毕璇姐又问道："你们母女厮杀，究竟为了何事，你倒讲给我听听瞧！"

花棋望了毕璇姐一眼道："都是为你们的事情呢。我那天晚上特去放火，放走黄公子。哪知我娘就此和我结仇，说我放走她的爱人，立时要把我置诸死地。我每次要想逃走下山，去寻你们，我那妹妹总是跪着求我，不放我走。又说我们娘儿三个之外，现在世上可以说得没有一个亲眷，无论如何，总要念她是娘，不可存了意见。我当时因见我那妹子这般说法，自然心酸起来，一时不忍独自下山。又想虎毒不食子，我娘或是口上说说罢了。哪知我娘真也狠心，忽用软法待我，忽用硬法待我。她用软法待我，好几次要用毒药害我，幸亏我的师父教了我有一点儿小小本领，总算没有被害；她用硬法待我，好几次要用刀来杀我，也被我当场躲过。话虽如此，我总是她肚皮里养出来的，什么大义灭亲的说话，我到底干不来的。

"不料有一天晚上，我又受了我娘之气，一个人躺在床上，伤心一阵，便也沉沉睡去。那时我已睡熟，竟在做梦，我却不知是梦，仍在一个人伤心掉泪，只想寻死。忽见走来一个血人，拉着我的手，向我痛哭起来，我竟会吓得发抖不止。我原是一个天不怕地不惧的东西，我跟我的师父在龙虎山的时候，龙虎山本是张天师所居的地方，什么怪兽、什么妖精，常常出来的，我看见它们，也从没道过一个怕字，独有见着这个血人，真的怕得要命。因为那个血人满身都是极大的窟窿，窟窿之中处处有血流出，一种使人又惨又惧的形状，真是难以言语形容。哪知那人向我痛哭几声，就开口对我说道：'我的二女儿呀，我就是你的生身之父赵子玖呀！我被你那万世不会超生的亲娘害得身上连剐九十九刀而死。就是犯了罪过，也不过只有八刀的呀！今天特来告知我儿，千万替你父亲报仇雪恨！'我的父亲说完这句，忽又掩面痛哭而去。

"我被一阵阴风吹醒，当初还当是心记梦，后来想想，哪有这样的心记梦？确是我的父亲前来显灵。

"第二天，去和我的妹子、和我娘的乳母柳成亲说了，谁知她们二人也是各得一梦，和我的一模一样。我自从得了此梦之后，便起了替父报仇之念。无奈我那妹子暗中防我，明中劝我，我又弄得懈了下来。

"又有一晚上，我因想念我的父亲，不能合眼，只好下床走走。可巧一条黑影闪过我的窗子前面。我防有人行刺，连忙使出轻身之术，飞出窗外，向那黑影追去。那条黑影的本领不及我，所以并未知道我在追他，到了一个所在，忽然站定下来。我再仔细一瞧，方知就是我的娘。我当时暗想：'我娘现在三更半夜来此干些什么？'我的念头尚未转完，已见那个程马超的杀坯陡从黑暗之中，蹑手蹑脚地走了出来，一把将我的娘拉着，并坐在一张杨妃榻上。他们两个不知说了几句什么说话，程马超马上就脱我娘的衣服，那种不是人干的把戏，我实在臊得没有地洞可钻。我当时的火也就冒了上来，我就奔到程马超的跟前，把他这人一把辫子拖起，说也好笑，竟然连我娘的身子也会一同拖了起来了，因为那时程马超的双手正抱我娘的屁股呢。我当时又被他们的那个怪状一臊，只好放手逃走。

"第二天，我娘又来怪我当人臊她，又是我那妹子打了圆场，方才了事的。

"这样地闹了好久，昨儿长白山姓宗的匪首派人来请这里的那个李金彪前去会议抵敌官兵会剿之事。李金彪有病，不能前去。我娘近日的毛病又在大发，不肯离开程、海、梅、张四个杀坯寸步，于是派了我妹子代表前往。

"我娘一等我妹子走后，又和我寻事起来。今天白天，把我骗到方才的那座围场之中，大家围住我厮杀，要趁我的妹子不在此地，没人好打圆场，定要伤我性命。幸亏大家的本领还不及我，否则一百个也被他们剁为肉饼了。"

花棋一口气说到此处，又朝毕璇姐望了一眼道："你今天不是我用天昏地暗的法术助你，你还得了！"

毕璇姐也一直听到此地，方始很感激地答道："妹妹屡次救我，所以我和我们的柳村一见奉、吉两省督抚来了会剿你们这里的公事，我就专诚奔来通信，哪知又和你娘打了起来。"毕璇姐说到这句，忽然掩口一笑道："未免辜负了我的来意了呢！"

花棋皱皱眉头道："谁说不是呢！"

花棋一面说着，一面又现出十分踌躇的颜色出来。

毕璇姐又问花棋道："妹妹，你真的就此不上山去了吗？"

花棋摇头道："我是死也不上山去的了。"

毕璇姐道："这么你打算怎样呢？"

花棋好半天好半天不言。

毕璇姐又说道："我和你娘本没什么深仇宿恨，只因那个马如龙要替世人除害，所以我和我们的柳村同他前来，后来既知是你的亲娘，我们应要报你我姊妹的大恩，当然对你的娘不再反对。哪知你们母女二人忽又失和，叫我也没办法。况且父母本来并重，一个都不好得罪的。"

花棋恨恨地说道："璇姐姊姊，你还不知道我们爹爹死得苦呢！依我的真气上来，就是马上上山，取了我娘的首级，活祭我们爹爹，也不为过。"

毕璇姐听说，也现出为难之状道："这真叫我难说。"

花棋忽问道："难道我们爹爹就此冤沉海底不成吗？"

毕璇姐道："父仇固不可忘记，但是对于生身之母就下辣手，似也不宜。"

花棋道："这又怎样办呢？"

毕璇姐道："此事不是三言两语可以解决的。"

花棋道："这么官兵马上就要来的呀！"

毕璇姐道："官兵也没什么大本事，哪里禁得起你们姊妹两个的身手呢？"

花棋道："这倒不然，我听说吉林巡抚也知官兵不敌我们，花了重金，聘到一位名叫符道人的帮助他们。"

毕璇姐听了一惊道："符道人真来帮助他们吗？"

花棋忙问道："姊姊认得他吗？"

毕璇姐道："怎么不认得？他是我的师叔。"

花棋听了道："可惜我从此不管山上的事情了，否则有姊姊在此，无论这位符道人怎么凶法，他也不好不卖姊姊人情的。"

毕璇姐忙着摆头道："他是我的第一个冤家，连我们师父也和他断绝了关系的了。"

花棋忙问为了何故。

毕璇姐把脸一红道："说起这话，我的火就上来了。这个姓符的，他的本领也和我们师父不相上下，只是为人最是贪色，我们师父每每劝他，只当耳边风，一句不听。我们师父见说不听，只好和他断绝往来。哪知我在十八岁的那一年上，忽在一处地方遇见姓符的，他却殷殷勤勤地尽和我瞎缠。我当时因他究是一位师叔，不能不理，他又领我到了一间密室之内，动手就来剥我的小衣。"

毕璇姐说到这里，她的两颊已经发赤，双眼之中火星直喷。

花棋急劝道："已过之事，姊姊何必气他？不过照这样说来，现在姓符的前来和我们厮杀，不会再卖姊姊的交情的了。那倒不是好事。"

毕璇姐连连摇首道："不会卖的。这个杀坏的本事似乎也和妹妹差不多呢，妹妹会这天昏地暗之法，他也会呼风唤雨之法呢!"

花棋失惊道："真的吗?"

毕璇姐点点头道："真的，我还亲眼见过。"

花棋道："姊姊知道这个呼风唤雨之法很是厉害吗?"

毕璇姐道："似乎有些厉害。"

花棋连连摇首道："岂止似乎有些厉害？这个呼风唤雨之法，要比天昏地暗之法高过十倍。因为天昏地暗之法乃是正教的起码法术，那个呼风唤雨之法乃是邪教的撒手锏。据我们师父说过，凡是正派的道友，虽会呼风唤雨之法，决不用的。"

毕璇姐至此，方才吓了起来道："这样说来，姓符的不是连妹妹也敌不过他吗?"

花棋道："哪能敌他?"

毕璇姐还待再说，忽然听得远远的有了金鼓大号之声，忙问花棋道："莫非官兵已经来了不成?"

花棋不答，纵身出了那座荒冢，站到一所最高的地方，用手覆在额际，做了一个天篷式，忙向远处一望。只见数里之外，犹同蚂蚁般众的官兵已是漫山遍野而来。赶忙回身进了荒冢，对了毕璇姐拍着她的腿道："不好了，怎么得了！官兵已经杀来，至少也有三五十万人数。"

毕璇姐道："妹妹，你现在帮不帮你的娘，先要决定下来，方好办事。"

花棋发急地答道："此刻要顾我娘的性命，哪好再管别的?"

毕璇姐听说，便在腹中称赞花棋道："这就惯性了。"一面赞着，一面说道："妹妹既要帮娘，我们快快先上山去。不过你娘面前，你得替我先行疏通，方好办事。否则她还当我是官兵中的奸细，怎么可以呀!"

花棋连说不错，即同毕璇姐二人出了荒冢，来到山上。又叫毕璇姐在外稍候，她就慌慌张张地走了进去。没有多久，就同钱傻姑、李金彪两个亲自迎了出来。钱傻姑抢步上前，执着毕璇姐的一只纤手，先行告罪。

不知说出何话，且听下回分解。

评曰：

　　毕璇姐本来通知钱傻姑的，既见母女厮杀，又变宗旨，帮助花棋。及见官兵到来，又变宗旨，帮助钱傻姑。虽属事实离奇，亦文章之诡谲也。此等笔墨，究从何处得来？

第十五回

退官兵又杀官兵
劫人犯复失人犯

钱傻姑向毕璇姐告罪的说话尚未说完，李金彪已抢着说道："毕小姐，且请到里面坐了商量。"

钱傻姑急和毕璇姐手挽手地到了内室，一面请毕璇姐上座，一面指着花棋说道："这个小东西，她是我的亲生女儿。我今天和她的厮杀，原要怪她不该瞒了我，把那黄公子放走，致使她的妹妹没人可嫁。此刻既是把你毕小姐请到山上，还算她有一点儿孝心。起先毕小姐帮她斗我，我的还手，为保性命。毕小姐是大人不记小人之过的，千万原谅。"

毕璇姐听说，也先谢了过，方才含笑答道："这些小事，暂且不必提它。现在三省的大兵立刻就到，少说些也有三五十万人数，此地不过数百喽啰，寡不敌众，不可不防。"

毕璇姐一面说着，一面就在她的身上摸出一支大令，对着钱傻姑、李金彪、花棋三个说道："这支大令，乃是我的女徒卞小姐向她老子讨给我的，她的本意，无非怕我单身一个女子，一时闯关过卡，或有不便之处。有了这支大令，连官兵也可调动，至于闯关过卡，就成了小事了。我既要报花棋、月画两位妹妹的大恩，只好急其所急、缓其所缓，且把大兵退去，再作商量。"

钱傻姑、李金彪、花棋三个不待毕璇姐说完，已经是大喜非常，一等说毕，钱傻姑用手合十，向天连连拜着道："这是我的做人不错，方有这位救命王菩萨到来相救。"说着，又对花棋道："你还坐在此地干什么？快快听候毕家姊姊的命令，她叫你怎样办，你就怎样，且把大兵退去再谈别的呀！"

花棋听说，便问毕璇姐道："这么我们现在先办何事？"

毕璇姐答道："你们大家赶紧守住山寨，大兵到来，我有办法。"

李金彪听说，慌忙传知程马超、海吕布、梅七怪三个，吩咐大小喽啰，速将擂木炮石赶紧摆设山口，以堵官兵。

钱傻姑接口对李金彪道："张四叔他受了伤，不要差他做事。"

李金彪狠狠地瞪上钱傻姑一眼道："谁在差他做事呀？"

毕璇姐忙插嘴道："这是我的不是，惊动了这位张爷，伤势还不碍吗？"

钱傻姑此时本当毕璇姐是位天人看待，连忙含笑答道："没事没事，他们本是一只牛，养上两天，就会好的，毕小姐只顾替我们办理退兵之事就是。"

毕璇姐听说，便同花棋两个来到前寨，出了寨门一瞧，只见那些擂木炮石早已摆得密密层层，很是周备。她又同着花棋走到山下，往前一看，却没什么动静，不禁奇怪起来，忙问花棋道："妹妹，你起先不是瞧见许多官兵的吗？怎么此刻又没什么动静呢？"

花棋道："姊姊莫要宽心，他们此刻没有动静，是有他们的道理。"说着，去把毕璇姐手上的那支大令取到手中，掂上一掂道："这扇小旗，难道真有这个力量不成？"

毕璇姐含笑地答道："我从前也是这个心理，自从住在卞抚台的衙内之后，眼睛所见，耳朵所闻，方才知道督抚的威权。人家说，在京和尚出京官，这句语儿真正不错。"说着，接回那支大令，又说道："我们且回山上，何必老守此地？"

花棋听说，方把她心一放道："我们的妹子不知几时才能回来。"

毕璇姐一面同了花棋飞步上山，一面答道："此地到长白山也有不少的路，几天里头恐怕不能回来吧！"

她们二人说着，回进里面。

钱傻姑、李金彪接入道："外面没有动静吗?"

毕璇姐答道："此刻虽然没有，大概总在早晚吧！"

钱傻姑便命小喽啰等摆出洗尘酒筵，先请毕璇姐坐了首位，又叫程、海、梅三个头目也来相陪。

他们三女四男地正在喝得很有趣的时候，忽见有个小喽啰奔来对钱傻姑报告道："女大王，张头目此刻痛得晕死过去。"

钱傻姑一吓道："我不是亲自替他敷上那个跌打损伤的药末的吗? 难道没用不成!"说着，就叫李金彪、花棋陪着毕璇姐多喝几杯，自己匆匆地同了小喽啰到张三锋房里去了。去了半天，尚未回来。

这里酒席散了许久，仍旧不见钱傻姑这人。花棋因见时已夜深，即陪毕璇姐去到客室安睡。到了半夜，她们两个正在香梦沉酣的当口，陡然听得山下放起几声信炮，顿时人喊马嘶的声音犹同潮至一般。花棋首先扑的一声跳下床来。毕璇姐也随着下床，无暇再和花棋说话，拿了那支大令，慌慌张张地奔到前寨。出了寨门一瞧，只瞧山下的官兵个个明火执仗，早把一座锦屏山围得犹同铁桶相似，不禁一吓道："这还了得!"但她自恃那支大令的威力，急和花棋二人各骑一匹快马，冲下山去，高高举起手上的那支大令，向着官兵大喊道："此是黑龙江卞抚台的大令，你们速速退去……"

毕璇姐尚未说完，已见官兵之中顿时跑出一匹快马，马上骑着一位营官，奔至她的跟前，提高喉咙问道："你是何人，现任何职，何时奉了我们大帅的大令至此? 我们正是黑龙江的队伍。"

毕璇姐此时只好一不做，二不休起来，一面将那大令乱扬，一面高声答道："我就是大小姐的教师毕璇姐，我们大帅命我先来招安，现在已经办妥，你们快快退去。"

那个营官一听毕璇姐这般说法，又见大令是真，慌忙飞马回去传知。不到半刻，只见那些官兵的阵脚已在移动，又将后队改为前队，前队改为后队，纷纷地一齐退去。又是一刻，方才退尽。

花棋见了大喜，早已飞马上山，报知她娘去了。

等得毕璇姐回上山去，跳下马背，早有小喽啰奔来牵马。毕璇姐尚未走进内室，花棋已和钱傻姑等人笑嘻嘻地迎了出来道："这支小小令箭，竟有这般力量，倒是奇事。"

毕璇姐便同大家走进里面坐下道："诸位不必高兴，这支大令只能救得一时之急，因为它是西贝货，这种假传圣旨的事情，不好长远欺人的。"

钱傻姑不待毕璇姐说完，她把眉头一皱，早已计上心来，不和毕璇姐再说，即将李金彪一把拖出房去，一同奔到外边去了。

花棋和毕璇姐二人也不在意，还当钱傻姑和李金彪两个出去办理防守之事。她们两个料定官兵当夜不会再来，于是安歇一宵，以便次日再行商量别的办法。哪知第二天一早，钱傻姑忽来唤醒她们二人，拍手拍脚地笑说道："这班官兵真正个个都是饭囊酒袋。"

毕璇姐忙问何以知道。

钱傻姑又接说道："昨天晚上，毕小姐不是说的，这支大令只好回把好用的吗？我就同了我们大王率领山上的头目、喽啰等等追了上去，出其不意，一面重打，一面又用法术助战。那班官兵既未防备，又在退下的时候，直被我们杀得尸横遍野，血流成河，就是要想回手，也已不能成阵的了。"

花棋不等钱傻姑说毕，只急得跺着双脚地大喊道："这样说来，不是害了我们这位毕家姊姊了吗？毕家姊姊现在此地，且不说她，还有黄公子在省里，倘若卞抚台因此加罪黄公子，那还得了吗？你干的真是不是人干的事情了。"

毕璇姐起先一听钱傻姑率领头目、喽啰前去追杀官兵，已经吓得手足无措，及听花棋说出抚台要加罪黄公子那句，不禁哇的一声哭了出来道："我死本不要紧，怎好害他，怎好害他!"

毕璇姐一面说着，一面又哭着对花棋道："我的夜行功夫不及妹妹的十分之一，这件事情，妹妹须要念我前来相救你们，你得替我去把黄公子救了出来再讲。"

花棋听说，一时不敢回答。原来花棋生怕她这人一走，这座山上就有危险。别人倒还罢了，她娘如何是好？当下想了一阵，方才答道："璇姐姊姊叫我马上去救黄公子，为公为私，我也不能不去。但我为我的娘去想，此刻不放心前去。最好等我妹妹回山再走。"

毕璇姐听到这句，便有些发恨地说道："等你妹妹回来之时，我们的柳村早已见了阎罗王多时了。"

钱傻姑、李金彪两个接口道："我们花儿，此地全靠她的，如何可以离开？还要请毕璇姐原谅。"

毕璇姐一听他们父母女儿同是一般口吻，早抽上一口气，自己怨着自己道："这就是了，姓毕的，你以后再去做好人呢！"

毕璇姐说完这句，不愿再和花棋母女二人说话，拿了那支大令，拔脚就走。

花棋此时已知毕璇姐有些动气，见她拔脚就走，赶忙追上一把拖住道："璇姐姊姊，你莫生气，还是大家从长想出一个双方兼顾的法子吧！"

毕璇姐仍不答话，甩开花棋的手，又往前走。花棋、钱傻姑、老婆婆三个一齐追上高叫道："毕璇姐，你快回来，你倘这般地一走，叫我们这里怎么对得起你呢？"

花棋又单独喊道："璇姐姊姊，你走三天，我只要一天，还是大家商量商量。只要我好放心前去，我一定去就是了。"

毕璇姐听得花棋如此在说，一想，这话不错，我走三天，她真只要半天。毕璇姐边想，边才站定下来道："花棋妹妹，我也不是动气走的，只是我们柳村，倘有一个长短，这是两条性命的事情呢！"

花棋先将毕璇姐请到里面，然后说道："依我之意，我放不下心的就是我娘，要么连娘也同去。"

毕璇姐摇摇头道："她没有你走得快，不然，我一个人早已去了。"毕璇姐说着，又跺着她的脚道："花棋妹妹，你再这样地耽慢下去，我们柳村没有命了呢！"

花棋寻思半天，忽然被她想出一个法子道："既是如此，我娘和璇姐姊姊，以及山上头目，可至山下秘密地方暂住一月。我此刻并不是怕那官兵回来，我所怕的是那个符道人前来，莫说我娘不能抵御，连我也没法子奈何他的呀！"

毕璇姐一被花棋提醒，知道符道人确实厉害，她就赞成花棋的主张，大家下山暂避。

大家既已议定，花棋便同大家下山。眼看大家躲入一个山洞之内，她始放心赶路。花棋的夜行功夫简直和飞一样，不到几天，已经到了黑龙江省城。一进城门，就见人山人海地直往大教场里奔去。花棋本在省里住过一二年的，知道那个大教场便是杀人的地方，不觉心里一吓道："难道今儿就是杀黄公子的日子不成吗？"连忙找着一个年轻妇人，上前去问。

那个妇人答道："今儿是杀那一个私通锦屏山胡匪的黄柳村、马如龙两个……"

花棋不待那个妇人说完，飞步地就向大教场奔去。

那个妇人骂了一声道："这个冒失鬼样的婆娘，我早知道不要告诉她的。"

不讲那个妇人边骂边走，单讲花棋一脚奔到教场之中，一见万头攒动之中，黄柳村和马如龙二人早已五花大绑，各人背上插了一支斩标，直挺挺地并排跪在那儿。她忙暗忖道："我又怎样去救他们呢？不见得好把官兵统统杀完的呀！"

花棋一时想不出主意，急得香汗淋漓，一颗小心突突突地跳了起来。

那时正是上午的十一点钟，只离午时三刻已经不远，天上的太阳似乎走得极快，又像有意在和花棋作对的样子。花棋陡然暗喜道："有了，有了，我只要用出天昏地暗的法子，使得大家伸手不见五指，我把黄、马二人救出再讲。"花棋想定，立即口中念念有词。说也奇怪，顿时只听得一个晴天霹雳，马上天昏地暗起来。大家看热闹的人众同时哄了起来。

花棋就趁此时，一脚奔到黄、马二人跟前，不禁大吓一跳，你道为何？原来黄、马二人早已不知去向。花棋本有黑夜见物的本事，急向四处一瞧，何曾有黄、马二人的影子？这一急非同小可，忙又纵至一株大树之上，四处瞭望，仍旧不见黄、马二人。

那时教场中的官兵已在黑暗之中闹着失了犯人，那个城守，他是有责任的，早已命他手下兵士向空开枪。一时子弹横飞，一班老百姓吃着流弹的已经不少，跟着鬼哭神号之声闹得天翻地覆。

花棋虽在担忧不见了黄、马二人，后来想想，总比已经砍头好些，久隐树上，也没法子变出黄、马二人来的。她即走至城下，一见城门已闭，她又反身走到冷僻所在，从一处城垛上纵了出去，走进一座凉亭之中，坐了下来，始将天昏地暗之法收去。法术既退，一轮红日又现天心。花棋自言自语地说道："他们二人不知去向，未知是祸是福，但在法场失踪，似乎吉多凶少，为什么缘故呢？倘若有人要害他们二人，早趁天昏地暗的时候，将他们害死的了；若已害死，又何必弄走两个尸首？如此想来，他们二人定是被人救去，不过早我一步罢了。"花棋想至此地，马上仍奔锦屏山而来。及到山下，抬头一望，竟把花棋望得目定口呆起来。

花棋呆了一阵，忽然自己安慰自己道："亏我有这先见之明，把娘早已送至别处，不然，这一把火，岂不将我的亲娘烧死？"花棋想到此地，又见山上那些浓烟之中，火头又旺起来。花棋因为她娘不在山上，任它烧个干净，关她屁事，只向她娘所躲的山洞之中走去。及至进洞一看，岂但不见她娘的人影，连那毕璇姐，以及李金彪众头目等人也是一个不见。

119

不知山洞之中又出何事，且听下回分解。

评曰：

　　钱傻姑因见花棋带同毕璇姐上山救她，一种恭维毕璇姐之神情，以及一切言语，委实令人捧腹。毕璇姐本来救人，竟至闹得求救于人，甚至怪及花棋，曲折离奇，洵匪夷所思之笔也。

　　法场一带，情景尤见逼真。

第十六回

符道人吐三昧真火
侯天祥学几路红拳

花棋一进洞去，不见一个人影，这一吓，倒也非同小可，连忙四处找寻。找至洞底，陡见有条极大极大的蟒蛇盘在那儿，蛇身比较巨桶还要粗，蛇头比较笆斗还要大，一根尺把长、鲜红如血的舌头，只在口中一伸一缩地进出不休，两只眼珠绿得发亮，可以照见人的影子。那蛇瞧见有人进去，直把它的前七寸竖了起来，虎势昂昂地大有噬人之状。花棋赶忙退了几步，暗暗忖道："莫非这一班人都被这条孽畜吞下肚去了吗？"因见蛇身旁边尚没皮骨衣服等等存在，稍觉把心一放。回出洞外，又把头仰着天地想道："他们或是为避山上之火，或是为避洞中之蛇，统统躲往别处去了，也未可知。"

花棋正想再往别处寻找，忽听有人似在一株大树之上喊她。她忙走近树下，抬头一看，只见那个海吕布且不和她说话，先把手只向山上乱指，似乎在问山上的事情。

花棋摇摇头道："山上的余火还未烧完，别没什么动静。"

海吕布听说，方敢溜下树来，对着花棋说道："此地不是讲话之处，我们还是到洞里去。"

花棋道："洞里有条大蛇，好不怕人。"

海吕布道："这么到洞后的树林里去。"说着，二人来到树林之中，席地坐下。

花棋道："我娘等人呢？山上究竟出了什么乱子？"

海吕布一见花棋问他，犹是抖凛凛地说道："二小姐，那个符道人好不厉害！"

花棋一吓道："他真来了吗？我娘和毕家小姐都平安的吗？"

海吕布道："女大王是由毕小姐保着一同逃走的，大王和大众等等又是另外一起逃走的。临走的时候，叫我在此等候二小姐的。我这次可吃一大吓了。"

花棋听说她娘和毕璇姐两个尚没什么危险，始命海吕布说那符道人的事情。

海吕布道："我们在那洞内，头两天总算还住得平安。到了第三天的黎明，忽见山上火起，一时鬼哭神号的声音，山岳也会震倒。我那时还不知道那个符道人的凶神到了，就悄悄地蛇行出洞，偷向山上一望，只见一片火光，照得犹同白日，那班小喽啰以及小头目都在火中乱钻。我自然不敢上山，仍又回进洞去，告知二位大王。那位毕小姐说，她去看来。

"毕小姐出得洞去，没有半刻，就慌慌张张地奔回洞来，对大家说道：'了不得，那个符道人已在用他的三昧真火烧你们的山寨，我们快快分头逃走，各保性命要紧！'

"大家被她这样一说，哪里还有什么主张？只好由她分派，于是女大王跟了毕小姐走的，大王和大众是一起走的，大王再三叮嘱我在此守候你二小姐，怕你着急，又知道我在此地守候很是危险，他说将来大家若能平平安安地回山，封我为二大王，以酬这场功劳。我因女大王待我不薄，因此拼死守在此地。二小姐既说现在山上没甚动静，或者那个符道人已经死了。"

花棋一直听到这里，心里一面在感激毕璇姐保护她娘的义气，一面答海吕布道："你能如此忠心，大王不会负你的。不过这个符道人竟有这样厉害，我倒有些不大相信。三昧真火，只有我的师父能有这个道行，符道人恐怕未必能够。我娘既说逃走，我也放心，你快跟我到山上去瞧了，好办善后之事……"

海昌布不待花棋说完，忙把舌头一伸道："我还要留着这条小性命吃两年饭呢！我劝二小姐也不必上去冒这危险。那个黄公子到底怎样了？毕小姐为人很不错，二小姐不要辜负她才好呢！"

花棋道："黄公子的事情你且莫问，快快陪我上山，因为我一个人忙不过来。你不是一位候补二大王吗？"

海昌布连连摇头道："二小姐休得取笑，你如果一定要我上山去，我情愿这个二大王不做的。"

花棋见这海昌布如此胆小，便命海昌布就在此地守她，她一个人上山去瞧了究竟再来。海昌布劝阻不住，只好再三再四地叮嘱几声。

花棋答声知道，拔腿就走。及到半山，就闻着一股死人的臭味，她也不管。再往前进，到了山顶，只见一片火烧场，半是堆着未曾烧尽的尸骨。花棋摇头微吁道："好好的人不做，偏要做胡匪，这些尸骨便是做胡匪的下场。"

花棋看了一会儿，也看不出什么道理，正待反身下山，陡见空中飞下一个十四五岁、眉目清秀的童子，向她抱拳一揖道："请问这位姊姊可是名叫赵花棋的？"

花棋含笑答礼道："我正是赵花棋，不知你这位小兄弟何以知道？既从空中飞下，武艺一定高妙的了！"

那个童子又向花棋恭恭敬敬地拜上几拜道："我叫侯天祥，原是符道人的徒弟，跟他学了多年本事。除了不会剑术外，其余的略知大概。不料去年夏天，我方伴着符道人四处云游。一天晚上，符道人忽然兽欲冲动，竟来向我要求干那鸡奸之事，我一时羞愤交加，失手碰了他一粒门牙，他就立时要把我置诸死地。我一则打他不过，二则究是师父，不敢还手，只得拼命逃走。但我一个孤身孩子，举目无亲地四处乱闯，真也吃尽苦楚。后来在洞庭湖时，遇见一位老尼，和我说话，蒙她很可怜我，她又教了我几路红拳，令我于今年

123

今月今日今时来此相会姊姊，我当时问她姓名，以便将来报答大恩，她总笑而不言，单对我说：'你只要事事听命赵花棋姊姊，将来自有好处。'说完这话，陡向洞庭湖中一跳，当时只见几个水花乱溅，不见影子。我也知道这位老尼必是借了水遁走了，我就在湖边拜了几拜，仍在四处乱闯。直到今天，不敢误事，特地来此，果然遇见姊姊。"

花棋一直听完，先向空中拜上几拜，方才答复天祥道："你遇的就是我的师父。因为你所学的这个红拳，我的师父和我说过，现在的剑仙侠客虽然不少，能会这个红拳的只有她一个。我当时听说，自然缠着要学。师父又对我说：'现在不必学它，三年之后，自有人来教你。'我此刻一算，可巧整整三年，将来我和我那月画妹妹都要请你教我们呢！"

侯天祥听了大惊道："这样说来，姊姊的师尊不是有那未卜先知的道行了吗？"

花棋微笑道："岂止未卜先知而已，我们师父早已成了地仙的了。"

侯天祥又问道："师尊的道号叫作什么？令妹又叫何名，怎么师尊并未曾提及令妹？"

花棋道："我们师父就是江西龙虎山了然庵的了然师太。"

侯天祥不等花棋说完，不觉惊喜道："这是我的运气到了。"

花棋笑问什么运气。

侯天祥道："符道人常常提及师尊名讳，又说，天下的剑仙，要推师尊为首。现在我无意之中蒙她老人家教了这个红拳，岂不交了大运？"

侯天祥一面在说，一面跳得犹同麻雀一般。花棋见了，忍住了笑，又问道："这样讲来，你不是和你那个不肖的师父断绝了关系了吗？"

侯天祥摇头道："师为大恩，怎好因此小事忘记？但怕他从此和

124

我翻腔，我却不肯和他翻腔。"

花棋听说，连连点着头道："如此存心，方才不错。"说着，又指指那片火烧场道："你虽如此待你师父，可是你的师父已经走入邪魔之道，你瞧瞧，这是用他的三昧真火烧的。现在他又和我们在做对头，倘若我和他交手的时候，你助谁呀？"

侯天祥正色答道："姊姊的师父就是我的师父，我断不敢去助别人来害姊姊。那个符道人的行为不好，我也会辨别邪正的。"

花棋听说，便将她和月画二人的身世简单地告知了侯天祥。侯天祥听毕道："姊姊，你就是我的师姊，我是你的师弟，以后不论何事，我总遵照师父之命，样样听师姊指示就是。"

花棋无意之中得了一个有本事的师弟，自然非常高兴，便想前去找着符道人，和他见个高下。又问侯天祥可肯同去。

侯天祥鼓着一双小眼珠子道："师姊，是不是早和你说过了的吗？样样事情，我总听你说话。"

花棋笑上一笑道："是的，是的。这倒怪我多问了。"

侯天祥也笑道："师姊，我是一个无家可归的人，从今天起，我是跟着师姊寸步不离的了。"

花棋也笑道："我正在少帮手的当口，有了你这师弟，你要走，我也不放你走。"

侯天祥道："依我之意，一个人总要有了地盘，方好办事，此地既已烧得干干净净，在此也是无益。我能料定师姊的老太太，以及大众人等一定往长白山去了，我们何不追踪上去？"

花棋连连点头道："你料得不错，你料得不错！我们马上就去。"

侯天祥笑道："这要师姊做主。"

花棋便同侯天祥下了锦屏山，回到洞后的树林之中，大略告知那个海昌布，便向长白山进发。

一天，离长白山不远，就听得路人传说，官兵正和山上的胡匪开战，又说，山上的那个匪首宗天锡本已厉害，现在又加上锦屏山到来的一班胡匪。官兵这面，每战失利，幸有一个符道人在帮官兵，因此两不相下。

花棋听了这些说话，便知她娘和毕璇姐等人已经和宗天锡会合了，当然很是放心，忙和侯天祥商说道："师弟，你倒说说看，我们三个还是就此杀入官兵营中去呢，还是设法到了山上再说？"

侯天祥道："我们三个虽然都有一些本事，官兵的枪炮也很厉害，与其设法闯上山去，不知能否如意，还是杀进官兵营中。山上的人一见官兵营中有人厮杀，他们一定杀下，这一场能把官兵杀退，这就最好没有。否则会合上山，也比设法闯上山去容易。"

花棋听说，笑眯眯地望上侯天祥一眼道："师弟，我倒看你不出，你这小小年纪，胸中竟有如此见解，真正令人佩服。"

侯天祥笑着将头一歪道："师姊不必谬奖，师姊既是赞成这个办法，我们马上杀上前去可好？"

花棋摇头道："还是不如到了三更时分，再行杀入为妙。"

海吕布一直让花棋、侯天祥二人你一句我一句地说完之后，方才向他们二人笑道："我的本事比起你们两个起来，你们倒是吕布，我只好算是那个文绉绉的陈宫了。你们两个商商量量地要去杀入千军万马之中，我怎么办得到？但我所知道的，也有你们所不知道的。此地向右走去十五里，叫作樵夫堡，堡外有座伏波庙，庙里有个地洞，可以直通长白山顶，这是宗大王预先暗中设备的。我从前总请我们两位大王在那锦屏山上也仿这个办法，女大王倒极赞成，大王不以为然。谁知我们三个今天却得着这个地洞的好处。"

花棋、侯天祥听了，大喜道："既有这个地洞，你为什么事先不早讲？害得我们两个费了半天的唇舌！"

海吕布笑道："我起先又不知道官兵围了此山，及到此地，你们二位已在讲个不休，我也来不及说呀！"

花棋听说，笑了起来道："既然如此，我们快走地洞，且到山上再讲。"

海吕布原是熟路，他便为首，领着花棋、侯天祥二人往右首的一条路上走去。走进那座伏波庙里，再往里走，一直走到一座涸井旁边，三人一同跳了下去。花棋一见井的底下果有一座地道，黑簇簇地走上几里，忽见有座土炮，挡住去路，跟着有几个小匪向他们大喝道："有关子没有？倘若没有关子，俺们可要开火了！"

海吕布赶忙上前一认，瞧见为首的一个正是他的熟人，急叫了一声三哥道："这是我们的二小姐，你没有见过吗？"

那人忙笑道："是谁？原来是海大哥。"说着，又和花棋行上一个匪礼道："你们的两位大王，还有不少的头目，前几天统由此地过去。"一面说着，一面就把预设的机关一按，那座土炮忽向地底下陷了下去，就让花棋等人走过，仍将机关一按，那座土炮又复原状起来。

侯天祥笑着道："这倒巧的。"

花棋无暇闲谈，即向前进。一连又遇九座土炮，都是有人把守，幸亏都是海吕布的熟人，于是容容易易地到了长白山顶。花棋等人出了洞口，瞧见洞口也是一座涸井，井边把守的那人正是月画。

月画一见花棋、海吕布同着一个眉清目秀的童子走出井来，不禁拖着花棋的手笑着道："果被此地的宗伯父猜着，你们一定跟踪寻来。"

花棋道："你倒好，就躲在此地，不想回去了吗？"

月画将头一扭道："此地的宗伯父不肯放我回山，叫我没法。"

花棋恨恨地一面笑着，一面学着月画道："'叫我没法'，你姊姊是险些被剁为肉饼了呢！"

月画拉着花棋边走边说道："此事璇姐姊姊都告诉我了，我们快去见了娘再说。"

他们四人一时到了里面。钱傻姑等人正和宗天锡在那儿大开会议，一见花棋同了海吕布到了，除了李金彪、钱傻姑二人外，其余的自宗天锡以下，统统都站了起来。大家见礼之后，花棋拉了侯天祥见过钱傻姑以及大众，始将他的事情细细地说与钱傻姑和毕璇姐二人听了。钱傻姑一见这个侯天祥长得也和黄柳村不相上下，似乎尤其腼腆一点儿，顿时恨不得一口就将侯天祥吞下肚去，赶忙含笑地拉他坐在她的一旁道："你既和我的闺女是师姊弟，你就叫我一声娘吧！"

毕璇姐此时早把花棋拖至一边，不知所说何话，且听下回分解。

评曰：

　　半空中飞下之侯天祥，描写得活现纸上，似有《水浒》笔墨。

第十七回

璇姐两番用大令
柳村初次扮丫鬟

毕璇姐一直听得花棋说完，趁钱傻姑在和侯天祥讲话之际，忙把花棋拖至一边问她道："花棋姊姊，你的确是亲眼瞧见，我们的柳村在你施过那个天昏地暗之法以后，方才不见的吗？"

花棋很郑重地答道："这等大事，怎好说谎？我因空留在那儿无益，只好赶了回来，哪知你们这里又出事情。若不是为救你和我娘，预先避到山下，那一把三昧真火，岂不危险？现在我们已到此地，只有大家帮同先把那个符道人除去，再办别的。"

毕璇姐听说，因为也没法子，只好叹上一口气道："我们柳村只要有人救去，我就是迟他十年八年见他，也没多话。"

花棋道："依理而论，姊姊可以放心，即不放心，也是白不放心，于事无益的。"

毕璇姐还要再说，忽见长白山的头目奔来报告宗天锡道："符道人又来讨战。"

花棋丢下毕璇姐，便去对宗天锡说道："宗伯父，让我下山前去会他。"

钱傻姑、李金彪、月画、老婆婆四个一齐阻止花棋道："不可单身下去，还是商量好了再去对付为妙。"

月画又单独说道："姊姊，我是吃过这个符道人的亏呢，姊姊不可大意。"

花棋愤愤地答道："我有主张。"说着，又朝侯天祥一招手道："师弟同我下去。"

侯天祥此时还被钱傻姑拉着他的小手讲话，一听花棋叫他同去，慌忙甩开钱傻姑的手，跟着花棋就走。及至到了山下，符道人一见侯天祥也在此地，便先招着侯天祥大骂道："你这叛徒，居然还有胆子敢来见我吗？"

侯天祥忙下一个半跪道："徒弟不肖，总望师父赦我。"

符道人听了，也不再睬侯天祥，又问花棋道："你是钱傻姑的什么人？"

花棋朗声答道："我是她的次女花棋，你就是人称符道人的吗？"

符道人微哂道："你既知道师父的大名，为何还敢前来会我？"

花棋道："符师父，我们与你无冤无仇，为什么竟用三昧真火烧去锦屏山一山的人众？上天亦以好生为心，符师父已至如此道行，怎么又违天地之仁行事？"

符道人喝着道："你们都是匪类，屠了你们，也不过同宰几只鸡一样。你大概懂得一点和拳术吧！竟敢在你师父面前掉弄这些假仁假义的说话，真正不知死活。"

符道人说着，又连连地冷笑了两声，忽然他的屁股一蹲，摆开坐马，向花棋招招手道："来来来，你师父送你归天去吧！"

花棋一见符道人确是铜筋铁臂、血清气和，没有几十年的苦修功夫，决计不能至此，却也不敢怠慢，一面暗使一个眼色给与侯天祥，一面将手向符道人一拱道："符师父，这就冒犯了呢！"

花棋说着，奔至符道人面前，拔出佩刀，向上一举，行过后辈之礼，立即拼命地就向符道人的前胸刺去。符道人并不躲让，只是一动不动地一任花棋去刺，且在嘻开一张巨口，哈哈地好笑。花棋一连刺了几刀，非但一丝刺不进去，且将自己的臂膀震得发木。

此时花棋已知符道人的本领的确高过于她，生怕吃了眼前之亏，

130

一面步步留心，一面将身子扑在地上，直向符道人的胯下滚去。这种架势，名叫叶底偷桃，本是拳术之中的最毒法子。谁知尚未滚至符道人的跟前，就被符道人飞起一脚，早将花棋踢得三丈以外去了。幸亏花棋已与侯天祥有约在先，侯天祥一见符道人专在注意花棋，他就悄悄地转至符道人背后，用出他的红拳，只把他的浑身精力归到脚上的一只大拇脚趾上，狠命向符道人的尾节骨上一点，那个符道人一则未曾防着，二则这是红拳的开路先锋，符道人虽是很有本领，对于这个红拳倒也无可奈何。

当下只见符道人忽被侯天祥一点，砰的一声，早已倒栽葱地横在地上。花棋眼尖，赶忙蹿至符道人跟前，一脚踏在他的背脊骨上，正待用刀砍下，陡见符道人将他那张巨口一张，炫烘烘地吐出三昧真火，就向花棋、侯天祥二人身上烧去。花棋慌忙口中念念有词，用了咒语抵住，那火便缩了回去。

符道人趁他吐出三昧真火、花棋一惊的时候，已经把脚一点，站了起来。花棋、侯天祥二人，一个在左，一个在右，急把符道人战住。他们一女两男，正在杀得难解难分之际，钱傻姑、月画、毕璇姐、李金彪、宗天锡等人生怕花棋有失，一齐杀下山来，加入阵中，围着符道人，各使本人的绝技，不令符道人有暇还手。哪知符道人一个人连敌数人，毫没一点儿惧色，这样地混战了半天，双方都没弱点。

符道人正待再吐他的三昧真火来烧众人，忽见空中飞下一个铁头和尚，拿着一根三五百斤重的流星禅杖，就向符道人的泥丸宫中击去。符道人连连把头偏过，已经带着一下，一阵头晕，站立不牢，只好跳出圈子，退回营去。

钱傻姑忽见她的第一个情人濮天鹠前来助她，又把符道人一杖击退，替她面上增光不少。这一喜还当了得，当下也不主张穷追，便同那个濮天鹠手挽手地回上山去。众人跟着上山。钱傻姑忙命花棋、月画二人以小辈之礼拜见了濮天鹠。濮天鹠起初倒也还礼，后

131

来问知花棋、月画二人的名字，不禁咬牙切齿地指着二人大骂道："你们两个就是害死俺家濮天雕大哥、濮天鹏二哥的仇人吗……"

他的"吗"字刚一离嘴，早把他的那枝禅杖便向花棋、月画二人头上压来。花棋、月画二人慌忙一面避过，一面口中说道："不知不罪，天鹞师父，还得恕宥。"

钱傻姑也怕伤着她的两个女儿，连忙奔去，双手推着那根禅杖，笑对濮天鹞道："她们两个本和你的亲女一样，她们在说不知不罪，倒也不错，她们当时慌犯你那两位哥哥的时候，何尝知道你是她们娘的朋友呀？万事须瞧我面，以往之事不必再提吧！"

原来这个濮天鹞确是濮天雕、濮天鹏两个的胞弟，本领尤在两个哥哥之上。只瞧他一杖能够打着符道人的头上，确是不甚容易的了。不过他平生有桩极大毛病，叫作寡人好色，寡人尤好钱傻姑之色。因为钱傻姑有种床上的秘技，正合他的胃口，因此只要钱傻姑放个臭屁，也是香的。这回云游路过锦屏山下，一见锦屏山业已变了一片火烧场了，不免一惊，问明旁人，方知钱傻姑等人都已到了长白山上，他就寻踪到来，正遇钱傻姑等人在与符道人厮杀，他便飞至空中，乘符道人的不备，一杖击下。其时符道人真的不防，否则恐怕濮天鹞虽然厉害，也难击中符道人的泥丸宫的呢。

此时濮天鹞一听他的心上人如此比较，不觉英雄气短，儿女情长起来，便把他的禅杖收回，对着钱傻姑恨恨地说道："常言说得好，虎毒不食子，这两个小东西，既是俺们的孩子，这也只好委屈俺的两个哥哥的了。"

钱傻姑一听濮天鹞如此说法，自然十分乐意。却把在旁的那个锦屏山的大王李金彪气得一口冷气直向肛门钻出。花棋、月画两个趁此谢过濮天鹞，大家赶忙商量对付符道人的事情。

花棋、毕璇姐二人一同说道："符道人这般厉害，只有去请我们两个的师尊到来除他。"

濮天鹞便问二人的师尊是谁。

钱傻姑代答道："你两个女儿的师尊就是龙虎山的了然师太，毕小姐的师尊就是自然老人。"

濮天鹞听了摇头道："他们二位之中，只要能来一位，当然不怕符道人的了。俺却知道他们二位正在海外云游，现在没处去找，也是空话。"

宗天锡、李金彪二人接口道："姓符的虽然厉害，濮师父也不弱他，何必只长他人的威风，灭自己的锐气？我们公推濮师父主持此事，我们大家悉听调遣便了。"

濮天鹞听了，尚在踌躇不决，只见花棋说道："毕小姐身边，现在尚存一支大令，我想叫程马超头目带领几十名喽啰，由那地洞出去，改扮官兵服饰，持了大令，冒充省上派来的官儿，先把他们的官兵调回，那时，仅剩符道人一个，势力不免孤单，两方争战，全仗一股势力，势力一盛，自然胆壮身强；势力一失，自然气弱心虚，此是无形中的制住符道人。然后我们一个个地轮流和他交战，此地山上的头目、喽啰统统下山助威，只看符道人稍有一些弱点，便有法子可想……"

濮天鹞不待花棋说完，忽把桌子大拍一下，跟着犹同枭鸟般地怪笑几声道："此计甚妙，说干就办。"

大家听了，自然一齐赞成。李金彪还怕程马超一个办不下来，又派梅七怪一同前往。

二人奉命去后，濮天鹞便命大众预备舒徐，一见官兵的阵脚移动，即照花棋的主张行事。

过了一天，就据长白山的喽啰飞奔报入道："官兵阵脚果在向后移动起来。"

濮天鹞急率大众下山，花棋为首，就向符道人先去交手。符道人一见官兵忽然由省中调回，正在疑意不解，忽见花棋又来与他交手，只好一人出应。花棋瞧见符道人的样子果然有些神志散乱，不觉暗暗高兴，忙不迭地使出全身本领战住符道人，不使他定了神志。

侯天祥也已看出苗头，急去加入，于是月画、钱傻姑、濮天鹍、毕璇姐等人次第加入，轮流交战。花棋忽见符道人似在张口，便知他又要吐他的三昧真火了，连忙念动咒语，使符道人的三昧真火不能立时吐出。侯天祥也忙使出他那红拳，缓住符道人无暇再对众人。

花棋趁此用了一个毒手，不顾羞耻地大喝一声，奔到符道人面前，将身一蹲，跟着抓住符道人的阳具，狠命地往下一扯，说时迟，那时快，花棋的手法何等伶俐，不待符道人并气，已将一具阳物扯了半截下来。符道人到底是个肉身，他在运气的时候，自然可以刀枪不入，若在未定运气之先，也与常人无异。他的命根既被花棋扯下半截，顿时痛得几乎晕倒，幸他尚有一点儿绝技，只好熬着疼痛，将他身子向空一升，跟着一闪，早已负伤逃走。

花棋、濮天鹍二人知道追他不着，便命大家回山。

到了山上，程马超、梅七怪也已回转，一面缴还那支大令，一面笑着道："这面小小旗儿，怎么有此力量？"

宗天锡、李金彪二人道："这就叫作军令，谁敢违令？"

毕璇姐插嘴对花棋、月画二人道："你们此地的事情总算已了，我要请花棋、月画妹妹，还有这位侯天祥师弟同我去到省里，找寻我们柳村去了。"

宗天锡对李金彪道："李贤弟，你们就在俺们山上合伙，那座锦屏山既已烧毁，回去建造寨基，不是一年六月的事情呢！你们既在此地，两位令爱便好放心陪着毕小姐进省。"

李金彪自然只好答应。钱傻姑正要与濮天鹍在此畅叙离情，哪有闲暇回到锦屏山去修建寨基？花棋瞧见此地没事，自然应允毕璇姐一同进省。此时侯天祥因与月画年龄相若，似比别个亲昵一点儿。月画也因侯天祥天真烂漫，且要他教习红拳，直以"弟弟"二字呼之，大家一同前去，绝不推辞。

他们四个下山之日，钱傻姑急对月画悄悄地咬上几句耳朵，月画点头答应。花棋在途始问月画姑娘所说何事。月画笑上一笑道：

"我娘真是老发花痴了，她又知道那个蒋功奇的杀坯，已经不在黑龙江了，叮嘱我沿途当心。若遇这个杀坯，叫他赶紧上长白山去。"

花棋听了，只是发恨。因见侯天祥在侧，家丑自然不便外扬。

及至到了省里，拣上一家客栈住下，毕璇姐便去打听伙计，可知那天法场之中忽然天昏地暗之后，两个人犯不知去向，现在有无什么消息。

伙计道："这真是件奇事，两个人犯至今没有消息。这里抚台出了一万银子的赏格，也没人来报领。"

毕璇姐听说，心里安心一半。到一半夜，一个人悄悄地飞入抚台衙门，还到卞小姐的绣房外面，听听已打四更，天上的一钩残月将要西沉的样儿，衙门里里外外寂静无声。除了远远地有些吠声之外，同时只听得绣房之中有人喊喊喳喳犹在讲话。她忙湿破一个窗洞，一只眼睛朝里一望，却见她的女徒卞小姐方和一个似乎极标致的丫鬟正在一问一答地谈天。又因那个丫鬟面朝里说，说话的声音又低，一字也听不清楚。她急向窗子上轻轻一敲，卞小姐便问是谁。

毕璇姐答道："是我，快请开开窗门，让我进来。"

卞小姐开开窗子，一见就是她的师父，不禁一喜道："快快进来，商量大事。"

毕璇姐连忙跳入，卞小姐跟手掩上窗门。

那时那个丫鬟突来把毕璇姐的手抓住道："璇姐姊姊，你的乱子真正闹得不小呀！"

毕璇姐一见这个丫鬟不是别人，正是她的未婚夫黄柳村，不觉惊得一呆道："你怎么竟在这里？且又改扮作丫鬟！"

不知黄柳村答出何语，且听下回分解。

评曰：

　　此回忽又发现濮天鹫，更将钱傻姑为人写得不堪，不知濮天鹏也是本书要角，以后奇文奇事，紧接层出不穷。至黄柳村扮作丫鬟一事，绝非老书上之私订终身后花园、落难公子中状元可比，此乃最要关键，实不容不如此布局者也。

第十八回

揭榜文点穴治病
奉廷寄商议招安

黄柳村一见毕璇姐问出这话，先叫毕璇姐坐了下来，又去隔着房门，侧耳听得外面并无声响，方把眼睛望了一下卞小姐，对着毕璇姐说道："卞小姐本是一片好心，将这大令去向他们老大人讨下付你，以做防身之物。谁知姊姊头一次用了大令退回省军，锦屏山的匪类还要追踪杀上。官兵既在整队前进，当然不防，这个损失，如何可以出奏？这里的抚台大人便把我和马大哥一齐拿下，当作奸细问罪，并且把卞小姐怪得要死。还亏这里的抚台大人仅有一位少爷、一位小姐，倘若换是别个上人，那还得了？当时抚台大人要杀我们两个，卞小姐又没法子，只好偷偷地赏了那班刽子手二千银子，叫他们设法放了我们。其实那班刽子手哪有权力放人？卞小姐不过空花一笔银子，依然无法相救。

"我那时同了马大哥二人跪在地上，早已闭眼等死，忽听一个晴天霹雳，一时人声嘈杂起来。我忙把眼睛睁开一看，已经天昏地暗的了。

"我那时料想花棋姊姊前来救我，等得我和马大哥被人救出，悄悄送到卞小姐这里，卞小姐和我们二人说知，我们方才明白是那班刽子手救的。同时又疑心这个天昏地暗不是花棋姊姊施的法术，或是遇巧，也未可知。哪知这里的抚台大人忽见人犯逃走，自然急得

137

手足无措，虽然未曾疑心卞小姐干的，但已出了一万银子赏格，要将我们二人捉回。不然，两宫面上不能交代。

"昨天这里的抚台大人又接到营务处公文，说是接奉大令，已把队伍调回。这里的抚台大人又知出了第二回乱子，这一急，连夜在吐狂血，卧倒在床，现在请了三五位名医一同诊治，还没效验。姊姊怎么此刻才来呢……"

卞小姐不等黄柳村说完，接口说道："师父，已过之事，此刻不必多说。现在最要紧的事情，第一，是我们父亲的毛病；第二，是……"说着，指黄柳村道："黄公子和姓马的扮得不男不女，长住我的房里，嫌疑之事尚在其次，万一被人识破，传到我们父亲耳中，那不得了。"

毕璇姐不及答话，先问黄柳村道："你和马大哥两个为何不往锦屏山去呢？"

黄柳村咦了一声道："姊姊，我还没有说完呢！我们二人自被那班刽子手送到这里，不料我们二人同时生起病来，生病的人自然不能走路，况且又是人犯呢！可怜卞小姐苦心孤诣地想出这个法子，把我们二人改扮了丫鬟模样。我的毛病这两天总算好了，马大哥现在躺在后房，病得不知人事。"

卞小姐又接口道："幸亏我娘已经去也，上房里的丫头又是我的心腹，他们二位好好地在此躲着，倒还罢了，怎么禁得起一个好了、一个又病？还要如此厉害！"

毕璇姐道："你们都不必急，卞小姐的好心此刻也不必空谈报恩的说话。现在一面先把这里大人的毛病医好，良心上方过得去，一面医好马大哥，我就将你们二人带走，免得卞小姐提心吊胆。"说着，又对黄柳村单独说道："花棋、月画两个也都来了。"

黄柳村听了大喜，忙把毕璇姐导入后房。只见马如龙也扮作一个丫头模样，病得糊里糊涂地躺在床上，不知人事。毕璇姐问他半天，一句不答。

毕璇姐只好回出外房，对卞小姐说道："花棋妹妹近来新认着了一位师弟，叫作侯天祥，此人小小年纪，能知红拳。"

黄柳村接口道："我知道红拳这样东西，能够点穴治病。"

毕璇姐点头道："我正是为的这个。"

卞小姐道："他和我们父亲人生面不熟的，怎么可以贸贸然地进这抚台衙门来呢？"

毕璇姐道："我有法子，小姐明儿一早贴出榜去，说是谁能医愈抚台大人，赏银一千两。我回去就叫侯天祥来此揭榜，等他医愈抚台大人之后，小姐也装有病，抚台大人自然请他进来医你，再叫他把马大哥医好，医好之后，等得半夜，人不知鬼不晓地偷出衙门，岂不容易？"

卞小姐听了大悦道："这样我才有命呢！"说着，方问毕璇姐别后之事。

毕璇姐自然老实一句不瞒地从离省城起，一直至同了花棋等人来此止，统统讲与卞小姐和黄柳村听了。

黄柳村皱皱眉头道："这样说来，姊姊两次用这大令，也难相怪。"

毕璇姐忙将那支大令从身上取出，还了卞小姐。

卞小姐收下道："叫我怎样去还爹爹呢？"

毕璇姐道："我又想出一个法子，等那侯天祥在替尊大人医病的时候，叫他向尊大人说，可以缴还大令，请求赦了我们三个。"

卞小姐摇头道："我们爹爹不肯答应的。"

毕璇姐道："这么索性说，非得赦了我们三个，方才替他治病。"

卞小姐又摇头道："我老实对师父说了吧，师父头次用大令闹乱子的时候，我就去求着我们爹爹，请他念我分上赦了师父，"说着，望望黄柳村道，"和他们二人。我爹爹对我说：'我偌大年纪，只有你和你哥哥二人，你的师父等人为父又何必和他们作对？只因为父虽是抚台，外尚有藩、臬两司说话，非是为父不肯。'"卞小姐说到

139

此地，又朝毕璇姐微吁一声道："我们这位爹爹，真正是位好爹爹呢！不过力量不及，上头还有两宫，下有两司，不能怪他。"

毕璇姐听说道："这事不好再去烦尊大人了。"毕璇姐说到此地，又想上一想道："要么交与那班刽子手，只说是他们无意中在路上拾来的。抚台大人既得这支大令归还，自然欢喜，多少总得赏些银钱给那班刽子手的。那班刽子手得了赏钱，自然感激小姐，小姐命他们救人的事情才能永远不会说出来呢！"

卞小姐听了又大喜道："这个办法，最好没有。"说着，天已将亮。

毕璇姐便辞了卞小姐，悄悄回至栈中，一见花棋、月画、侯天祥三个，都还睡熟，忙把他们叫醒，一情一节地告知其事。花棋便叫侯天祥快去揭榜。

毕璇姐笑道："时候还早，等得过了早饭过后，去也不晚。"

月画也笑问毕璇姐道："黄公子和姓马的扮了丫头模样，和卞小姐日日夜夜同在一起，倒便当的吗？"

花棋接口道："这叫没法的事情，想来定把卞小姐作难死了呢！"

毕璇姐忽然拭着眼泪道："卞小姐虽然算我的徒弟，其实日子也不多，她这样地好心待我，我又这样地闯祸害她，叫我怎样对她得起？"

花棋忙劝道："这都是我娘一个人不好，谁不是受她的累呀！"

月画道："天下无不是的父母，姊姊怎么又在怪她了呢？"

侯天祥道："我这红拳点穴治病，要不是病入膏肓，自然会好。不过将抚台医好，总得赦了毕家姊姊等人之罪才好。"

毕璇姐又将卞小姐的一番话告知侯天祥听了。

侯天祥道："姑且让我去到衙门，见机行事再说。"

等得饭后，毕璇姐等人已听得栈中旅客纷纷传说，抚台小姐出了一千银子赏格，贴榜请人医治抚台之病，不知谁有这个本事领这赏格。花棋、月画二人便催侯天祥快去。

侯天祥来到抚台衙门，将榜揭下，自有文武巡捕将他导入。侯天祥一见抚台果然病得人事不知，即用点穴之法，马上把抚台医愈。

抚台问明巡捕，方才知道是他女儿贴榜请来的，当下坐将起来，把手向侯天祥一拱道："先生的尊庚不大，何处学来这个本事，竟将下官这个死症治愈！"

侯天祥慌忙还礼道："小可乃是江西龙虎山了然师太的门徒，因为敝师传授一种红拳，能够点穴治病，因此医愈大人。不知大人这个贵恙从何而得？不是小可夸口，这个贵恙很是危险呢！"

卞抚台听说，便也老实告知其事。

侯天祥道："小可知道长白、锦屏二山的那班胡匪不是等闲人物，此地官兵万难剿灭。姓毕的几位既是此地小姐的师父，大人何不命他们前去招安？此事办妥，既好将功折罪，连大人的干系也可没事。"

卞抚台听说，连连点头道："先生说得甚妥，可惜姓毕的畏罪不敢前来，黄、马二人又已在逃，现在无法寻找他们三个，也是空谈。"

卞抚台刚刚说到这里，丫头走来报知抚台道："小姐忽然得病，人事不知。"

卞抚台大惊道："怎么说法，小姐又病了吗？"说着，忙向侯天祥又一拱道："小女又有毛病，再烦先生一治。"

侯天祥道："大人还得静养数日，不必劳动，且俟小可诊过小姐之病，再来替大人重点一下，那就脱然痊愈了。"

卞抚台听了，便吩咐丫头道："你快陪了这位先生前去医治小姐，再对小姐说，这个点穴治病之法是世上少有之事，可叫小姐不必害怕，这是治病，可不能再守男女授受不亲的古礼呢！"

丫头答称晓得，忙将侯天祥导入小姐绣房，卞小姐即请黄柳村陪了侯天祥去替马如龙点穴。马如龙的身体本比卞抚台来得结实，一点便好。

卞小姐因见她的父亲和马如龙二人之病都被侯天祥治愈，私下对黄柳村说道："你且到后房去和马先生谈谈，让我同这位先生去见爹爹，能够办到赦了你们和我师父之罪，你们三位省得东逃西躲。"

卞小姐说完，即同侯天祥来到卞抚台房里，还没开口说话，忽见丫头报入道："大少爷由北京回来了。"

卞抚台急道："快快叫他进来。"

卞洛阳进来见过卞抚台，又问了他妹子的好，正待去与侯天祥招呼，卞抚台先说道："你的妹子和为父两个都生大病，全亏这位侯先生点穴医愈……"

卞洛阳不待卞抚台说毕，忙向侯天祥道谢。侯天祥也忙不迭地谦逊几句。

卞抚台又对卞小姐道："文儿，你本是这位侯先生治愈的，不必回避，先让侯先生再替为父点穴一次，为父尚要和你们商量京中的事情。"

卞洛阳接口道："这回的乱子全亏大军机徐年伯帮忙。"

卞抚台摇摇手，叫卞洛阳莫讲。

此时侯天祥已在替卞抚台点穴。点过之后，卞抚台便觉精神陡长，不禁大喜，又请侯天祥不要就走，他还有话。

卞洛阳方才对卞抚台说道："徐年伯命儿子回来对爹爹说，这场乱子闹得不小，幸亏儿子进京得快，他就去一面托李莲英公公在太后面前说好话，一面又托几位军机帮忙。现在只要能够把锦屏、长白二山的胡匪剿灭，那就没事。否则将这班胡匪统统招安，也可勉强塞责。倘若一样都办不好，连他也没法子帮忙了。"

卞抚台听说，便把侯天祥一指，答卞洛阳道："这位侯天祥先生，他也在劝为父将锦屏、长白二山之匪招安，他说他们都有本领，不是官兵能够剿灭的。"

卞小姐接口道："我们师父和黄、马二人，他们都与宗、李等匪认识，因此不幸弄出此祸。现在唯有责成他们三个前去招安，这就事半功倍。倘若换人，还恐怕办不到呢！"

侯天祥也接口道："大人真的要托毕、黄、马三个，小的可以效劳。"

卞抚台大喜道："这是最好没有，就此奉托。"

侯天祥一见大功已成，慌忙告辞。

卞抚台又命卞小姐先将一千两银子送与侯天祥。卞小姐答称，业已交给侯先生的下人了。卞抚台听了，始命卞洛阳代表送走侯天祥。

卞洛阳回进里面，对着卞小姐说道："为兄想等这件招安之事办妥，就劝爹爹急流勇退，妹妹以为怎样？"

卞小姐忙答道："现在的官本是难做，哥哥这主意不错。"

卞抚台捻须道："为父只因圣恩高厚，不能不上报涓埃，哪知没此才具，弄得如此。只要能把这事办妥，若不快快乞骸归田，还待怎样？"

他们三个说了一阵，卞小姐先回绣房，便把招安之事告知黄、马二人。黄、马二人自然喜出望外，谢过卞小姐，一到半夜，仍改男装，悄悄出衙，去找毕璇姐等人。

毕璇姐接入道："卞家父女真是我们的大大恩人，能把招安之事办妥，我们于公于私方才减点罪孽。"

花棋摇头道："难难难！我在锦屏山的时候，早已劝过我娘。"

毕璇姐、黄柳村、马如龙三个一同接口道："难道你娘不愿吗？"

花棋道："自然不愿。"

月画、侯天祥道："现在他们既是闯了这场大祸，若不招安，便得剿办，他们单恃一点儿本领，恐怕也是不了之事呢！"

黄柳村问侯天祥道："我们几时去见抚台呀？"

侯天祥道："太快不像样子，至少也得候他十天半月。"

月画道："我们乐得快乐几天，就是一两个月，也不碍事。"

说着，忽见花棋只把双眉打结，似有极大心事一般，忙问何故。

花棋道："能够招安，这是一天之喜。如果不能办到，我娘怎样结局，固已可忧。璇姐姊姊和黄公子、马大哥三个，还是有罪的呢!"

侯天祥道："我说伯母何必定要做这胡匪呢?"

花棋道："你哪里知道?"

月画道："此刻不必空自争论，且等招安的公事到手再说。"

大家听了，只好不说此事。

过了两天，毕璇姐忽把花棋一个人找到一边，和她悄悄地笑道："月画妹妹，既是赞成我们柳村，何必不就此定下? 我与柳村两个屡次蒙妹妹相救，依我之意，妹妹也索性一同嫁了我们柳村吧! 我们三个能在一起，这才有趣呢!"

毕璇姐说完，只把眼睛盯着花棋，等她回答。哪知月画早在一旁听得清楚，瞧见花棋迟疑不决，她忽冒冒昧昧地接口道："这是最好没有。"

花棋忍不住笑了起来，用手向月画脸上狠命一刮道："天下怎有你这个不害臊的小姑娘呀!"

不知月画被她姊姊一羞，到底怎样，且听下回分解。

评曰:

此书已及一半，花棋、月画、璇姐三人之姻事犹未定局，不但读者急于知其究竟，即评者逐回评去，在未见及下文之先，亦属身入五里雾中也。哈哈!

第十九回

思酬圣上恩兼劳爱女
欲吃窝边草险犯娇娃

月画忽被花棋脸上一刮，也会臊得绯红了脸，忙不迭地跳了开去。哪知一个不留心，可巧侯天祥走来和她说话，当下只听得砰的一下，月画便与侯天祥撞了一个满怀。

月画忙笑问道："撞痛哪儿没有？"

侯天祥也笑道："撞倒没有撞痛，可是把我吓了一大跳呢！"

侯天祥此时已见月画满面绯红，还当他自己撞痛了月画，忙问道："月画姊姊，倘若被我撞痛什么地方，还是赶快去吃些跌打损伤的药末为妙呢！"

月画摇摇头道："没有撞痛，不必吃药。"一面说着，一面又悄悄地回头偷看花棋，可曾答应毕璇姐没有。

侯天祥急于要和月画讲话，只见月画把头只管望着花棋、毕璇姐两个，便对月画笑道："我要和姊姊说话，但不要紧，姊姊既与花棋、璇姐二位姊姊有话，你先去说完了再来。"

月画听说，再把花棋、毕璇姐二人一望，只见花棋已和毕璇姐在咬耳朵。花棋脸上并无恼色，她就不再去瞧，方答侯天祥道："我和她们没甚言语，你有话说，尽讲就是。"

侯天祥道："我料招安的公事一定可以到手，你娘不必说她，那个宗天锡、李金彪等等，都是积年胡匪，现在再加入那个铁头和尚濮天鹍，或者竟被花棋姊姊说着，不愿招安，也未可知，这件事情就难免要动干戈了。你们既要学这红拳，何不趁此习练，将来有了战事，也有益处。"

月画摇头道："今天我有心事。"

侯天祥笑问道："姊姊有甚心事？"

月画忽将脸一红道："你不知道……"

月画还待再说，只见花棋已和毕璇姐两个手挽手地含笑走了过来。月画不给花棋瞧见，暗暗地打了一个手势给毕璇姐，毕璇姐也避着花棋，微微摇头，答复月画。

月画心里很是着急，正想待花棋不在身边的当口，前去细问毕璇姐，哪知卞小姐忽差一个心腹送信来给毕璇姐。毕璇姐拆信一瞧，只见上面写着是：

家君盼望姊等之心甚切，昨晚京中又有廷寄到来，催办此事，我姊毋须再等，即请侯君同来与家君晤面可也。

至盼至祷

鸿泥雨浑

毕璇姐看完了信，忙先递给黄柳村去看。黄柳村看毕，便对侯天祥、马如龙二人说道："这么我们大家明天就进衙去。"

侯天祥道："你们三位的说话，也得预先接洽妥当才好。"

毕璇姐道："这容易，我们见了抚台，只说我将黄、马二人救下，畏罪隐在深山，侯师弟无意中遇见。我们正以不能重见天日为忧，侯师弟记在心里，适有抚台治病之事，因此保举我们等语。"

黄柳村、马如龙、侯天祥三个听了，都说就是这样。

第二天大早，侯天祥便同毕、黄、马三个直进抚台衙门，报了进去，先由卞洛阳出见。卞洛阳本和毕、黄、马三个十分要好，自然深望他们三个立时无罪，即把他们四个带见他的老子。毕、黄、马三个一见卞抚台，赶忙伏地谢罪。

卞抚台摆手命三人起来道："已过之事，不用再说。现在你们三人前去招安，能有把握否？"

黄柳村先答道："有无把握，此刻不敢说定。但蒙大人如此天高地厚之恩，只有实心实地去办，无论如何，总要对得起大人才好。"

卞抚台点点头道："你们能够如此存心，还有何说？我就委你一个行营营务处衔。毕、马、侯三个各统五营人马，跟你前去。"说着，又指指卞洛阳道："你和你们妹妹都懂一点儿武事，不妨同去参谋参谋。最要紧的是，能够招安固好，不能招安，那就只好剿办。所有饷械两项，为父命藩司赶紧源源接济便了……"

卞抚台尚未说完，卞小姐已由丫头通知，出来见了卞抚台，然后同了黄、马、毕、侯四个，以及她的老兄，来至临时所设的那个行营营务处办公的地方，办起事来。

黄柳村首先发言道："依我之见，花棋、月画两位也得叫她们各举几营人马，使她们二人对于她们的娘方有说话。"

卞小姐听了，连连称是道："这么就让我去对爹爹说知。"

卞洛阳道："恐怕她们不肯吧！"

毕璇姐道："她们二位最懂道理，况且和我情同姊妹，似乎不致推辞的吧！"

侯天祥、马如龙一同道："招安乃是好事，她们姊妹两个何致推辞？"

卞小姐去了未久，就高高兴兴地走了回来道："爹爹说的，无论什么事情，悉命黄营务处做主，他不过问。"

毕璇姐忙请侯天祥亲自去请花棋、月画二人，等得二人到来，黄柳村即将此事细细地说与花棋、月画二人听了。

花棋没甚说话。月画道："我们没有得娘的同意，似乎不好先受职的。"

花棋驳月画道："倘若我娘答应招安，她也可得一官半职，或者看了我们做官的排场眼红起来，马上愿意，也未可知。"

月画道："这就不说，我还有一句说话，要和大家言明。"

花棋问她何话，月画道："招安只管招安，倘娘不愿招安，大家不能和她翻脸。"

黄柳村接口道："我们此事，原是为了你娘一人。"

月画因见黄柳村在说，她才没有言语。

又过几天，人马饷械已经调齐，黄柳村便同大众率着官兵，浩浩荡荡地就向长白山进发。到了山下，扎住营盘，黄柳村对花棋、月画二人说道："你们二位先去疏通，你娘如何说法，快来回报我们。"

花棋、月画二人单身出营，上得山去，未进寨门，就见高公明、平卓州、魏大名三个迎了出来。花棋忙道："三位兄长，怎么也在此地？"

高公明答道："一言难尽，我们自和妹妹等别后，不知被人诬陷，几乎性命不保，只好来此入伙。到了此地，始知妹妹的事情，你娘这几天正和李大王在大闹，妹妹等进去劝劝也好。"

花棋听说，即同月画入内，直去找寻她娘。

她娘正坐濮天鹍的怀内，在那儿嘴对嘴地吃皮杯玩耍，一见她的两个女儿走入，并不避讳，单把她的舌头从濮天鹍的口内伸了出来，问花棋、月画二人道："你们怎么去了许久？黄公子可有下落吗？"

月画一见她娘一提着黄公子三个字，脸上就现欢喜之色，不禁气哄哄接口道："娘还要问黄公子呢，黄公子是做了大官，带了大兵，前来提你，你还不当心一点儿！"

濮天鹍听了，便把钱傻姑往地上一推，扑地站了起来，大喝一声道："这个小鳖蛋，真的敢来提他老娘吗？快快让老子前去送他归天！"

钱傻姑忙把濮天鹏一把抓住道："他是你女儿的结义兄弟，就和你的儿子一般，你怎么好伤他？我老实关照你，无论黄氏怎样，我会对付，你倘若动了他的半根毫毛，我就和你拼了这命。"

濮天鹏听了，只好哈哈一笑，仍把钱傻姑抱来坐在他的腿上道："俺就不问，让你闹去。"

花棋等得濮天鹏说完，她方始对她的娘说道："卞抚台因为毕璇姐姊姊两次大令救了锦屏、长白二山的人众，一急之下，顿时吐血卧床。幸由侯师弟用了点穴之法，将他治好，并由侯师弟和卞公子、卞小姐力向卞抚台说项，方才承卞抚台答应，特地委了黄公子为行营营务处，率了人马，来此招安，这真是一件天大喜事。娘呀，我奉劝你老人家收了这个野心吧！"

钱傻姑抬眼望着花棋，一任她在细说，直等说完，方才冷笑了一声道："这般容易，想来招安，我老实对你们说一声，就是卞抚台的位让了与我，我也并不稀罕。你们两个快听为娘说话，前去关照黄公子，叫他上山和我们混在一起，且等我们杀完这班贪官污吏，还怕没有他做的官儿不成？"

月画接口道："娘呀！你别的书没有看过，那部《水浒》总该看过的。招安的事情也不是容易办到的呢，这都是卞公子、卞小姐的好意，我说一个人做胡匪，总没有做官可以荣宗耀祖的好呀！"

月画说到此地，宗天锡等走了进来，钱傻姑走至地上，先请大家坐下，然后将黄柳村前来招安的事情告知大众。

宗天锡道："这事须得从长计议。李家嫂子，快与俺们李大哥言归于好，以便商量大事要紧。"

钱傻姑听了不答，还是濮天鹏对钱傻姑咬着耳朵道："你就和他好了吧，不然，俺在此地，就要给人背后说话了呢！"

钱傻姑听说，方始命人去将李金彪请至。一时李金彪到来，宗天锡告知招安之事。

李金彪道："只要给俺做了提督军门，俺也可以答应。"

宗天锡道："这是不能够说，做个把管带，或者可以。"

钱傻姑厉声道："我是一定不愿意招安，我们没有杀上省去，无非为的是投鼠忌器，要救黄公子一个。现在黄公子既已来此，他肯好好上山，那就免费老娘的气力；他若不肯上山，我有本事将他捉上山来。他要性命，不怕他不乖乖地服我。"

花棋听说，低头不语。

月画道："娘呀，你老人家就听我的劝，答应了招安吧！不然，你们这边杀他们不过的。"

钱傻姑听了，把她的脑袋摇得犹同拨浪鼓一般地说道："我可不能答应。"说着，又问宗天锡等道："你们愿战愿和，快快说明，我有办法。"

宗天锡等答道："俺们悉听嫂子的主张。"

钱傻姑大喜，便吩咐花棋、月画二人道："你们两个不必下山，为娘自有本事，立将黄公子等人捉上山来。"

花棋愤然道："这事我得去给他们一个回信。"

钱傻姑也恨恨地道："不许你去，娘的说话，你不听吗？"

花棋听说，不觉为难起来，没有言语。

月画又对钱傻姑说道："娘呀！你倘真的不答应招安，除了你老人家两个女儿之外，其余都是你的敌人呢！"

濮天鹏直至此时，方才插口道："月画女儿且莫长他人的威风，灭自己的锐气。不是俺夸口，就是你们两个全去帮助官兵，俺也不惧。"

月画听到此地，回头望着花棋道："姊姊，这样说来，我们两个自然只好帮娘的了！"

花棋道："你就忍心去和你的八哥宣战吗？"

月画听说，忽又踌躇起来，瞧她之意，既不肯得罪她娘，又不肯得罪她的八哥。

她们正在山上议论不决的当口，毕璇姐在那营里已经等得不耐烦起来，便一个人闯上山来讨回信。

钱傻姑因为毕璇姐曾经两次用了大令助她，便不把毕璇姐当作外人，一见她来，便对她老实说道："毕小姐，招安的把戏我不情愿，你也就在山上吧！"

毕璇姐听说，忙又委委屈屈、诚诚恳恳地力劝了钱傻姑一番。钱傻姑只是不允。

毕璇姐便把花棋拉到一边，和她商量道："花棋姊姊，你看怎么办法？"

花棋悄悄地答道："'邪正'二字，须得分清，此其一；我娘既是我们爹爹的仇人，照我的心意，我还得代父报仇，此其二；无奈我那妹妹，她的头脑不清，只知有娘，不知有父，怎么好法？"

毕璇姐道："我知道你们师父的字条上，不是说过'毋动刀兵'的说话吗？这件最是难事。"

花棋现出不乐之色道："要么我就远走高飞，省得在此为难。"

毕璇姐忙劝道："这又何必？且等今晚上，我再去劝你娘一番，再定行止便了。"

花棋无奈，只好如此。

到了晚上，花棋一个人自向房中安睡，毕璇姐同了月画二人，却去恳求钱傻姑答应招安之事。一直劝至三更过后，钱傻姑仍是泼水不进，甚至怪起毕璇姐来了。

月画正在打圆场之际，忽听得花棋房内似乎有人厮杀的声音。此时毕璇姐、钱傻姑二人也已听见，她们三个慌忙来至花棋房内，一见花棋连小衣也没有穿着，在和濮天鹏闭口不言地拼命厮杀。毕璇姐见了一怔，急去拉开花棋，叫她先穿小衣。钱傻姑也在喝骂濮天鹏，责他不应和自己女儿厮杀。濮天鹏也不答辩，在钱傻姑骂他的当口，早已溜之乎也。

花棋一见濮天鹏逃走，哪里肯放？因为未曾穿着小衣，只好急去穿上。正待追出，已被毕璇姐挡住，问她究竟为了何事。

花棋垂泪地怪着钱傻姑道："这个姓濮的杀坯，难道糟蹋了你还不够？"

花棋说了一句，早已噎得哭不上来了。

毕璇姐一见花棋如此在说，料定那个濮天鹍的杀坯必是想犯花棋，因问道："妹妹没有被这个杀坯糟蹋了去吧？"

花棋切齿地答道："幸我有些本领，尚未被这杀坯糟蹋了去。"说着，只听得扑的一声，花棋已经蹿出房去，又与濮天鹍打了起来。

照濮天鹍的真实本领，本来不在花棋之下，只因连日连夜地与钱傻姑干那不端之事，已把身子斫伤了一半，因此被花棋杀得只有招架之功，并无还手之力，一边打着，一边只在牛喘。

钱傻姑恐怕濮天鹍有失，赶忙上去架开，又骂濮天鹍不是人，竟想干此禽兽的行为。

毕璇姐忙把花棋拉回房去。

花棋忽把脚狠命一跺道："这里都是一班畜生，我若不替我父报仇，不是人了。"

毕璇姐还待再劝，只见花棋仅把身子一闪，早已不知去向。

不知花棋究往何处，且听下回分解。

评曰：

　　花棋偏于父，月画偏于母，花棋自是上乘人物，月画年少，见理或不如花棋之明耳。然为保全生身之母起见，亦不可厚非。此回更入紧要关头，使读者不能释卷矣。

第二十回

忠孝本难全同胞破脸
法情虽并顾女匪失踪

毕璇姐一见花棋连夜愤怒而去，她就料到花棋必往营中，只好一面急叫月画同了老婆婆再去相劝钱傻姑，一面追踪下山。远远望去，只见花棋一个人踟蹰地只向营门走去。她急飞步追上，问着花棋道："妹妹，那个姓濮的杀坯，怎么竟敢前去剥脱你的小衣？"

花棋见问，涨红了脸，恨恨地答道："我正在好睡，忽觉有人脱我小衣，我连忙惊醒一瞧，那个杀坯正待上身犯我。那时我的身子已被那个杀坯用了迷药不能动弹，亏我机灵，马上咬破舌尖，咽下血去，方始照旧。"花棋说到这句，忽又发恨地说道："换一个人，那还了得吗？"

毕璇姐听了，又问道："难道你真与你娘翻脸吗？"

花棋道："我替我父报仇，这也顾不得许多。"

说时，二人已进营门。兵士连忙报知黄柳村。黄柳村急将二人请入帐中，又将卞洛阳、卞文莺、侯天祥、马如龙等请至，问过二人大概，二人照直说了。

黄柳村听说，也气得咬牙切齿地说道："大义灭亲，况且是为国除害，为父报仇。招安一节，准定不用再谈。"

卞洛阳、卞文莺二人接口道："家父是最好办这剿灭之事，我们私下的交情，不过不肯得罪花棋姊姊的令堂罢了。"

花棋拭泪道："家丑不可外扬的那句说话本也知道，现在我们的家丑早为众目所睹，况且八兄弟和卞公子，卞小姐，侯、马二位都非外人。"

花棋说完，又把她娘和濮天鹧的无耻行为，以及濮天鹧前去犯她之事，一句不瞒地讲给大家听了。

卞文莺不待花棋说完，早在红了脸地连说："该死该死！这般还好算为人吗？真的将这班畜生剿灭了也好。"

黄柳村望了花棋一眼道："只要花棋拿定主意，我们大家无不听命。"

毕璇姐道："还有那位月画妹妹，她要帮娘，如何是好？况且花棋妹妹师父的字条之上，又说'毋动刀兵'字样。"

卞洛阳、卞文莺本来不知此事，黄柳村细细地告知他们。卞文莺问花棋，那张字条可在身上，花棋即在身畔取出，递与卞文莺去看。

卞文莺本是一位才女，她看了一会儿，忽对花棋说道："'济南府里，遇柳成亲'，照表面解说，所以害得花棋、月画二位姊姊忙了许久。其实这位了然师父的字条，当然不会如此明显。及至遇见这位名叫柳成亲的老婆婆，方始恍然大悟。这样讲来，下底两句断不会如此简单，此是一定之理。我此刻瞧这'毋动刀兵'的'毋'字，很像'母'字的草写，既说'母动刀兵'，这就不用再事招安的了。"

毕璇姐不等卞文莺说完，不禁击掌道："卞小姐真是一位才女，这般解法，钱傻姑和濮天鹧二人的行为，岂不早被了然师父料定了吗？"

大家听了，个个都朝卞文莺的脸上望着，无不称奇道怪起来。

花棋也很高兴地说道："这样是，我无所谓之不孝的了。只有我那妹妹，她年纪小，不晓得可能明白呢！"

毕璇姐道："这么快去把月画妹妹叫下山来，我们准照了然师父的字条办理就是。"

花棋道："也不忙在一时，我们妹妹，明天总该回营来的。"

毕璇姐便请大家各自安睡，以便将息两天，好办大事。哪知这天晚上，黄柳村忽在睡梦之中瞧见一个身有九十九刀伤疤的血人，只是朝他微笑。惊醒转来，很是不解。第二天告知大众，花棋道："这就是我的亡父，前来道谢你的。"

黄柳村点点头道："或是如此，我现在总算是这场事情的主脑人物，他来谢我，也近情理。"

大家说着，忽见一个兵士呈上一信。黄柳村见是月画写来给他的，连忙展开一看。只见上面写着是：

黄营务处勋鉴：

　　家母不受招安，妹亦无法，"忠孝"二字，本难兼顾。以妹愚见，男子应重忠字，女子应重孝字，我暨家姊，孤苦伶仃，谁不怜悯？处此世界，仅此生母一人，我与家姊下山之时，敝师已知此事，故以字条叮嘱，其意曰：虽有深仇宿恨，千万毋动刀兵云云。既然如此，我哥务请念我结义之情，视我如妹，视我母如母，速即上山。至卞公子、卞小姐二位，我不敢强人所难，唯有劝彼等回省，家姊暨毕、马、侯等，自然亲其所亲，疏其所疏，一同上山也。

　　再，卞公子、卞小姐既于我等有恩，我当力劝家母，彼此各不相涉，免伤和气可也。

　　知我罪我，不遑计及，统希原谅。

月画草泐

黄柳村看毕，忙把此信递与大家传观。

花棋大不为然道："这时我只有不认她做妹妹了！"

155

毕璇姐道："月画妹妹既未听得卞小姐的解释，她的此信也不为错。且让我再上山去和她说知。"

大家都说道："此事只有毕小姐去打圆场，不然，伤了和气，也犯不着。"

毕璇姐听说，即别众人，又上山去。过了半天，方才无精打采而回。

大家问她怎样，毕璇姐摇摇头道："月画妹妹太事固执，我也没有法子相劝的了。"

花棋大怒道："让她去，我连娘也不认，何况妹子!"

大家都劝道："这个妹子不是平常妹子可比，花棋姊姊，还得从长计议呢!"

花棋含着眼泪道："何必从长计议？我妹妹既说女子以孝为重，我现在是办的代父报仇，不是替国家剿匪。"

卞洛阳、卞文莺一同说道："话虽如此，爱屋还要及乌，投鼠须得忌器。令妹乃是好人，不可这般对她。"

花棋顿脚道："她要自己作死，如何可以怪人？"

黄柳村道："月画妹妹，她还听我相劝，让我恳恳切切地回她一封信再讲。"

大家自然赞成。黄柳村提笔写道：

月画妹妹赐鉴：

拜读来示，母女情重，本应钦佩，无奈父重于母，此乃天经地义之事，不容多辩。令师亦有"母动刀兵"字样，以公以私而论，妹妹唯有分别邪正，牺牲令堂一人。况我等原意，并不愿与令堂失和，苦谏不纳，良言逆耳，如何如何？

兄承我妹相救以来，无时无日，无不感铭五中，君子爱人以德，我妹务请三思。古时大禹之行，至今传为美事，

156

此犹仅指一家而言。若云国事，久有尽忠不能尽孝之训，妹妹何必护一害群之马，既与同胞姊妹失和，又与结义兄妹用武？

至于命我上山一层，只可言私，不可言公也。素承垂怜，尚祈明察。

如兄黄柳村叩

黄柳村写毕，大众看过，立即打发兵士送至山上。不料仍是空手而回。

花棋更是愤愤地对大众说道："如此说来，她已和我们决裂了，只有公事公办，不可再事因噎废食。"

大家至此，反没言语可答。

花棋又说道："我的本事，若能制住一山之人，自然不必再求你们大众。因为我一个人，对付钱、濮二人，或尚有余，再加我那不肖妹子，我便不够。"说着，忽向大众跪下，不肯起来。

大众连忙把花棋先行扶起，又相劝道："花棋姊姊，你本是一位明白人，我们来此何事？花棋姊姊应该知道。这样，可见我们不是不肯帮助花棋姊姊的了。"

花棋接口道："诸位如此，我何尝不知？不过爱之适以害之，也非善策。"

花棋一面说着，一面又放声大哭起来。她的伤心，连所有的兵士也会见了一同伤感。

黄柳村便向大众说道："我姓黄的，此次奉了抚台大人之命，来此办理招安、剿办的两桩事情，无论为公为私，断断乎不能一样不办回去销差。二害相并，择其轻者，照我个人说来，只有对不起我们月画妹妹的了。"

卞文莺忙悄悄地问毕璇姐道："师父，你说怎样？"

157

毕璇姐道："'情义'二字，本来不能兼顾的。况且我两次用着大令救过锦屏、长白二山的人众，对于花棋妹妹令堂面上，也可交代。我们柳村方才的说话也已说得透出我的私话。柳村是我未婚之夫，当然以他马首是瞻。我说公话，我承你如此相待，令尊大人如此厚恩，当然也不好再顾月画妹妹一个人了。"

卞文莺听完，正待再说，马如龙插口道："我倒有一个两全其美的法子在此地……"

大家不待马如龙说完，忙问什么法子。

马如龙道："现在不过怕伤了月画妹妹母女二人，至于山上的一班胡匪，本是人人得而诛之的，何况我们乃是奉公差遣。我的意思，只要交手的时候不去伤害月画妹妹母女二人就是。"

毕璇姐道："这个办法不错。"

黄柳村便吩咐侯天祥道："今天晚上，烦你秘密上山一探，他们那边如何准备，以及有无外人加入，快来回报。"

侯天祥连称"得令"。到了晚上，他就拿出飞行功夫，悄悄地来至山上，一见檑木炮石已经摆设周备，这也不在他的心上。忙又走到钱傻姑的窗外，只听得里面很有嗫嚅之声。湿破一个纸洞，望里一看，不禁把这个毛头小伙子臊得满脸通红。你道如何？原来那个淫妇钱傻姑已将李金彪、濮天鹍二人调和好了，他们两男一女，竟在做那大被同眠之乐。侯天祥也知濮天鹍的本领厉害，不敢独自造次，只好再往各处一瞧。

月画早已熟睡，其余也没外人加入。

侯天祥回到营内，报知黄柳村听了。黄柳村忙连夜点齐人马，率领大众杀上山去。哪知所有的兵士全被檑木炮石打下，不能上山。黄柳村便命兵士围了山前山后，自己同了大众，蹿过檑木炮石，杀入里面。

此时钱傻姑已经得信，也率了月画、濮天鹍、李金彪、宗天锡、程马超、海昌布、梅七怪、张三锋、高公明、平卓州、魏大名等人，敌住黄柳村几个。大家一阵混战。

花棋只向濮天鹓一人扑去。濮天鹓也恨花棋在那晚上不肯从他，就想立时除去花棋。谁知一个措手不及，早被花棋砍去一只手臂。濮天鹓痛不可忍，可巧侯天祥杀到面前，即用红拳取出濮天鹓的心肝五脏，一口吞入腹中。

钱傻姑一见濮天鹓死于非命，她就一头撞入花棋的怀中，要与花棋拼命。花棋到底不敢伤害她娘，只好又去敌住宗天锡厮杀。

月画起初一见黄柳村等人一齐杀入，既已翻脸，她就下了决心，本想不问是谁，见一个杀一个，方称她的心愿。谁知第一个就碰见黄柳村，她正待举刀便砍，忽见黄柳村把头一偏，喊着她的名字道："月画妹妹，你一向待我如此情义，你竟一笔勾销我们二人将来的姻缘吗？"

月画一听此言，双手已经发软，不能举刀，只好丢下黄柳村这人，又往别处杀去。不料头一个又遇见她的姊姊，第二个遇见毕璇姐，第三个遇见侯天祥，第四个遇见卞小姐，她都不忍动手。好容易第五个方才遇见马如龙、卞洛阳二人，她与马、卞二人稍觉隔阂一点儿，方始抡刀战了起来。但也不肯用出辣手，仅不过以刀抵刀而已。

花棋和毕璇姐、黄柳村三个，此时可巧会齐，黄柳村急用眼色知照花棋，又叫毕璇姐快去对付钱傻姑。说时迟，那时快，月画一个不防，早被花棋拿住，花棋即把月画捆了。钱傻姑也被毕璇姐抱住，卞文莺飞奔上前，帮同将傻姑捆住。

黄柳村一见两个要人已获，顿时向空大吼一声道："钱氏母女已经被绑，其余人等都是胡匪，快快杀个罄尽，不可让一个漏网。"

大家听了，倒还罢了，只有侯天祥年纪最小，兴致最好，顿时答应一声，用出他的红拳，直把长白山上一班人众，可怜只杀得怪着他们的爷娘将他们少长了一只脚。不到半刻，除了李金彪一个人在逃之外，其余的都到鬼门关上会齐去了。

黄柳村一见重要人物杀死的杀死，被绑的被绑，他便下令，不必多伤人命。

花棋又去找出那个老婆婆，点起一把火，不管银钱器械什物，连同房屋，一概烧个干干净净。

等得回到营中，花棋先将月画放了。

月画嘟着嘴巴向花棋说道："你要杀娘，不用放我！"

花棋好笑起来道："好小姐，我们若要杀娘，也不等到此时了。"

毕璇姐便问黄柳村道："姓钱的如何办法？"

黄柳村道："放了怕她逃走，不放呢？月画妹妹不肯甘休。依我之意，只有请卜公子、卜小姐二人，将她先行解往省中……"

这句未完，只见半空中飞下一人，背着钱傻姑就走。花棋连连追赶，已经不及。又怕月画逃走，自己寸步不离地将她看住。

月画认得来背她娘逃走的那人就是符道人，心里虽在不解，但又无从追起。忽又向花棋大哭道："这个符道人，本是我娘的对头，必是你们暗中约来，恐怕当场杀了我娘，我要不依，故意使这个符道人把娘背去，换了地方处置，可是不是？"

花棋咦了一声道："妹妹，你真疯了不成？"说着，垂泪道："这个符道人从何而来，我们真的不知。"

月画吐了花棋一脸的涎沫道："你不用骗我，符道人既然不是你们暗中约来，为何如此大方，让他把娘抢去呢？"

花棋道："他的本领，本在你我之上，你难道不知？这么，你为什么不去追的呢？"

不知月画答出何话，且听下回分解。

评曰：

作者信手写来，便成奇文。符道人忽然而来，背了钱傻姑忽然而去，莫说读者不知，恐花棋等人亦不知也。

此等小说，方有波澜，非此中三折肱者，曷克臻此！

第二十一回

忤王爷中丞作囚犯
遇乳媪夫婿变亲兄

月画因见花棋驳得尚是，便叹上一口气对大家说道："我娘既已逃走，我虽然无法追回，但我决计不同你们进省。我乃你们手上的败军之将，去到省里，也没什么味儿。"

毕璇姐先答道："月画妹妹，真正还是一位孩子脾气，其实你今年也有十七岁了，花棋妹妹如此苦心孤诣地对待你，此地长白山既平，令堂已走，这正好奏凯回省。大家不过怕你硬帮令堂，所以把你暂时委屈一下。你若以此记恨，倒是一个不明大义的人了。"说着，又和月画咬着耳朵道："黄公子已经做了大官，你姊姊也已应允一同和你嫁他，从此我们三个和和气气地过起日子，岂不甚好？你不进省，怎么办法呀！"

月画听毕，便轻轻地问道："我的姊姊真的答应吗？"

毕璇姐道："她在省里，本已允我，且等招安之事办毕再谈。方才我又悄悄问过，她虽不答，但我瞧她的神情，定没问题。现在只要你乖乖地跟了我们进省，销差之后，有官做也好，没官做也好，我虽只二十五六岁的人，可是业已看破红尘富贵，只要大家有安稳日子过，决不再有奢望。"

月画听说，方才低头不语。

毕璇姐瞧见月画已经默许，她便暗暗地告知花棋、黄柳村二人，并且主张从速回省。

黄柳村先将余匪遣散，然后同了大众进省。这次同行的人，仅多了柳成亲一个。

及至到了省城，大家仍住寓中，卞洛阳、卞文莺二人先回衙门，他们兄妹二人双双见过卞抚台，禀明一切。卞抚台当然大喜，正待传见黄柳村，要将他大加奖励一番，忽见一个巡捕奔入道："县里来报，说是京中来了一位钦差，已到码头，快请大人前去迎接。"

卞抚台慌忙穿了衣冠，坐了大轿，接到码头去了。

卞洛阳一等卞抚台走后，即同卞文莺来到寓中，告知大家到了钦差之事。

月画道："大概是抚台大人要升官了，我们也有好处。"

大家正在盼望好音，陡见一个巡捕奔得满头大汗地走来对卞洛阳说道："少爷，大事不妙，老爷已被钦差拿下，得了纵匪殃民之罪。听说今明两天，就要押解进京。"

卞洛阳听说，大惊道："这从哪里说起？从前闹事的时候，倒没处分。现在已把土匪剿平，反而有罪，岂非奇事？"

卞文莺发急地问卞洛阳道："难道徐年伯坐视不救的吗？"

卞洛阳不及答话，忙同卞文莺奔去见他爹爹，要想向钦差打点。谁知卞抚台早已穿上犯官衣服，双眉深锁地坐在那儿，仅由首府伺候。名曰伺候，其实就是看管。

卞洛阳、卞文莺两个伏地大泣道："爹爹不必忧愁，就有天大的罪名，儿子、女儿情愿替代。"

卞抚台微摇其头道："如今所言都是空话，为父大约今明两天，就由钦差押解入京。巡抚之印，已由藩司护理，你们二人赶紧回衙，收拾细软，随同为父进京。至于黄柳村等人，将来恐有罪名，也未可知。你们快去传谕，叫他们一同进京为是。倘若走散，又使为父罪上加罪了呢！"

卞洛阳究是男子，听他父亲吩咐，只在一句句地答应。可怜这位卞文莺小姐，亲母早亡，老父宠爱，本是娇惯不过的一个人物，今听她的父亲这般说法，既悲老父入京之后，不知有何严谴，又愁这次出剿诸人也不知要得什么意外之罪，她便一头滚入卞抚台的怀内，边哭边闹，揉搓不休。

卞抚台不忍再睹这个娇女的形状，逼着卞洛阳立把妹子带走。卞洛阳一面派人飞请黄柳村等人去到抚台衙门会齐，商量大事，一面别了老父，带了妹子回衙。他们兄妹二人甫进衙门，黄柳村等人都已赶到。

卞洛阳忙将大众请入里面，卞文莺早已拉着毕璇姐的手大哭道："这场天大祸事，如何得了？"

此时大众已知卞抚台为了他们之事，代人受过，赶忙哄着劝慰卞文莺一番。

毕璇姐也垂泪答卞文莺道："卞小姐，这场祸祟，我是罪魁，要杀要剐，我去承受。且俟到京之后，我总要使大人没罪才好。"

卞洛阳道："家父既为一省之主，如何可以卸责？就是师父等人，办个罪名，家父也不能置身事外的。家父命我兄妹二人回来收拾细软，定是进京预备打点。不过诸位须得一同进京，不要使家父因此为难就是。"

黄柳村朗声道："我等不是那些贪生怕死之人，就是大人不叫我等进京，我等也不肯走失一个的。"

卞文莺又哭道："这么害了诸位，怎么好法？"

马如龙道："我们本有应得之罪，小姐不必顾虑我们。"

卞洛阳听了，点点头道："幸亏诸位义气为重，家父也好放心一点。"说着，忙同卞文莺入内收拾细软。

刚刚收拾完毕，一个巡捕又来送信，说是钦差已经传话出来，大人明天就要起解。卞文莺听了，只是哭得打滚，大众劝了一阵。卞洛阳先命巡捕回复卞抚台，说是请他老人家放心，家中所有细软，统统收拾清楚。黄柳村等准定一同入京。

巡捕去后，卞文莺又请大众快去收拾行李。大众都说："我们本没什么东西，不用收拾。"

第二天一早，卞抚台果由钦差派上两个心腹，押同进京。卞洛阳、卞文莺和大众人等，因为谕旨之中尚没名字，还好自由行动。一路之上，毋多叙。

到京之后，卞抚台下了刑部监狱。卞文莺想要入狱服侍父亲，为例所梗，不能如愿。卞洛阳便在刑部狱前赁下一所房屋居住。黄柳村等人都住在黄柳村的家内。

卞洛阳会过徐军机，方知太后本已不提此事，却是庆亲王和卞抚台作对，始有这场祸事。后由徐军机托了李莲英去向庆亲王说情，庆亲王总算应允。徐军机又命卞洛阳快送两笔重礼与庆亲王、李莲英二人，便好釜底抽薪，了结此案。卞洛阳当然照办。送过之后，卞抚台革职，黄柳村等人一概免议。

卞抚台出狱，因为年纪已大，一急一忧，竟致卧床不起，仍由侯天祥替他点穴医治。卞抚台稍愈，便与大众握别，带了卞洛阳、卞文莺，回他的大名府原籍去了。

黄柳村等人送走卞抚台父子、兄妹出京之后，马如龙便对黄柳村说道："柳兄弟，现在大家总算一天之喜，没有罪名。我说快与毕小姐、二位赵小姐结了婚吧！"

黄柳村听说道："这两年来，我所干的事情大半都是别人之事，马大哥方才所说，倒也不错，就请你和侯师兄为媒，随便拣个日子，办了此事。大家有了归宿，再干别的不迟。"

马如龙就将此意告知柳成亲，柳成亲很是乐意，忙去告知毕璇姐、花棋、月画三个。毕璇姐本与黄柳村下过订的。月画在那济南府里的时候，就有要嫁黄柳村之意。花棋也被毕璇姐劝妥，便也不甚反对，于是择定八月十五那天，做了黄、毕、二赵的喜期。

那时已是八月初上，离开十五不到十天，这场喜事，内部由柳成亲料理，外部由马如龙、侯天祥，以及大方煤号姓李的一同料理。

164

毕璇姐、花棋、月画三个既是新人，自然暂且不与黄柳村相见。黄柳村既有马、侯、李三个替他料理，反而清闲没事。

那天正是八月初十，黄柳村和柳成亲两个去到东安市场买一些新房什物，正待回家，忽见一个四十多岁的老妈走来，一把拖住柳成亲，又惊又喜地说道："柳婆婆，你可认识我吗？"

柳成亲定睛一瞧，也是现出惊喜的形状道："你不是郑奶娘吗？"

那人连连点着头道："我正是郑奶娘。我们两个已有十七八年不见了呢！"说着，又问柳成亲可知赵家主母，以及一位公子、三位小姐的下落。

柳成亲连连点头道："我今天就是来替二小姐、小小姐办嫁妆的。"一面说着，一面又指指黄柳村对郑奶娘说着："这位黄公子，就是你我二小姐、小小姐的姑爷，你且见过。"

郑奶娘忙含笑地向黄柳村行了一个礼，忽又盯着黄柳村的脸上仔细一瞧，失惊地对柳成亲说道："这位黄姑爷怎么会和我们的那位雪书三少爷长得一模一样的呢？"

柳成亲一怔道："真的吗？我是老了，眼也花了，天天在一起，瞧不出来。"

郑奶娘又惊又喜地问黄柳村道："黄姑爷，你认识我吗？"

黄柳村也一怔道："我被你一说破，你这人，我仿佛在哪儿见过的。"

郑奶娘急向柳成亲道："柳婆婆，我此刻越看越像，我要同你们家去。"

黄柳村道："这么我们回家再说。"

他们三个于是同到家里。黄柳村忙到他的房内，把路上遇见郑奶娘的事情告知马如龙、侯天祥二人。二人听说，也很惊异。

黄柳村正待再说，忽见柳成亲笑嘻嘻地同了那个郑奶娘奔来，对他笑道："黄姑爷，我们这位郑奶娘要瞧瞧你的胸口上可有七粒红痣。"

黄柳村大惊道："我胸口上有七粒红痣，她怎么知道？"

柳成亲、郑奶娘两个一听黄柳村这般说法，早已不由分说，急把黄柳村的长衫掀起一瞧，郑奶娘突把黄柳村一把拖到她的怀内，抱头大哭道："我的三少爷，你真是我吃奶的那位赵家的雪书三少爷，你怎么又姓黄，竟要和赵家的两位小姐拜堂？真正好险呀！"

黄柳村一见这个郑奶娘如此样子，急问郑奶娘道："我身上除这七粒红痣之外，你可知道还有什么记认？"

郑奶娘此时已在一句少爷一句宝贝地叫着黄柳村，马上接口答道："你的尾节骨上有个大疮疤，你的左腿上还生过搭手的。"

黄柳村听说，不觉跳了起来道："这样说来，我样样被你说中，我真的不是姓黄，确是赵家的人了。"

黄柳村说了这句，哪里还有工夫再和郑奶娘去细谈，顿时奔到花棋、月画二人的面前，一手一个，拉着花棋，叫了一声："我的二姊！"拉着月画，叫了一声："我的四妹！"道："我真是赵雪书呀！"

此时花棋、月画二人也已知道黄柳村不是姓黄，乃是她们两个的同胞亲骨肉赵雪书，于是三个人抱头大哭了一阵。

毕璇姐便笑着怪黄柳村道："柳兄弟！"毕璇姐叫了这句，忙又笑着缩住了口道："现在要叫你雪兄弟了。"

毕璇姐笑着，又对花棋、月画笑道："你们今天骨肉团圆，真是天大喜事，我可是外人了呢！"

花棋忙含着眼泪地笑答道："你现在是我的弟媳妇了，我们大喜，你难道不大喜吗？"

月画正待说话，忽见那个郑奶娘同了柳成亲两个走到毕璇姐跟前，向她哈哈一笑道："毕小姐，你莫忙，你也未必姓毕呢！"说着，郑奶娘急又奔了出去，半天不进来。

毕璇姐忙问柳成亲道："郑奶娘说的什么？我却不懂。她此刻又往哪儿去了？"

毕璇姐道声未已，已见那个郑奶娘又同了一个五十多岁的老妈进来，只朝她的脸上打量。又见那个郑奶娘和柳成亲一同问着这个老妈道："褚嫂子，你认出来了没有？"

又见这个老妈冒冒失失地私问毕璇姐道："毕小姐，你下身阴毛旁边可有两个疚疮疤吗？"

这句话，只问得毕璇姐绯红了脸，只好微微地点头答应。

那个老妈一见毕璇姐点头答应，早又拖着毕璇姐的手，大哭起来道："我的好小姐，你怎么姓起毕来了呢？你明明是赵府上的风琴大小姐呀！"

毕璇姐一吓道："难道我在做梦不成？今儿怎的尽出奇事！"

柳成亲、郑奶娘一同接口道："大小姐，你是几岁上到毕家去的呢？你难道真个不知道自己叫作风琴的名字不成？"

毕璇姐连连摇头道："真的不知，我只知道我的爷娘姓毕，爷娘一死，就和赵公子做邻居。以前的事情，一概不知道。照你们说来，难道我竟是赵家的大小姐不成？"

花棋、月画、雪书三个一齐抢说道："难怪我们几个一见了大姊姊这人，就会无形之中生出爱来，足见是天性。"一面说着，一面又问柳成亲道："这位老嫂子，究竟是谁？"

柳成亲和郑奶娘一齐答道："她就是大小姐的奶娘褚妈呀！"

毕璇姐虽听"褚妈"二字，仍现不甚明白之态，做书的做到此地，却要叙一叙这个郑奶娘和褚妈的来历。

原来赵子玖被那班胡匪害死之后，他的大女儿风琴是褚奶娘带着逃的，二女儿花棋是胡奶娘带着逃的，三儿子雪书是郑奶娘带着逃的，四女儿月画是郁奶娘带着逃的。哪知逃出之后，又遇一班胡匪冲散。这几个奶娘到底都是女流，一吓之下，竟将几个小姐、少爷统统失散。花棋、月画二人是被了然师太救去的。风琴是被一家姓毕的拾去的，那时风琴最大，也有八九岁了，照理而论，应该知道自己的身世。哪知她一到毕家之后，生了好多年的痴病，等得病好，全然忘了以前之事，便以毕姓自居。毕家两老去世，她只有十

167

一二岁，又由毕家外婆抚养。因与黄柳村是近邻，因此十分要好，一二年后，外婆又死，风琴便成孤苦伶仃的一个女子，所以此时褚妈问她，一点儿不知。不过下身的那个疚疮之疤，她自有了智识以来，就有了的。雪书是一个姓黄的拾去的，那时还只得三四岁，姓黄的便将他取名为柳村。姓黄的死后，雪书又是大方煤号姓李的母亲抚养的，所以也不知道自己的身世。那四样玉器，郑奶娘临失散的当口，藏在他身上的，此时既由褚、郑二氏将他们姊妹二人认明出来，一男三女，方才明白。

不知这三位新人既是新郎的同胞姊妹，究竟如何办法，且听下回分解。

评曰：

　　此书至是，愈编愈奇。新娘、新郎都是同胞，真使人捧腹之至。

168

第二十二回

赵雪书卞府招亲
符道人南口落草

毕璇姐既被她的奶娘褚妈认出，这一喜还当了得？一时忽又喜极而悲起来。他们四个，这个哭着在喊兄弟，那个哭着在喊姊姊，还有柳成亲、褚奶娘、郑奶娘三个，都来喊着少爷、小姐。柳成亲又将钱傻姑的事情前前后后地告知褚、郑二人听了，褚、郑二人不待听完，也在大骂钱傻姑无耻，她的那位男东家死得真苦。花棋又将她老子身带九十九刀的样儿屡屡托梦给她之事告知褚、郑二人，赵雪书也将他在长白山的时候梦见一个血人前去谢他的事情说了出来。

花棋道："三弟，这是爹爹显灵，并不是来谢你呢！"

赵雪书道："早知如此，我也要和我娘拼了，怎肯护她逃走？"

此时马如龙、侯天祥二人也进来道喜，姓李的也来对赵雪书说，他也不知这场事情的来踪去迹，请赵雪书不要怪他。

赵雪书笑道："我正感激你不尽，焉能怪你？"

姓李的又笑道："别的且不忙说，这场喜事的东西倒白糟蹋了。"

赵雪书听了此话，忙将花棋、月画、柳成亲、褚奶娘、郑奶娘等人叫至一边商量道："我说我们大姊姊，她的年龄正与马大哥同年，马大哥又是我的第一个知己，以我之意，就把大姊姊嫁了马大哥，就趁这个现成，八月十五这天成了亲吧！"

花棋、月画二人听说，很是赞成，忙去告知风琴。风琴因思男大须婚，女大须嫁，又见马如龙人才出众，武艺高强，且是她兄弟的知己朋友，当下低头不语，算是默许。

花棋道："姊姊，你愿意不愿意，快快回复我们呀！"

月画笑着道："二姊姊真也好笑，大姊姊这样，就算答应了呀！你叫她再回复什么呢？"

风琴听到这句，忽然也想起一事，便把花棋叫到一边道："我既答应这头亲事，你去办理，我也不管。我说侯师弟也和我们四妹妹是一对儿，何不将他们二人配了，也在那天结婚就是。"

花棋大喜道："对对对，让我去和他们两个说去。"

花棋去了一刻，就喜滋滋地走来回复风琴道："说妥了，他们年纪到底轻些，都在害臊呢！"

风琴又朝花棋笑上一笑道："你的姊姊、妹妹都有了人家了，你呢？"

花棋将脸一红道："我是永不嫁人的了，姊姊不必费心。"

风琴道："我倒瞧中了两个人，一个给你，一个给三弟。"

花棋带恨带笑地说道："我的千万不许说他，三弟的是谁，姊姊倒说给我听听瞧。"

风琴道："就是我那女徒弟，你看怎样？"

花棋拍手道："他们也是一对儿。"

风琴道："你和卞公子，难道不是一对儿不成吗？"

花棋听说，突然逃了开去。风琴此时仍是新娘身份，只好躲在房里，等得十五那天，两对新人拜了天地，入了洞房。这天晚上，两对新婚夫妇自然人月双圆，不必细叙。直至满月以后，风琴就和马如龙商量，要办花棋、雪书二人的亲事。

马如龙道："这件事情，别人去了都没效力，只有你这师父自己去的。"

风琴笑着道："要么大家同去。"

马如龙也笑道："你真正的不知世面，现在二姊、三弟，他们一个是新娘，一个是新郎，怎么可以跟了你这大媒同去？"

风琴忽然想起马如龙曾是她的媒人，不禁扑哧地一笑，红了脸好没意思。马如龙问她何事好笑，风琴更是笑得掩面地伏案喘气。

马如龙道："到底为了什么事情，这般好笑？"

风琴用手刮着马如龙的脸道："你方才还说人家是个不知世面的媒人，你自己是见世面的，倒把人家的胞兄弟配了起来，这才真正是大笑话呢。"

马如龙听说，也笑得前仰后合起来道："这真好险，倘然这回没有遇见褚、郑二人，怎么得了？"说着，又自言自语道："雪书却也长得怪俊，倒说三姊妹都想嫁他。"风琴红了脸地前去揉搓马如龙的身子。

二人说笑一阵，马如龙又问风琴道："真是真，玩是玩，你到底何日动身？"

风琴道："我仍主张大家同去，因为倘一成功，就好做亲。"

马如龙想了一想，便去与雪书说知。雪书听了，笑而不言。风琴也逼着花棋同走，花棋只好答应。

大家都说："这是柳、褚、郑三个，也得同去的了。"

柳成亲又问褚、郑二人，还有二小姐的胡奶娘、小小姐的郁奶娘，可知道现在何处？最好是也把她们两个找来，住在一起。褚奶娘答称，十几年前，都已死了。柳成亲听了，也代伤感。

等得大家到了大名府，找下寓所，风琴先去找她女徒。卞文莺接入，叙了一番契阔之情，然后问及大众。风琴老实告知认了同胞，以及她已嫁了马如龙，月画嫁了侯天祥之事，卞文莺自然代为欢喜。

风琴又将来意告知，卞文莺红了脸道："这事要由家父做主，家父现在旧病复发，家兄正想上京去请侯师弟去。"

风琴道："大家都已回来，这么让我先将我们四妹婿请来，医愈令尊大人之病，再谈别的。"

卞文鸯忙把卞洛阳请入，单把风琴等人认了同胞，以及想将花棋和他提亲之事告知了卞洛阳，但不提及她自己的事情。卞洛阳先替风琴道过了喜，即命人去把侯天祥请至，导入他父亲房内。说也奇怪，卞抚台本已病得人事不知，只被侯天祥将穴一点，马上手到病除。

卞抚台谢过侯天祥，卞洛阳亲将风琴的来意禀知卞抚台。卞抚台听说，忙将风琴请入，寒暄之后，风琴即向卞抚台求亲，并说："不但要求府上小姐做我弟媳，还想把我们的二妹子配与府上公子。"

卞抚台捻着须，哈哈地一笑道："赵师父吩咐，下官敢不如命？不过我这小女，她娘死得太早，平时不能离我一步。你们令弟，只好在此入赘。"

风琴笑答道："寒家本无恒产，舍弟入赘之后，我们大家也可住在此地，有个照应。"

卞抚台大喜，立即托了城中的几个绅衿为媒，择日下定迎娶。这几个绅衿都说他们尚欠花棋的交情，从前原有请花棋长住此地，作为总教习之议，现在可以实行此议了。卞抚台很是高兴，喜期一过，卞抚台便将自置间壁的一所宅子赠与风琴等人居住。

雪书谢了卞抚台，便请示卞抚台道："岳父熟悉例案，女婿有桩为难之事要请岳父指教。"

卞抚台笑问何事。雪书即将他的亡父死在他娘手上之事，详详细细地告知卞抚台听。

卞抚台不待听完，已在大跺其脚地说道："这个姓钱的，早与我们这位去世的亲家恩断义绝，她这个人，以国家而论，乃是巨匪，以家庭而论，又是府上的仇人。此等畜类，若不严行处治，就不说这个忠字。你们姊妹兄弟，也是令尊的罪人了呢！"

雪书道："二家姊本有代父报仇之心，只有四舍妹偏于其母。"说着，又将月画在那长白山硬要帮娘之事说了出来。

卞抚台摇头道："这是四令妹年轻少识、认理不明之故，天下安

172

有只知其母、不知其父的呢？且俟稍暇，待我劝告四令妹一番就是。"

雪书听了，再三拜托卞抚台，说是月画跟前，若不疏通明白，姊妹失和，也非好事。

过了几天，卞抚台果将侯天祥、月画二人请至，把那大义灭亲的真理劝了月画一番，月画听说，口上虽是勉强应允，心里仍不为然。雪书等人还当月画已被卞抚台劝醒，大家都主张即日要替亡父报仇。

风琴乃是一家之长，她就开了一个家庭会议道："我们替父报仇之事，这是一定要办的了。姓钱的既与我们爹爹恩断义绝，娘的名义早已不能存在。我们以后只有不再称她为娘，大家都叫她名字便了。"

月画本想反对，因为侯天祥日日夜夜地相劝，她才卖了这位夫婿的面子，还对大家说："我的本事本来不及大家，报仇之事，我要退出这个团体。"

风琴也因月画年轻，不能太逼，反而弄得铤而走险，多生枝节，当下也就应允。月画果然自去习练红拳，不来参与此事。

风琴等得月画走后，方又对大家说道："我们大家的本领，对付姓钱的一个，自然绰绰有余，不过她既被那个符道人劫去，这倒有些费事。"

花棋道："可惜我们师父和姊姊的师父，急切没处去找，倘能二位之中找到一位，那就不怕符道人了。"

雪书便叫花棋拿出她师父的字条，和大家研究道："上两句的'济南府里，遇柳成亲'，已经不成问题；下底两句，'深仇宿恨，毋动刀兵'，卞小姐将'毋'字认为'母'字，这个相去就大了。若当它'毋'字说，师父本有先见之明的，这是不能不遵的；若当'母'字说，照字句看来，便要大动刀兵，不是容易如愿的事情。师父一时又找不到，不能明白这个真相。"

173

风琴、马如龙一同说道:"我们看这字条上,既可以当它'毋'字,又可以当它'母'字,字条之上,不能研究出什么道理出来。若去找寻二位师父,又非马上可以寻着之事。"

花棋接口道:"若以'毋'字说,恐怕未必如此简明,自然以'母'字为是。况且姓钱的如此行为,我们师父为何要助这个恶煞?我们公公,他是翰林,当然认理极明。以我之意,一定当它'母'看就是。即便师父将来责备我们不孝,如何杀娘,这么我们的参参又将他老人家置于何地呢?"

风琴道:"不错不错,现在又到哪儿去找这个姓钱的呢?"

花棋、侯天祥道:"自然向四处找寻,只要功夫深,铁也可以磨成绣花针呢!"

风琴道:"这么我同他担任了东方。"

花棋接口道:"我同他担任西方。"

雪书道:"我同她担任南方。"

侯天祥笑上一笑道:"北方是只有我一个担任的了。"

大家都取笑侯天祥道:"谁叫你不能乾纲独振的呢?"

侯天祥又笑道:"我们这位娘子,很有孤僻脾气,我与其去求她帮我,我情愿做我一个人不着。就是伤在姓钱的手上,我也可以对得起我的岳父了。"

大家道:"这也是的,既是决定,我们就得马上动身。"

侯天祥道:"你们都是两个,自然有商有量的,我只一个,年纪又小,本事又坏……"

侯天祥尚没说完,风琴笑着道:"四妹婿不必客气,安知这场功劳不是你一个人得呢?"

大家说笑一会儿,即于次日分别起身,现在统统按下不提。

先讲钱傻姑自被那个符道人劫去之后,到了一座山上。符道人对着钱傻姑笑道:"你本是我的仇人,我是吉林省的当道请去剿灭长白山的,后来总算打败,原也丢开此事。哪知无意之中,遇见一个名叫蒋功奇的。"

钱傻姑惊笑道："姓蒋的，你怎么会遇见的？"

符道人笑道："你一听见你这当年的情人，就这般地着急起来吗？你别忙，这个姓蒋的，要他来也很容易。不过你……"

符道人说至这句，便与钱傻姑喊喊喳喳地咬了一会儿耳朵。

钱傻姑听定，似恨非恨、似笑非笑地将头一扭道："什么叫作床功不床功的，我都不懂。你不要相信姓蒋的在嚼舌头。"

符道人又一笑道："我平生的道行，就坏在这个上头。不然，我也不让了然师太、自然老人两个逞能了。你只要依我此事，我还可以将你与姓蒋的相见。"

钱傻姑把脸假意一红道："我现在老了，不如从前的时候了。"

符道人便用大拇指和中指在钱傻姑的一张粉颊上弹了一个榧子道："你也不必谦虚，你瞧，你不是和三十里外的人们一样吗？"

钱傻姑听说，很是得意，当场就如了符道人之愿，又问姓蒋的现在何处。

符道人道："姓蒋的本来发配黑龙江的，他在那儿认识了两个坐长监的因犯，一个名叫柳大椿，一个名叫范本寒，这两个人却是你那花棋、月画两个女儿的对头。他们三个结识之后，姓蒋的先行逃走，后来柳、范二人也逃出监来，就在长城的南口地方落草。我有一天经过那儿，他们三个不知我的厉害，问我要买路钱使用，当时自然被我打得落花流水。后来他们服了，反而送钱给我赎罪，我就和他们做了朋友。姓蒋的偶于酒后忘形，把你如何如何的床功尽情告诉了我。"

符道人说到这里，又向钱傻姑一笑道："闻名不如见面，果然见面胜于闻名。"

钱傻姑瞟上符道人一眼道："你不准再这般的糟蹋人，我们左右没事，何不就到南口入伙去可好？"

符道人笑着点头道："好是好，不过你见了旧识，不可忘了我这新知就是。"

钱傻姑呸了符道人一口，二人便向南口进发。南口离开北京不过数日路程，他们二人到了那儿，蒋功奇、柳大椿、范本寒三个慌忙迎入。蒋功奇先听钱傻姑哭诉一番，然后介绍柳、范二人和钱傻姑见过。

柳大椿为人本非大恶之流，他自从看上花棋、月画二人之后，一变平时性质，因此与范本寒二人又到黑龙江干出盗印之事。及至认识蒋功奇，来此落草，他只想与花棋、月画二人成婚，打听得那个李金彪也是花棋、月画的仇人，他和范本寒二人便将李金彪寻着，邀他入伙，李金彪自然应允。这天适往别处行劫，不在寨内。柳大椿告知了钱傻姑，钱傻姑反而不甚高兴，因她既遇蒋功奇、符道人两个，因把李金彪视作眼中之钉起来。

不知李金彪何时回寨，且听下回分解。

评曰：

风琴四姊妹，独有月画助娘，此亦人情应有之事，不然，四人全与其母作对，文势未免率直矣。

符道人本是下流，既与钱傻姑成为腻友，奇文怪事，即写不尽。

第二十三回

比道行天开异想
治火毒海外奇谈

钱傻姑既与一个旧识、一个新知打得火热，自然把李金彪视作眼中之钉。柳大椿、范本寒二人因思花棋、月画二人，几乎成了花痴，今见钱傻姑还是一位极标致的徐娘，也去勾勾搭搭，要想以娘代女。好在钱傻姑是个韩信将兵，多多益善的人物。柳、范二人总算达了目的。

过了几天，李金彪自然带了伤回来。蒋、柳、范三个问他受了何人之欺，李金彪恨恨地答道："有个名叫何淡然的小子，据说是自然老人的门徒，真个十分了得。其实俺在打家劫舍，与他何干？他偏要来打抱不平，因此被他打伤。"

蒋、柳、范三个一齐相劝道："李爷，你不必发恼，你可知道你的夫人钱傻姑来了吗？我们寨内有了帮手，还惧何人？"

李金彪起初不信，蒋功奇又把钱傻姑同了符道人到来之事告知了他，方始相信，便说："快快叫来见我！"

柳大椿道："你们夫人此刻在和符道人有事，停刻自会出见。"

李金彪本知钱傻姑的为人，但因自己的武艺敌她不过，只好假装不知。后来钱傻姑知道李金彪受伤回来，便同符道人走来看他。李金彪告知吃了那个何淡然之亏，符道人听了，把舌头一伸道："此人乃是自然老人最得意的徒弟，你怎么好去惹他？"

李金彪道："哪里是我去惹他，却是他来打抱不平的，叫我不能不与他去交手。"

符道人道："自然老人自恃他的道行，只差他的门徒四处地去打抱不平。可惜没有碰在我的手上，几时遇见他的时候，我要替他师父教训教训这个顽徒才好。"

符道人说着，即去舀了一碗清水，画上一道符，命李金彪服下。不到半个时辰，李金彪脱然痊愈，当下谢过符道人，又乘机问道："符师父，你可是真要收拾那个姓何的小子吗？他曾对我说过，他现在北京庆亲王的府里充当教习，符师父若肯替我出气，我愿陪着符师父同去。"

符道人听了，便问钱傻姑道："你也高兴同去逛逛吗？"

钱傻姑点头道："你一个人去，我怎样放心？自然同去。"

李、蒋、柳、范四人也要同往。

符道人道："大家同去也好。"

大家决定之后，第二天即向北京进发。南口本离京中不远，到了之后，住在虎坊桥的大安栈中。

钱傻姑问符道人道："我们无缘无故地杀进庆亲王府去，到底不是，此是京师，不比别的地方，可以任人撒野。依我之意，莫如写信给姓何的，约他出来交手为妙。"

符道人听了道："你虑得不错，让我写信给他便了。"

符道人写信去后，第二天下午，何淡然就来拜访。符道人迎入，却也寒暄几句，然后说道："敝友李金彪大哥，他因领教足下的本领，曾经受伤，足见足下的功夫，比较令师，已经青出于蓝了。我特地来京，要与足下比试一下，未知肯赐教否？"

何淡然听了，微笑道："符师父的本领已至登峰造极的程度，我们后辈怎敢班门弄斧？但是符师父既说要与后辈比试比试，后辈不敢违命，只请吩咐地点就是。"

符道人想上一想道："此地的陶然亭，地方既清净，闲人又少，我们准到那儿去一试吧！"

何淡然道了一声遵命，便同符道人，以及李金彪、蒋功奇、柳大椿、范本寒等人来到陶然亭上。大家拣上一块旷地，符道人先和何淡然交起手来。他们二人的比试，本以道行争胜，不比普通人的瞎打。符道人和何淡然比试了几样道行，都没什么高下。

符道人笑道："强将手下无弱兵，令师尊继起有人了。"

何淡然也谦逊几句。

符道人又说道："我近年来云游四海，真觉并未进功，我拟请足下将我身上的穴道挨一挨二地点去，试我的程度，可曾退化没有。"

何淡然忙道遵命。说着，符道人摆开坐马，双手捏拳，插于腰际，等候何淡然去点。

何淡然先点符道人的两太阳穴，只见两穴里面，除了金星乱进之外，非但毫无一丝损伤，且把何淡然的虎口震得麻木。何淡然此时已知符道人的内功很是不错，连忙一面步步留心，恐怕符道人暗算，一面又用出最后的本领，仍向符道人身上的穴道点去。及至点到心穴，又见符道人似乎要睡熟去的样儿了，何淡然更加不敢怠慢。只好又往下身点去。

及至点毕，符道人毫无一点儿损伤。何淡然只好向符道人拱拱手道："符师父的道行真是高极，后辈不敢望你肩背。"

符道人笑上一笑，指指何淡然的佩剑道："此剑外放宝光，我要借它一用。"

何淡然忙问怎么用法。

符道人道："你可将此剑先从我的脑门顶上刺下，如果被你刺死，不必说了；如果不甚怎样，你再向我的喉中刺往项后，我若被你刺死，又不必说；如果不死，你可再用剑向我对心窝刺去，非将剑头戳出背心，不好算数。"

何淡然听完，暗喜道："这是你自己卖弄本事，想要讨死。你不过显显你的本事罢了，谁知我的这柄宝剑并非什么平常之剑，是我师父用他的三昧真火煅炼过的，不论什么人物，只要一碰此剑，就要见血封喉。你既如此，让我送你归天可也。"何淡然边想，边把那柄宝剑取至手中，一手按定符道人的肩胛，一手就把这柄金光四溢的宝剑顶在符道人的脑门之上，说声道："符师父仔细，我的宝剑来也！"

何淡然的也字尚未离口，那剑已经插了下去，一直插得到了剑柄，方始止住。说也可笑，符道人的脑袋本来很大，一被这柄宝剑向他的脑门之中插了下去，简直像个花瓶供上一枝鲜花一般，符道人还要闷声不响，双目下垂，那种样儿很是令人发笑。哪知符道人倒不怎样，可是把这位何淡然唬出一身冷汗，赶忙把那宝剑拔出，一看剑上并没一丝一毫血痕，而且更加亮晶晶的发光起来。

符道人至此，方才抬起眼皮问道："已经插完了吗?"

何淡然更是一吓道："岂止插完，早已拔出来了。"

符道人微微摇头道："此剑没劲，你再向我的喉间刺入吧！"

何淡然听了，真又把宝剑向符道人的喉管中戳了进去。等得剑头从后项穿出，符道人将手乱摇，似乎叫何淡然不必拔出，暂将宝剑放在那儿的样子。过了好久，何淡然瞧见符道人并不怎样，只好将剑拔出，那柄剑上仍没一点儿血迹，只是亮晶晶的可以鉴人毫发。

符道人仍旧乱摇其头道："此剑没用，此剑没用，只好再刺我的心窝。"

何淡然此时很是怄气，便用出平生气力，把那宝剑对准符道人的心窝，拼命一戳。只因用劲太过，竟把符道人的身子摇了几摇，那剑戳进心去，剑头到了背心外面。

照何淡然的想来，以为符道人定已戳死，不防符道人忽然地狂笑起来道："我听说此剑是你师父曾用三昧真火煅炼过的，怎么反比凡剑不如呢?"

何淡然听说，很觉惭愧，一面随手拔出那剑，瞧见剑上虽没血迹，却有一粒饭米带出。

此时钱傻姑等人在旁，看得不禁好笑起来，跟着又大声喝起彩来。

何淡然愤愤地说道："符师父已经显过本领，我也有点儿小技要请符师父试我一试。"

符道人微哂道："可以可以，你要怎样？"

何淡然道："我的头发颇有一点儿用处，符师父请用全力，能够扯断我的一根头发，我方死心佩服。"

符道人听了，也有些不相信道："这个本领，我倒不识。"说着，只见何淡然已将他的辫子拆散，忽又用劲地向外吐了一口气，他的头发竟会根根竖了起来，犹同花园里的石笋一般，硬得很觉怕人。

符道人便用手挽着何淡然的一根头发，自然用力一扯。哪知非但没有扯断，且把符道人的身子竟会高高地吊了起来。

钱傻姑等人本在藐视何淡然的，此时一见何淡然的一根头发忽将符道人的这人吊了起来，一时忍不住，不觉咯咯咯地好笑。谁知这一笑，竟把符道人笑得通红其脸。傻姑自知冒失，生怕臊了符道人，她就奔至何淡然的面前，要想把何淡然一刀杀死，一则解去符道人此刻的见怪；二则也好替李金彪报那打伤之仇。李金彪一见钱傻姑已向何淡然奔去，他也大吼一声，抢刀跟着加入。蒋功奇等人自然一窝蜂地上去。

此时何淡然已把他的头发向四面一分，一面逃走了符道人，一面因为手上仅有一柄宝剑，双拳不能去敌四手，就把分散的头发当作兵器甩了起来。当下只见那些头发齐向各人的头上甩去，一时不留心被头发甩着的人们，个个无不头破血出。

符道人一见何淡然也有特别本领，急吐三昧真火去烧何淡然。何淡然无法抵敌此火，只好将身一闪，逃得不知去向。

钱傻姑当场就怪符道人道："都是你要比什么断命的本领，不然，我们这许多人，难道还不把这个姓何的砍成肉酱？现在好不好，竟被他逃走，这一逃走，决计不敢再回庆亲王府去，又叫我们何处

181

去找他呀!"

符道人哈哈一笑道："我们道家斗法，只在面子，至于死活，尚在其次。他既逃走，就失面子不能再出见人。"

钱傻姑听了，只得同了大家回栈。蒋功奇等人都来恭维符道人的本事。李金彪却在一旁唉声叹气，以没有杀死何淡然为恨。

哪知何淡然已被三昧真火烧得焦头烂额，不成人形，果然不敢再回庆亲王府，一个人躲入后载门的煤山之上，自己寻思道："此火非凡厉害，只有活老虎的心血可治，不如赶紧去到万牲园中，买上一只活虎救我性命。"何淡然想定主意，忙向万牲园中走去。及到门前，瞧见有个十七八岁的美貌少年，在和管园的争执，忙上前去问明。

管园的气哄哄向他说道："这座万牲园乃是太后、娘娘的游幸之所，又不是可以任俺们随便卖钱的，俺方才因为这个小猴崽子要想进去瞧瞧，俺却担上天大的干系，仅问他要二两银子的使费，他既嫌贵，不进去就是。谁知这个小猴崽子又要进去，又舍不得二两银子，还要开口骂人……"

管园的尚未说完，那个少年抢说道："我并没说不肯给他二两银子，不过想再还价罢了。谁知这个王八羔子开口就骂人！"

那个管园的也抢说道："你这位先生听听，这个小鳖蛋还在嘴上骂人，他还赖人家骂人呢！"

何淡然瞧见二人都在嘴上骂人，大家又不肯认账是自己骂人，兀自好笑起来。又见那个少年丰神奕奕，足跟着地甚稳，似有武术样儿，忙向他说道："四海之内皆兄弟也，区区二两银子，兄弟代你出了吧！我们一同进园去就是。"说着，便摸出一锭五两头银锞，交与管园的道："余多的一两，请你喝酒吧！"

管园的一见何淡然出手慷慨，反向那个少年赔了一个笑脸，又谢了何淡然，接了银锞，放入二人。

何淡然一面走着，一面问那少年贵姓大名，仙乡何处。

那少年答道："小可侯天祥，江苏吴县人氏，偶来北方访友，倒要仁兄破费了。仁兄贵姓？"

何淡然尚未答言，侯天祥起先因与管园的争执，没有留心何淡然的脸上。此时忽见何淡然脸上似被火烧，不觉失惊地接着又问道："仁兄的脸上似被三昧真火烧的，此火厉害，唯有活虎之血可解。仁兄此刻是否进园找这虎血？兄弟颇知红拳，可以替仁兄去除这个火毒。"

何淡然听了大喜道："兄弟贱名何淡然……"

侯天祥又不待何淡然说完，急又问道："淡然师兄，不是自然老人的高足吗？久仰大名，幸会幸会！"

何淡然忙答道："敝师确是自然老人，尊师哪位？"

侯天祥答道："小弟本是符道人门徒……"

何淡然也不待侯天祥说完，惊问道："你就是符道人的门徒吗？"

侯天祥接口道："起先原是，现在闹了意见。小弟这个红拳，便是了然师太所授。"

何淡然又问道："符道人现在此地，难道师兄没有知道吗？"

侯天祥也一愕道："他真在此地吗？小弟不瞒师兄说，我本是替人要向符道人报仇来的。"

何淡然听了，忙问道："真的吗？"

侯天祥道："师兄之前，怎敢说谎？"

何淡然大喜道："我这火伤，就是符道人干的。"

侯天祥听了，便气愤愤地说道："他惯用此火伤人，或者恶贯满盈，也未可知。师兄既遇小弟，不必再去找那虎血了，快快拣个坐处，小弟替你点穴医治就是。"

何淡然听了，真的忙去拣了一所清净之地，坐了下来。侯天祥仅向何淡然的心窝穴上点了几点，何淡然顿时恢复原状，慌忙谢过侯天祥，又要求和侯天祥换帖子。侯天祥既多一个帮手，自然满口应允，问起年纪，何淡然比侯天祥大三岁，于是何淡然为兄，侯天祥为弟。

二人谈谈说说，更是亲昵起来。何淡然先问侯天祥何事与符道人闹了意见，侯天祥便从符道人调戏他讲起，一直讲至到北方找寻钱傻姑与符道人为止。

何淡然听完道："符道人就在此地虎坊桥的大安栈居住，我曾去过。他的身边确有一个女人。"

侯天祥忙问道："大约多少年纪？"

何淡然道："不过二十多岁……"

何淡然还要再说，忽见一大群人走出园去，忽向那些人一指，侯天祥以手覆额，定睛一瞧，不禁大喜。不知那些人是谁，且听下回分解。

评曰：

无巧不成书，然不能加诸此书，大凡小说，应以看去似在情理之外，实在情理之中者，方为高尚作品。侯天祥之来京师，盖京师为北方之首也，遇见钱、符等人，便在情理之中。

第二十四回

佳公子二次作丫鬟
骚姿娘连番诱美少

侯天祥一见出园去的一群人，钱傻姑、符道人两个也在其内，不觉大喜，正待追出，忽被何淡然拖住道："师兄不必性急，他们之中有个名叫李金彪的，他在一个地方劫人东西的当口，被我打伤，符道人是来替他复仇的，此时哪里肯走？我们须得商量好了，再向他们动手不迟。"

侯天祥听见符道人一时不会走的，方始将身立定，答何淡然道："只要他们不走，稍迟不妨。"

何淡然道："可惜毕璇姐……"何淡然说了这句，忙又改口道："她现在已经叫作了赵风琴。"

侯天祥接口问道："师兄难道见过我们这位大姨吗？"

何淡然道："见未见过，不过我和她是师姊弟。"

侯天祥不解道："这话怎么讲法？"

何淡然笑道："我们师父，一天云游到了杭州，遇你们这位令大姨子。那时她尚叫毕璇姐，我们师父念她孤苦，瞒了她的上人，便教了她一点儿武艺。"

侯天祥又问道："难道令师尊也不知道她本来姓赵的吗？"

何淡然摇头道："我们师父因在路上和我匆匆一言，单说他在杭州，收了一个女徒，名叫毕璇姐的。我当时急于要往一处治妖，便与我们师父分路了。"

侯天祥一喜道："这样说来，我们更加亲近了。"

何淡然点头道："可惜他两夫妇往东方，你们二姨子夫妇又往南方，你们的舅兄、舅嫂又往西方，不然会在一起，还怕符道人等人不成？"

侯天祥道："我想登报招寻他们。"

何淡然道："好虽好，恐怕日子一多，符道人等人走了，那就不好。"

侯天祥道："这不要紧，我会盯住他们的。"

何淡然道："这么我们就去登《申报》。"二人说着，一同出园。

管园的因多得了何淡然一两银子，还在点首招呼。何淡然无心睬他，只是一路走着，一路问侯天祥住在哪儿。

侯天祥道："百顺胡同大方煤号的里进。"

何淡然道："我本在庆亲王府中，暂充教习，哪知那班贝子、贝勒不肯吃苦，我正懒得再教，又怕符道人前去寻。我们登报之后，我就同你去住。不知钱傻姑可知道你的住处吗？"

侯天祥道："不知道的，就是知道，也不怕她。我们二人要去治死他们虽难，他们要来治死我们也不容易吧！"

何淡然笑上一笑道："我别的不怕，这个三昧真火，我们奈他不可，到底小心些为妙。"

他们二人登了《申报》之后，索性到别处逛了一会儿，方至百顺胡同。那时宅中仅有一个书童，姓李的又往别处收账去了，他们二人自烧自吃，倒也清净。现在按下不谈。

先讲赵雪书同了卞文莺两个，是担任西方的，既是西方，便得入川。卞文莺在路上笑问赵雪书道："人说蜀道难，到底怎样难法？"

赵雪书道："这也无非是旱路崎岖，水路澎湃罢了。平常人呢，自然有些害怕，我们怕他做甚？"

卞文莺微笑道："我学武艺未久，哪能及你？"

赵雪书也笑道："有我保护，你只要事后谢我就是。"

卞文莺又抿嘴一笑道："这是我们爹爹拜托你的，就是要谢，也得爹爹谢你。"

赵雪书道："明后天便要到万县了，我拟起旱，这里的旱路自然没有坐船安逸。你又是一双小脚，你不谢我，我多少叫你吃点儿苦头，你才知道。"

卞文莺听说，忙应道："谢你谢你，你要我怎么谢呀！依我说来，何必一定起旱？并不是我怕辛苦，你一起旱，他们万一在船上，岂不是也要岔过了吗？"

赵雪书听了，也觉有理，于是仍旧坐船，再向重庆前进。哪知刚到夔府，赵雪书两夫妇的那只坐船忽然断纤，顿时沉了下去，幸亏赵雪书懂得水性，尚不碍事。但因知卞文莺没有水里功夫，只在水里四面地找寻，一直上上下下地找了几十里，并未瞧见卞文莺的影子，自然万分着急起来。重又找了好久，因未瞧见卞文莺的尸首，稍觉宽心一点儿。翻船的是白天，那时已是深夜，赵雪书的肚子饿了，只好上岸弄些充饥之物，又因行李统统漂没，身无分文。正在为难的当口，忽见岸上有座小小的村庄，赶忙走近一瞧，谁知家家闭户，寂静无声。

赵雪书不觉一愕道："天下断没求乞的人，好打人家大门的。但是肚子真饿得慌，既无当店可寻，身上衣服又是湿得水淋淋的，即有当店，湿衣也不好当。"赵雪书越想越饿，越饿越冷，偶见一家人家的圃场之下晒了一身女人衫裤，忘记收进，他便老实取下，脱下湿衣，换了上去。虽有月光照着，可是夜静无人，穿了女衣，也没人见。正想将那一件浸湿的长衫、一身衫裤晒在竿上，且等寻到一点儿吃食，等它干了，再来更换的时候，忽听村后的高峰上面似有虎啸之声。

赵雪书此时虽有一柄短剑在身，恐怕难敌那虎，他便隐身一株树下，想等虎声远些，再定行止。不料那个虎声越叫越近，他便发抖起来。原来一个人到了饥寒交迫的时候，勇气便会耐了下去的。赵雪书虽有一点儿本领，一则因为初次遇虎，不敢尝试；二则他的爱妻落水，生死未卜，如何可去冒险；三则大仇未报，更须留此有用之身。有此三事，赵雪书的性命更加宝贵起来了。

此时那个不识趣的虎声一递一声地近了拢来，他忽又把拳在他掌上一摩道："难道我就怕这老虎不成？我若真的怕这老虎，还好去报大仇吗？"他想到此处，一面丢下他手上的那些湿衣，一面奔上山去，去找老虎。找了半天，并未找到虎踪，侧耳再去听听，虎声忽又断绝。他又想道："虎既不见，山上必有果树。"

刚刚想着，忽见远远的有座桃林，他忙趁着月光，走近桃林之前，对着一株桃树，一腿飞去，只见骨碌碌地掉下几个大桃子来。他一面拾起吃着，一面又想道："我倒在此地吃桃子了，不知我们的文莺生死如何。"他的何字刚刚离口，顿时心里一酸，他的眼泪早已簌落落地落了下来。当下就会肚子不觉得饿，身上不觉得冷，手上的那个吃余桃子不知不觉地也掉在地上去了。

就在此时，忽见远远的有条黑影，一闪一闪地近了拢来，他又一喜道："必是我们的文莺寻踪而来了。"忽又想到，他的文莺没有这般的夜行功夫，急忙迎了上去。那条黑影已经定了下来，一眼看去，不是文莺，不过也是一个女子。

那个女子走近，朝他一望道："你是什么人，怎么男人穿了女人衣服，深夜在此何事？"

那个女子在问话的当口，声音很是严厉。及至问完，忽又改了笑容。

赵雪书因见此女的夜行功夫不错，必是一位能手，当下不敢怠慢，朗声答道："我是过路之人，翻船落水，妻子失踪。又因此地生疏，饥寒交迫，因此脱去湿衣，不得已胡乱穿上此衣。你这位姑娘，何故也是深夜至此呢？"

那个女子一面在听，一面又在打量赵雪书的人物。及听赵雪书说完，她便微微地点着头，又现出矜怜之色道："这么你为什么不去捞你夫人去呢？"

那个女子说至此地，忙又改口道："你不识水性吧！这也难得怪你。你姓什么？何处人氏？你的夫人何名？一同来此何事？你告诉了我，我可以送些吃食给你。"

赵雪书道："我叫赵雪书，北京人氏。我妻名叫卞文莺，要到四川寻人去的。"

那个女子不等赵雪书说毕，忽一怔道："你的夫人就是卞文莺吗？她不是做过黑龙江抚台的小姐吗？"

赵雪书忙拦了那个女子的话头道："你怎么知道？她在什么地方，快请告诉我听。"

那个女子摇首道："这却不能告诉你，内中大有道理。你不知道，但是你能依我办法，或能见你夫人一面。"

赵雪书忙问道："怎样依法，你先说一声。我妻的性命如何，这最要紧。"

那个女子抿嘴一笑道："这真问得奇怪，她若死在水里了，我又不是阎罗王，怎会知道她的底细呢？"

赵雪书听说，稍稍把心一放道："只要我妻平安没事，凡是我力所及之事，无不依你。"

那个女子忽把她脸一红道："我老实对你说，我是此地强盗王的女儿，方才我们老子坐船出巡，救起一个女子，问知叫作卞文莺。我老子虽是一个强盗王，为人样样都好，只是贪花爱色。"

赵雪书厉声问道："我妻失身没有？"

那个女子连连摇头道："没有没有，我也出巡至此，可巧遇见了你，这不是天缘凑会吗？你快跟我回去，我好替你设法。"

赵雪书道："那么让我仍去换上湿衣。"

这个女子忙不迭地摇手道："不用换，不用换，正要女装，才能跟我回去。"

189

赵雪书忙问何故，那个女子道："我的老子很严，怎好带个男子回去？你若是女装，就好冒充我的丫头了。"

赵雪书听说，因为急于要去救他妻子，只好勉强答应。及至同了那个女子到了一处地方，却是一所依山为屋的大厦，门前虽有许多男丁，幸未前来查问。跟了进去之后，又有许多丫头前来伺候那个女子。内中还有三五个丫头，似乎是那个女子的心腹样子，先将赵雪书导至一所绣房，笑问他道："你姓什么？却也长得清秀。我们的小大王又在什么地方把你找来的？"

赵雪书没有心思答话，只把他的头乱摆。

又有一个丫头走来笑问他道："你莫是哑巴不成？我们见你长得令人可爱，特地好意关照你，你可不要任性。我们小大王叫你怎样，你就怎样才好，否则一条小性命就要不完整了……"

这个丫头尚未说完，那个所谓小大王的女子忽然换了一身艳妆，含笑地走了进来。方才和赵雪书说话的这个丫头指指他对小大王笑道："小大王，你莫是千拣万拣，拣了一个癞头瞎眼。"说着，又掩口一笑道："这个人似乎是哑子吧！"

那个小大王笑着不答，脸上却现出十分得意之色，先向一张珊瑚为枕、锦绣为衾的床沿上一坐，方始笑问赵雪书道："我奉父命，自己择婿，必要拣到一位如意郎君，亲自试过他的脾气，方才前去禀知我父。我要救你夫人，你须那个……"

小大王说到这里，微微将脸一红，又把她的眼睛向那三五个心腹丫头一眨，那班丫头早已会意，忙笑着对赵雪书说道："这见你的福气来了，你快快答应吧！不然是，你和你的夫人性命不保，莫要怨人。"

照赵雪书的本意，原想马上动武，因为一时不知卞文莺的所在，生怕误事，只好暂时忍受。此刻一听这些无耻之言，委实有些熬不住起来，正待翻脸，那个小大王却已瞧出苗头，忙笑喝道："你大概懂得一点儿本事，但是此地容易进来，难得出去，徒死无法，且又害了你的夫人出丑。"

赵雪书听到"出丑"二字，只好塌塌肚皮，强作笑容答那丫头道："不是我不受你们小大王的抬举，我已娶了姓卞的，你们小大王又不是不知道的。"

那个小大王仍是含笑地接口道："我知道，我自有办法……"

小大王还要再说，忽见奔入一个丫头道："小大王，不好了，那个姓袁的要死下去了。"

那个小大王却淡淡地答道："我现在有了好的了，姓袁的死就死了。"说着，似乎又发恨起来道："他不死，我还得弄他死呢！"

就在此时，又见一个丫头报入道："小大王快快出去迎接，老大王来和你说话来了。"

小大王慌忙命人将赵雪书藏过，自己迎了出去。

赵雪书到了一间下房，忽见躺在床的那个病人，很像那个袁志高，急急地走近床前一瞧，不是袁志高是谁呢？

那时袁志高也已认出赵雪书了，忽将他那一只瘦而且瘪的手向一个丫头摆上一摆，又低声说道："此人是我朋友，我可以替你们劝劝他。不过你们须得出去。"

那个丫头听了道："这是最好没有，我们准定出去。"

内中一个丫头道："他们两个会逃走吗？"

一个丫头咦了一声道："你难道还是初来的不成？叫他们往哪里逃呀！"一面说，一面早已带上房门而去。

袁志高急叫赵雪书坐在他床沿上，叹上一口气道："柳兄弟，你怎样也来此地送死呢？"

赵雪书知道袁志高尚未晓得他的事情，此时不及细说，单问道："此地到底是个什么地方？你怎么也在此地？"

袁志高虽然有病，因想大家活命，只好硬强着答道："此地是个大强盗窠，这个小大王最是贪色，往往瞒了她的老子，把那些貌美少年的男子扮作丫头，弄了进来，虽以择婿为名，其实只图一时欢乐，把男的闹病了，她就不管了，另外再去找寻新鲜人物去了。我已上当，你须仔细。不过她的本事真在你上，万万不可动武。"

赵雪书听了，大吓一跳，即把他已另娶，娶个姓卞的为妻，已被老强盗王捉去的大概，简单地说与袁志高听了。袁志高也不及再问细情，只把枕头一拍道："老强盗王更不是东西，只知奸淫掳掠。我们这位弟媳妇，恐怕没有命了。"

赵雪书不答此话，单问他们父女到底有何本领。

袁志高道："不说别的，光是妖法，已非真实本领可以抵敌。赵兄弟，真的性命要紧，为兄决不骗你。"还怕赵雪书不相信他的说话，甚至急出泪来。

赵雪书此时已经相信，正待和袁志高二人商量一个救命之法，忽见起先的那个丫头奔了进来，一把将他拖出去。

不知赵雪书出去之后，吉凶如何，且听下回分解。

评曰：

　　此回写得令人急煞，虽为作者引人入胜之笔，已使读者不耐。评者为作者之二十年老友，从前评者戏赠作者一诗，有句云：小有歪才足济奸。不图于此书益见。

第二十五回

邓碧玉思嫁才郎
袁志高评谈妖术

赵雪书正想和那袁志高二人商量一个救命的主意出来，忽被一个丫头仍旧把他带到小大王的绣房。只见小大王朝他很高兴地一笑道："赵公子，我先和你道个喜，你可知道你的夫人不是我方才出去和我老子拼命，恐怕此时早和我们老子入了鸳鸯被了呢！我既保全了她，你也该顺从了我吧！现在已经要天快亮了。"说着，又向赵雪书瞟上一个媚眼道："快快上床，成了好事。"

赵雪书听了袁志高的说话，已知小大王父女都有妖法，若论真实本事，他也可以对付对付人家。妖法这样东西，不是玩的，他要保全卞文莺，只好不能再事守经，暂时从权一办。当下便答小大王道："小大王抬举我，我又不想学那柳下惠，岂敢违背小大王之意？不过我有几个条件，大家说明了倒好。"

小大王问是甚条件。

赵雪书道："第一样，我们有了情分之后，三天之内，小大王须得让我入川，去办正事；第二样，我的妻子此时须去叫来让我一见，以便放心；第三样，那个姓袁的，他是我的朋友，小大王既与他有过交情，他已病得半死，也得放他一条生路。这三样事情，小大王倘能采纳，大家和和气气，了此意外之缘。倘若不能俯允，我也只好与我妻子同归于尽的了。"

赵雪书说到这句，他的声音已经发颤，眼圈儿已经发红，一种凄楚的形状，使人很是可怜。小大王因为真爱赵雪书美貌风流，当下心中暗暗地打下一个主意，脸上便又嫣然地一笑道："赵公子，你第二、第三两个条件，我都可以依你，唯有第一个条件，三天之内，我们就要生生地分离，莫说那时我与你打得火热，我舍不得你，难道你就舍得我吗？我的初意真想和你做了那个长久夫妻，你们夫人，我就叫她一声妹子，我也可以。现在听你所说，'长久'二字是不能办到的了，只望你们夫妻二人在此委屈一年半载，我也算是十分迁就的了。倘若不然，大家同归于尽，我也不惜。"

小大王长篇大页地一直说到此地，在她有生以来，真算万分迁就的了。讲完之后，满脸已经现出怨愤之色。

赵雪书一见此等形状，生怕小大王恼羞成怒，他们夫妻二人性命不保，只好暂时应允，将来看事行事再说。当下也就向小大王一笑道："这么小可遵命，快叫我的妻子来此与我相见。"

小大王听了，也一笑道："你的夫人来此见你，我也难以为情。况且今天晚上，还不能出来。"说着，便叫一个心腹丫头到她跟前，吩咐道："老大王此时定已在四十八姨太太房中安歇，你可将这位赵公子带至女押所中，使他们夫妻一会，只好三言两语之后，仍旧带同回来。"

吩咐之后，又对赵雪书道："尊夫人虽在女押所，我已吩咐万分优待，至快至快，也得我明儿再去求求我们老子，方有办法。我的心已经为你挖出，可惜不能给你看罢了。"

赵雪书听到这里，也知小大王是强盗发了善心，她老子看中的女人，她也一时不能做主放出，便点点头道："这么且让我去见了我们妻子再谈。"

赵雪书说完，那个丫头便把他悄悄地引至女押所内。赵雪书甫行跨进门槛，就见卞文莺双泪交流，其苦万状地向他身上扑来。所幸那间女押所中仅有卞文莺一个，并没他人。赵雪书慌忙一面含了眼泪地将卞文鸳的身子一把抱住，一面又回头请那个丫头暂时回避。那个丫头倒也知趣，并不执拗，真的避了开去。赵雪书又把他的脸紧紧摩搓卞文鸳的脸道："贤妻，我险些不能见你了呢！你的事情我已知其大概。"

卞文鸳已由别个丫头叮嘱过了，一不可高声说话；二不可高声哭泣；三不可阻止赵雪书与小大王的好事。卞文鸳要活性命，已经答应，所以一见赵雪书如此说法，她只抱住赵雪书的身子，轻轻地哭道："你的事情，我这里也有位姐姐，奉了此地的小大王之命，已将大概告知我了。不是我说句不懂大道理的说话，你我二人，此时万万死不得的，不如暂时忍辱，如了此地小大王的心愿，为妻决不怪你就是。"卞文鸳边说，边又珠泪纷纷而下。

赵雪书忙不迭地点头道："我的来此，就是要把此事告知于你。你既如此说法，只好怪我不着的了。但是话虽如此，我的道德上恐怕已有罪名了呢！只要望你今夜不受委屈，明儿或有法想。"

卞文鸳听了，便放手道："时已不早，你快去吧！不要弄得小大王恼了，那就大家没命了。"

赵雪书一面点头答应，一面又再叮嘱一句道："贤妻，我去了，你日后却不可因此抱怨我的。"

卞文鸳拭泪道："这是救命之事，又非你去眠花宿柳之事，不必再说，我都明白你的心就是。"

卞文鸳说着，已由那个丫头忙将赵雪书仍旧领到小大王那儿，卞文鸳自有另外几个丫头陪伴，倒也未受委屈。

赵雪书一到小大王的绣房，只见小大王已经安然睡下，一见他进去，忙含笑地把一只白生生的玉臂从那绣衾之中伸了出来，向他连连招手道："赵公子，你快进被窝来吧！我已真的等不及了呢。"

就有几个心腹丫头上来服侍赵雪书上床。扶着赵雪书入被之后，熄灯掩门地退出，大家不敢去睡，都在窗下屏息伺候。听了好久，房内并没什么声响。

又过好久好久，方才听得小大王轻轻地一笑道："公子呀，我满意了，你也乏了吧！"这句说完，便叫丫头重行进房，送上参汤，二人各呷一杯。丫头退出去睡。

第二天大早，老大王已来询问小大王几次，丫头不敢惊醒小大王，早已自己做主，回复老大王，说是小大王夜间巡夜，受了风寒，未能起床，并且吩咐禀知老大王不必前去瞧她，让她好好地安睡一天。老大王本爱此女，自然信以为真，当下一面吩咐丫头们小心伺候小大王，一面自去办事。

这天，小大王和赵雪书二人一直睡至傍晚，尚未升帐。丫头们恐怕小大王饿了，又因时候不早，只好大家商量一阵，悄悄推门进内。走至床前，低声叫了一声小大王道："时候不早了，老大王也命人来问几次了。"

小大王在帐内问道："你们午饭吃过了吗？"

丫头不敢发笑，只好回明："天已黑暗。"

小大王听说，始命丫头挂起床帐。丫头们挂起床帐之后，忽见小大王与赵公子的衬里衣裤全然堆在脚后，大家也会将脸一红，背过脸去，等得小大王与赵公子穿衣起身，忙又各人送上一杯燕菜。小大王一面由丫头们替她梳头，一面对着赵公子笑道："你今天只好仍旧女装。"

赵雪书微皱其眉想道："事到如此，这也只好这般的了。"

小大王刚刚梳妆完毕，一个丫头飞奔报入道："老大王同了二十四姨太太来了。"

小大王忙使一个眼色给赵雪书，叫他避入下房。

赵雪书听了，便在下房门口隐身偷看。只见老大王同了一位极标致的少妇，走入小大王房里。小大王请她老子和那二十四姨太太分别坐下。

老大王先开口道："听说我儿今天身子略有不适，现在怎样？"

小大王欠身答道："早上很是难受，此刻稍觉好些。"

老大王和二十四姨太太一同说道："此刻虽已天黑，医生本是现成，快快服药要紧。"

小大王点头道："是的，爹爹、姨娘放心，我的身体我会料理。不过那个卞文莺，女儿已经再三再四地和爹爹说过，务必瞧在女儿分儿上，将她放了，交与女儿吧！爹爹要找美貌女子，并不繁难的。"

二十四姨太太在旁接口道："我也和你们老子说过，他本已答应将姓卞的交与你的。"

老大王笑上一笑道："我儿为什么和这个姓卞的这样有缘？既是如此，就命人去把她释放，交与我儿便了。"

小大王听了大喜，马上吩咐出去。老大王和二十四姨太太坐上一刻，也就去了。小大王一等她的老子等人走后，忙将卞文莺、赵雪书请至，笑向他们夫妇二人道："我没有欺你们二位吧！这场事情，我们老子大卖我的人情呢！"

卞文莺、赵雪书二人一同谢过小大王，小大王即命丫头摆上晚饭。三个人吃了之后，小大王便问卞文莺同了赵雪书入川何事。卞文莺也不相瞒，就把钱傻姑的事情告知了小大王。小大王听说，也替赵雪书生气道："姓钱的真正是个禽兽了，在我想来，恐怕她未必在西方。"

赵雪书忙问何以知道。

小大王笑答道："四川一带的好汉，没有一个不是我们老子的朋友，即使路隔稍远，未曾见面，但是名字总该知道的。姓钱的既被符道人劫去，他们来到四川，岂有不自立一寨之理？现在我们这里并没有听见过姓钱的，因此料定他们决不在四川。"

赵雪书一听小大王如此说法，便觉此番入川，不免劳而无功起来，脸上颇露不乐之色。

小大王对于赵雪书这人，原当活宝看待，此时一见她的活宝不乐，自然着慌地相劝道："赵公子，你也不必着急，好在你们二位一时还不能离开此地，限我半年，我一定替你们打听出这个消息来。我并且还可以助你们一臂之力呢！"

赵雪书听了，忙对小大王道："小大王既肯这般仗义，老大王又想找美女，依我如心如愿之意，最好是请你们父女二人同了我们一起前去四处地找寻。"

小大王听说道："此事且让我与我们老子商量之后再说，此时不能着急。"说着，便向赵雪书很尴尬地一笑。又跟着咬了赵雪书的耳朵，叽叽咕咕地说了一会儿。

赵雪书边听，边现出为难之色。及至听毕，忽去对卞文莺低声说道："我们两个的性命现在还悬在小大王的腕下，她方才对我说，她可以一定办到她的老子和她两个跟着我们前去报仇，不过这几天之中，她要叫你和她一床同睡。"

卞文莺本是千金小姐，世上一切奇奇怪怪的事情，她的耳中从未听见。此刻一听赵雪书对她说，小大王要她和她一床同睡，她便坦然地答道："这有什么不可？我在此地左右闲着，和她同睡谈谈，正好消遣时光。"

赵雪书听说，知道卞文莺不明此意，便又笑着轻轻地对她说道："她是要我和你们两个做那大被同眠之戏呀！你为什么答应得如此爽脆！"

卞文莺不待赵雪书说完，早已把她的一张桃花粉脸羞得犹同醉杨妃的一般起来，忙又呸了赵雪书一声道："这种说话，也是你来和我讲的吗？"

小大王在旁的了，便把卞文莺拉到一边，又是叽里咕噜、喊喊喳喳地大说一阵。不知卞文莺究竟如何答法，只好作为疑案。但是自从这晚上起，卞文莺很与小大王这人无话不谈起来。

老大王的答应同了赵雪书夫妇二人前去找寻姓钱的，也是小大王之力。小大王又答应叫袁志高同走。

赵雪书又一连巴结了小大王几天，小大王已经乐得不知可否，于是赵雪书乘机进言，撺掇小大王早日起程。小大王索性领了赵雪书和她老子相见。既已相见，便改男装。赵雪书忙去告知袁志高，又请小大王命医生替他医治。袁志高自然很是感激赵雪书。赵雪书方把他与袁志高在汉阳别后之事，一句不漏地告知袁志高。

袁志高听完，又惊又喜，也把他的事情告知赵雪书道："我和你别后，我一个人便往各处谋干，仍是一枝难卜，四海为家。直到上个月，因知此地的府尊是我的世交，特地赶来找他。岂知等我到后，这位府尊已经卸任回去，我自然只好再往下江。在我动身的那一天，就有一个朋友对我说，近来夔府以下，出了两个强盗大王，老的名叫邓愤世，小的叫作邓碧玉，父女两个都知妖法，不但专事打家劫舍，且是空前绝后的一对淫魔，老的只拣标致妇女，抢去任他糟蹋，小的只拣标致男子，抢去任她蹂躏，闹得行人裹足，客商绝途。这个朋友叫我绕道汉中，由襄河而到汉口。无奈我的川资不敷，只好冒险过此，正遇此地小的出巡，便把我捉了进来，换上女衣，作为丫头，从此日日夜夜干那非人所干之事，以致一病至此。"

袁志高说到此地，又现出很感激赵雪书的样子道："我这回的性命，真是活在老弟手中的呢！"

赵雪书听完道："自己兄弟，何必如此客套？但不知他们父女二人究竟懂些什么妖法？"

袁志高道："老的能生天昏地暗之术，小的能知呼风唤雨之法。我有一天，方同小的二人在这后山闲游，忽闻虎啸之声，我自然很怕，哪知小的那手向我的脸上一刮道：'一个七尺昂藏的男子汉，竟会怕老虎起来，岂非怪事！'她说着，拉了我这人，一同奔至那只吊睛白额的老虎跟前。她仅口中念念有词，同时道了一声疾，那只老虎忽会顿时缩小身体，变成一只老鼠般大的小虎起来。我当时不觉很是好笑，便把小虎拿到手中玩耍，不料那只小虎仍旧会咬人的。"

袁志高说到这里，即把他那少了一个中指的左手给与赵雪书瞧过。赵雪书见了，自然绝口称奇。

不知后事如何，且听下回分解。

评曰：

　　此回描写，非常香艳。

第二十六回

缓冲锋全瞻马首
急飞至独探骊珠

赵雪书自与袁志高细谈之后，袁志高连日服药，他的毛病不久即愈。

又过几天，邓愤世、邓碧玉、赵雪书、卞文莺、袁志高五个人，各携随身兵器，也不带人，便离夔府，直向成都进发。

一天，到了重庆，赵雪书忽见《申报》上面登有一段广告是：

马如龙姊丈、赵凤琴大姨、卞洛阳姊丈、赵花棋二姨、赵雪书舅兄、卞文莺舅嫂同鉴：

弟到北京，无意中忽遇大姨之师弟何淡然兄，因知钱、符二人，暨李金彪、柳大椿、范本寒、蒋功奇等，本在南口落草，近日来京且与何淡然兄寻衅。弟一人之力不敌，见此广告，飞请来京会齐，了此大事。余容面详。

侯天祥

赵雪书看毕，不禁大喜，忙将这段广告送与邓愤世等人去看。

邓愤世先说道："既是如此，我们赶紧去到北京。"

卞文莺笑道："我们这位四姑爷，这段广告却是登得不好，姓钱的一见这段广告，岂有还不逃走之理？"

赵雪书摇头道："你大把那个符道人瞧低了呢！符道人本是一个煞星，姓钱的有他做了靠山，何必逃走？况且何淡然既在一起，自然是商量妥当了办的，这倒不必防着。现在最要紧的，只有赶快进京就是。"

大家听说，真个兼程进发。一天到了北京，大家就往百顺胡同而来。进门之后，可巧侯天祥和何淡然两个正在家里，相见之下，赵雪书即将邓愤世、邓碧玉、袁志高三人，介绍与侯、何二人见了。

邓愤世问侯天祥道："侯兄自从登过广告之后，姓钱的那边曾否前来寻事？"

侯天祥答道："他们已回南口寨中去了，大概有所准备。"

卞文莺岔口道："他们会逃走的吗？"

侯、何二人一同答道："岂肯逃走？他们早在那儿等候我们前去。"

邓碧玉道："南口离此不远，官府曾否顾问？"

侯、何二人道："听说也曾派了队伍，前去剿过几次，无奈这些队伍只会欺压平民，怎是他们这班煞星的对手？"

赵雪书便主张即日前往南口。

侯天祥道："符道人甚是了得，我的意思，姑且再等几天。倘若马姊丈夫妇、卞姊丈夫妇能够见报即来，一起同去更妙。"

大家听了，都说这样也好。谁知就在这天晚上，马如龙、赵风琴、卞洛阳、赵花棋四位都已到了。大家相见，告知一切。

何淡然和赵风琴，他们师姊、师弟二人还是初次见面，自然另有一番问答。风琴道："我们师尊现在究在何处？何师弟应该知道。我自从我们师尊传授这些本领以来，哪一天不在想念师尊？"

风琴说到此地，忽把眼圈儿一红。

何淡然忙劝慰道："师尊云游海外，不知究在何处，我也是四处地在找师尊，只是不见，也没法子。"

花棋插嘴道："我们师父也是这样，总而言之，难找。我们这班人都是两位师父栽培出来的，且等这件事情一了，我无论如何，必要海角天涯地去找师父。"

大家说了一阵，花棋最恨钱傻姑、蒋功奇的。侯、何二人最恨符道人的。

花棋又知柳大椿和范本寒二人也在此地，便将柳、范二人在那黑龙江盗印逼婚之事气哄哄地讲与大家听了。

袁志高插口道："我们在济南府里，九个人结义之后，谁知高公明、平卓州、魏大名三个已在长白山上自投罗网，柳、范二人还要在黑龙江干此非人之事，这回他们二人的结局也可预料的了。现在仅我一个人，又是这般地漂流无定，且俟这回事了，我要求求风琴大姊姊、花棋二妹妹、雪书兄弟，收我做了徒弟吧……"

风琴不待袁志高说完，便去和卞文莺咬着耳朵道："我瞧这位邓碧玉小姐倒和袁志高兄弟是一对儿，将来我们劝劝邓小姐弃邪归正，嫁了袁兄弟吧！"

卞文莺听了，悄悄地抿嘴一笑道："她和你们三弟干过这个把戏的，恐怕袁大哥不要她吧！"

风琴也笑上一笑道："将来再看，我有办法。"

第二天大早，大家人才济济地就向南口地方浩浩荡荡而去。到了南口，忽见一个小喽啰迎了上来，呈上一封信，给与风琴。风琴接到手中一看，见是钱傻姑写给她一个人的，连忙展开一看是：

风琴大女入目：

　　为娘与汝一别二十年，非常想念。又知汝三弟前改名黄柳村，现已复了原名雪书，汝四妹月画对于为娘尚有母女之情。只有汝二妹花棋，倡言替父报仇，视为娘如眼中之钉，知有其父，而不知有其母，天下宁有此等不孝之人乎？

顷闻汝等率大队人马，来此与为娘作战，为娘并不惧汝，因思十月怀胎，三年哺乳，汝当奋然醒悟，不可与彼等枭獍为伍。若不自悟，即无救药矣！言尽于此，汝宜三思。

母字

风琴看毕，起初略有一些软心，后来想到她的亡父死得可惨，便又咬牙切齿地将信给与大家看过，即对那个小喽啰说道："书已看过，没有回信，你可回去告知，叫她自己想想，良心上究竟对不对得起我那亡父就是。"说着，拔出佩刀，向那小喽啰头上一扬道："要留你的嘴巴回信，不然，早把你的这个吃饭家伙砍成两片了。"

小喽啰不等说完，早已抱头鼠窜而去，回去禀知钱傻姑听了。

钱傻姑听毕，只冷笑一声道："她也如此，真是那个赵子玖的杀坯所养的种类了。"说着，便问符道人道："你前儿所约的混天魔、地行仙二位朋友，何时可到？他们既来，不可不防。"

符道人很自然地答道："我的朋友，今、明两天一定可到，其实他们二位不来，我也不惧。"

钱傻姑道："到底人多几个，也好杀尽这班枭獍。"

符道人又命小喽啰："快去探听赵风琴一班人住在哪儿。"

小喽啰去不久，就来回报道："住在此地的大佛寺，听说大佛寺的当家和尚无量僧也是何淡然的朋友。"

符道人听了，淡淡一笑道："送死的越多越好，省得我们多费手脚。"

符道人说罢，只见混天魔、地行仙二人一同飘然而入。

符道人见了他们二人，哈哈一笑道："我早已料定你们二人早晚之间必要到的，现在果不失信。"

二人见过钱傻姑等人之后，暗暗商议对付风琴一班人的法子。

原来混天魔、地行仙两个乃是无恶不作，道门中的败类，因为二人都知天罗地网之术，又和符道人每每狼狈为奸，这两年之中，虽是少在一起，可是从前，他们三个真是同出同进、寸步不离的。

符道人自从瞧见侯天祥所登广告之后，便写信给混天魔、地行仙两个，他们两个本是只求有事，不望太平的东西，一见了信，因此兼程赶来。可巧赵风琴等人已在大佛寺里歇脚，混天魔便对符道人、钱傻姑二人说道："她们既在大佛寺里住下，我们何不趁他们还没布置舒齐的当口，先去杀他们一阵？虽然不能个个人马上授首，给他们的一点儿厉害瞧瞧，也是好的。"

符道人听了，就先大乐道："二位如此热心，这才不枉我们是好朋友一场呢！"说着，又把南口寨中所有人物，以及全班喽啰统统叫出，授以密计。

一等三更时分，大队人马便向大佛寺里杀去。

这晚上，侯天祥正轮着值夜，他一个人方在大佛寺前一株一二十丈高的大槐树之上望风，突见符道人、钱傻姑二人率领大众，以及几百喽啰，杀奔前来，他便一面放起一个信炮，通知寺内诸人，一面纵下槐树，就向钱傻姑面前蹿去。钱傻姑岂肯让他？接着交起手来。

其时寺内诸人已经一拥杀出，双方一阵混战。混天魔、地行仙二人暗暗地施起天罗地网之法，要想把赵风琴一班人马上一网打尽。花棋、邓愤世、邓碧玉三个一见有人施那天罗地网之法，花棋、邓愤世二人急也施出天昏地暗之法，邓碧玉单独又施出她那呼风唤雨之法，一时弄得天地全黑，空中都是鬼哭神号之声。李金彪等人又已奉着符道人的诡计，忙向寺后放火。一班小喽啰又跟着喊杀助威。

原来凡是双方鏖战的时候，只要瞧见自己这面火起，无论何人，总要心里慌乱，这是牢不可破的习惯。失火的这面，未免吃亏一点儿，因此符道人也用此计。谁知大佛寺的那个无量僧，他却情愿牺牲此寺，不令众人救火，只命有本领的大小僧人各持兵器，加入杀敌。

符道人一见大佛寺里火起，并未增添他们那方面的威势，心里已在不快，又见花棋以及邓氏父女都用法术抵制混天魔、地行仙二人，他便一怒之下，大吼一声，吐出三昧真火，去烧风琴等人。哪知邓碧玉还会火遁之术，她那时一见符道人吐三昧真火，她就口中念念有词，将身一闪，遁入三昧真火中。

原来三昧真火乃是人的精气炼成的，火的力量自然比较凡火厉害一千万倍，若说有人遁入火中，那就摧残精气，最为所忌的事情。幸亏符道人尚有根基，一见邓碧玉破他此法，赶忙收回火去，只与邓碧玉一个人拼命。

那时花棋业已学会红拳，她和侯天祥二人用出红拳，同击符道人一个，符道人因为三昧真火有所损伤，对于红拳即难抵敌，只好跳出圈子，慌忙高声一喊，收令退回寨去。

风琴一见符道人等已退，料知一阵之中，也难收拾敌方，便也发令回寺。一点人数，一个不少，且没受伤。不过寺已一半化为灰烬，忙对无量僧道歉。

无量僧大笑道："贫僧早已预备，赵大小姐，你不必担忧，今天一夜，我有法子，能把这寺修得和未曾烧过一样。"

风琴等人听说，也极惊异。大家也都乏了，休息一宵，第二天起来一瞧，没有一个人不称奇道怪。你道为何？原来那座一半已毁之寺，一宵工夫，都已修得完完全全，大家急问其故。

无量僧微笑道："我因人工不及，乃是借的鬼工。"

花棋忽问道："莫非师父运的纯阴之气吗？"

无量僧大笑道："赵二小姊，你的功夫真个不错，你却知道。"

大家谈了一阵，方始提到进攻南口山寨。

无量僧道："贫僧在此多年，知道南口地方乃是一个一夫当关，万夫莫入之险地，他们既凭此险，造下这个寨基，一时不易进攻的呢！"

侯天祥、赵雪书二人同声问道："无量师父，既是在说此话，定有主张，务乞指教。"

无量僧道："依我办法，就从今天起，我们大家排日轮流地前去厮杀，不必定要一时取他们的狗命。只要闹得他们一个个的精疲力尽，然后大举一击，方可收拾他们。"

大家听了，人人都说无量师父说得大有见地，准照这样做去。

大家议决之后，第一天是马如龙夫妇二人，第二天是卞洛阳夫妇二人，第三天是赵雪书夫妇二人，第四天是侯天祥、何淡然二人，第五天是邓氏父女二人，第六天是袁志高、无量僧二人，第七天又是马如龙夫妇二人……

以下轮流排日厮杀，不到两周，早把符道人等杀得精疲力倦起来，

有一晚上，符道人忽对大家说道："他们那面每天只来一二人，我们这面，无不都是全部对付。以我之意，今天起，我们这面也是一对对地敌住他们便了。"

大家听说，当然赞成。

这天晚上，符道人派的是地行仙、柳大椿二人，二人预备之后，大家都去安睡。哪知无量僧一见符道人这面业已中计，他就约齐大众，一同杀入。地行仙和柳大椿二人当然只能个对个地厮杀，不能力敌大众。

符道人等连日辛苦疲倦，一到枕上，早已沉沉睡去。及知风琴这面全部杀入，不禁大为吃惊，于是穿衣服的穿衣服，寻家伙的寻家伙，等得大家分头出敌，已被风琴等人占了优势。符道人虽在督率大众拼命厮杀，因为一有弱点，蒋功奇已被花棋活捉过去。

马如龙、赵风琴、卞洛阳、赵花棋、赵雪书、卞文莺、侯天祥等人都不愿意直接去杀钱傻姑，他们大家只去围着符道人、混天魔、地行仙三个煞星厮杀。符道人等因见花棋、邓氏父女都知法术，便不再用法术，只凭本事实打。这一来，符道人等三个敌住马如龙等

207

七八个，自然未免吃亏。符道人一个措手不及，竟被花棋的红拳击中要害而死。混天魔、地行仙一见符道人死于非命，一面十分悲伤，一面想替符道人报仇，一阵厮打，他们二人也被侯天祥、赵雪书杀毙。

钱傻姑一见符道人、混天魔、地行仙统统遭了不幸，她便暗暗想道："我还不趁此时逃走，更待何时？"

钱傻姑一经打定主意，她也不去再顾别人，顿时纵出后寨。正想拔脚就跑的当口，忽见飞来一个女子，一把抓住她的后领，一句不说，手起一刀，只听得咔嚓的一声，可怜这个万劫不赦钱傻姑的一个美人脑袋，已被那个女子砍到手中去了。

不知这个女子是谁，且听下回分解。

评曰：

符道人、混天魔、地行仙三人如此死法，应在人人观念之中，蒋功奇被花棋生擒，亦是得意之作，马如龙夫妇、卞洛阳夫妇、赵雪书夫妇，以及月画之夫婿侯天祥，皆不愿直接杀害钱傻姑，亦属人情之事。唯此一不知名之女子为谁，阅者固费猜疑，而作者亦未免太狡猾矣。

第二十七回

复冤仇寺中陈活祭
求婚媾席上诉私衷

那个女子咔嚓一刀，把那钱傻姑的脑壳砍到手中的当口，忽听寨内还在刀刀兵兵地杀得起劲。她便对着钱傻姑的尸首，飞起一脚，踢得迸了起来，抛出数丈以外，忙又追上，向钱傻姑的身上取下一物，藏在身边，方才高擎那个脑壳，纵进寨内。一面加入厮杀，一面又对着柳大椿等人高声大喝道："钱傻姑已被老娘砍了脑壳，你等还不自己献狗命来吗？"

这个女子道声未已，花棋第一个瞧见，不禁高兴得跳了起来，连声喊道："我的四妹子，我的四妹子，你怎么会赶到此地来的？你怎么又肯砍了这个姓钱的脑壳的？"

花棋不待月画接腔，忙又向月画手中取过钱傻姑的脑壳道："且交给我，我有用处。"

此时大家也已看见月画凭空杀入，没有一个不现惊喜之色，手上一面仍在厮杀，一面都向月画大喊道："月画妹妹，百话缓说，快快先把这班余贼除去，完此大功要紧！"

月画本是一个初来的生力军，柳大椿等人武艺又极平常，只见月画一个人抡起钢刀，四开门地大杀一阵，早把敌人杀得半个无存。

赵风琴赶忙高声道："匪首既除，此等喽啰本是从犯，可以放了他们一条生路，以存上天好生之心。"

何淡然、无量僧一同接口道："风琴姊姊的说话不错。"说着，立将一班小喽啰放走，跟着放起一把大火，早将一座寨基里里外外烧得干干净净。

大家便同了月画回到大佛寺内，先行放下兵器，然后围着拢来问月画道："妹妹本是退出这个团体之人，何故忽又路远迢迢地奔来手刃这个姓钱的恶妇呢？"

月画见问，早又大哭起来地答道："我本来和你们大家约定，退出这个团体的，哪知我们的师父突然来到我家……"

花棋忙不迭地拦着月画的话头问道："师父真的来到我家吗？现在师父在哪里，可曾同来？"

月画一面摇头，一面答道："二姊姊且莫打断我的话头，你听我说下去呢！"

花棋急得乱哄哄地连说道："这么快说下去，快说下去！"

月画又接说道："我见我们师父突然到来，因为时已夜深，我忙在客房之中设下清洁床铺，又命用人办了素斋，一面陪着师父吃了起来，一面又不知从哪一件事件问起。还是我们师父对我说道：'你们大姊、二姊、三哥，以及姊丈、嫂子等人都去替你亡父报仇，你怎么一个人反而留在此地，难道不知道父为天，母为地，天在地上，当然父重于母？这句还是没有事情时候的说话，现在姓钱的乃是你那亡父的大大仇人，你怎么可以不去加入？将来去到九泉，有何面目见你亡父？'

"我当时一见我们师父那般正颜厉色地在责备我，我竟会栗栗地危惧起来，连连答道："师父教训得不错，我明天马上动身去找我娘。'

"我们师父听我在叫她娘，复又教训我道：'你怎么还好称这恶妇作娘？'我又连忙告饶。

"师父又说道：'我此刻吃完这饭，还得去干一件事情，你只自顾自地前去替父报仇。'师父说着，即在身上摸出一张广告交我。我接了一看，方知是……"

月画说到这句，把眼睛望着侯天祥道："他登的广告，正想问问师父别后之事，师父早已将身一闪，不知去向。

"哪知我当天晚上，偏又梦见一个满身浴血的人来，叫着我的名字道：'月画我儿，为父死得好苦，你得快快替我报仇！'

"我那时不知是梦，又被师父训斥过的，一时见了我的生身之父，便摸了上去，抱着他哭。不料哭醒转来，枕上的泪渍犹同大水浸过一般。我连卞姻伯那边都来不及前去辞别，马上连夜去到北京。幸亏小书童对我说知，你们大家都在此地，我就追踪至此。刚近寨门，已经听得喊杀之声。正待杀入，忽见我娘……"

月画一说出"我娘"二字，忙又连连缩住，改口道："这个恶妇，怎么还好叫她作娘？我当时一见她从那座寨后纵了出去，我忙飞身过去，出其不意，一刀砍下她的脑壳。"

花棋听到此地，忙对月画说道："我起先在你手上要了这个恶妇的脑壳！"说着，又望望外边，问着一个寺僧道："我在那里捉来交与你的那个姓蒋的呢？"

只见一个寺僧答道："我已把他吊在马棚内，命人看守，不会逃失的。"

花棋听说，点了点头，又对月画接说道："我要这个脑壳，和姓蒋的心肝，设了祭筵，祭爹爹呢！"

侯天祥起先插不进去嘴，此时一等花棋说完，忙去对月画笑道："你在家里的时候，不肯听我相劝。现在到底碰了师父几句钉子……"

月画不待侯天祥说毕，忽然现出有些不好意思的颜色，把头向左边一别道："算我一时糊涂，此刻被你说了现成话。"

侯天祥因见月画把头别到左边，他忙又绕到左边，把眼睛望着月画的一张粉脸，悄悄地问道："我娶你的事情，你可告知师父了没有？"

211

月画听说，又把头向右边一别地说道："人家多少正经事情都没有问，谁有闲工夫问这个把戏！"

侯天祥忽被月画这般一说，自然不好意思起来，只好讪讪地在他嘴里不知咕叽了一句什么，走了开去。

风琴便去笑怪月画道："四妹妹，真是不受抬举。"

月画听了不解，忙问风琴道："大姊姊说的我不懂，我怎么不受抬举？谁又在抬举我过？"

风琴听说，又笑着指指侯天祥答月画道："你方才把头别过左边去，我们这位四妹婿巴巴结结地也绕到左边，要想和你面对面对说几句体己话，谁知你又把你的头别到右边，还要给人家灰上一个大大的钉子，害得人家只好讪讪地走了开去，这不是你的不受抬举之处吗……"

风琴尚未说完，大家已经哄堂地笑了起来。侯天祥自然臊得躲了开去。月画只好一头滚入风琴的怀里，拿出小妹子的资格，一面揉搓风琴，一面绯红了脸道："大姊姊当着千人百众的竟来取笑我，我只好向大姊丈讲理！"

马如龙忙也笑着摇手岔嘴道："你们姊妹两个，快莫牵到我身上来。"

风琴也待再说，只见花棋已将祭筵摆好，先把钱傻姑的一个脑壳供在盘上，又将蒋功奇这人一把辫子拖到祭筵之前，向大家高声说道："你们快来瞧，我把这个害我们赵氏全家的狗男女活祭我们爹爹！"

风琴一听花棋如此在说，急将月画推下身子，急同马如龙、卞洛阳、雪书、文莺、侯天祥、月画等人，奔到祭筵之前，一齐哭拜起来。当下也有喊着岳父的，也有喊着公公的，也有喊着爹爹的，顿时闹作一片。

何淡然等外人也在一旁唏嘘不置。说时迟，那时快，花棋就在大家哭声未已之中，举起一把亮晃晃的尖刀，咔的一声，早向那个蒋功奇的前胸戳去，跟着把刀又在蒋功奇的胸中一搅，顺手挖出一具鲜血淋淋的心肝五脏，放在钱傻姑的脑壳旁边。可怜她连手上的血渍也不及去洗，便去伏在祭筵之前，又哭又拜，又诉又说起来。

闹了半天，还是无量僧上前相劝她与风琴等人道："贫僧说，赵子玖施主的大仇已经报了，现在他老人家的儿媳婿女一个不少地都在祭他，他在九原之下也能瞑目的了。"

风琴、花棋、雪书、月画四个人一同哭着答道："这都是你师父和大家的相助之力，我们爹爹死在九泉，也感激大家的。"

何淡然和邓氏父女、袁志高几个也劝上一番，风琴等人方才止住哭声。

一时祭毕，月画主张把钱傻姑的脑壳和蒋功奇的心肝五脏，以及一具尸身都去喂狗吃了，大家听说，很是赞成。不料这个淫妇、奸夫的肉连喂狗狗也不吃，大家只好用火烧去，然后又谢过无量僧和大家。大家自然客气几句。

风琴道："可惜柳成亲婆婆和褚、郑两个奶娘都在大名府的家中，不然，眼见此事，也要快活一快活呢！"

马如龙、卞洛阳、侯天祥三个一同说道："这就叫作只要功夫深，生铁磨成绣花针。如此的大仇，竟能如了心愿，真是岳父在天之灵呢！"

卞文莺道："最好是赶快详详细细地写封信去给我们爹爹，让他老人家也好欢喜。"

大家听说，都道不错。

雪书写信寄出，又问风琴道："大姊姊，你是一家之主，我们还是回到北京休息几天呢，还是马上回到大名府去？"

花棋、月画二人先接口答道："我们师父此刻恐怕已在大名府里等我们了，与其去到北京，也不过是闲住几天，何不就在此地，再打搅无量师父一二天，大家赶紧回到大名府去为是。"

风琴、雪书、马如龙、卞洛阳、侯天祥、卞文莺几个都说："这样也好。"

无量僧笑道:"照贫僧的私意,最好是要请大家,就在小寺再住上一年半载,方肯让你们走路。现在大家既是急于要走,贫僧也不好强着屈留。但是十天半月,总得住的。"

风琴瞧见无量僧这般要好,只好应允再住三天。邓愤世、邓碧玉父女二人先要告辞,无量僧如何肯放?

袁志高忽向风琴道:"我是有言在先,只等你们的大仇一复,我要拜你们为师的,我只跟着你们。"

风琴听说,忽然想起一事,忙把花棋、雪书、月画三个叫至一边,和她们三个商量道:"我瞧邓氏父女二人也非元恶大凶,至于性贪风流,乃是所处的地位使然。依我之意,不如相劝他们父女二人赶紧弃邪归正,并将邓碧玉、袁志高两个配为夫妇,这样一办,也不枉他们三个相助我们一场。"

花棋望着雪书,笑上一笑道:"邓碧玉既与三弟不干不净过的,袁志高五哥岂有不知之理?大姊姊主张把她配与五哥,我怕五哥不见得要她吧!不然,倒是一桩好事。"

雪书把脸一红,没有言语。

风琴道:"放下屠刀,即地成佛,我说并不要紧。"

月画道:"这么我去劝邓碧玉,三哥去劝五哥。"

月画说完,她早已一溜烟地去了。雪书无法,只好去劝袁志高。

没有一刻,月画和雪书二人都是高高兴兴地走来回报风琴、花棋道:"女的男的都答应了,不过邓愤世那儿要大姊姊、二姊姊去说吧!"

风琴、花棋一同微笑道:"这点儿义务,我们二人应该尽的。"说着,也是去了不久,就回来对雪书、月画说道:"这个邓老头子更是爽直,不但一口应允,而且还说他可以回去发放四十八个姨太太,以及遣散手下的喽啰,要来和我们一起同住呢!"

雪书听了大喜,便去拜托何淡然为男媒,又叫风琴、花棋、月画、文莺四人为女媒，说妥之后，又向邓碧玉、袁志高二人各取一件信物，互相交换。

花棋忽然跺足，怪着月画道："四妹妹，你也太疏忽了，钱傻姑前在锦屏山上，向你三哥身上取去的那个珊瑚美人，原是我们传家之宝，我们在南口寨内放火焚烧的当口，我虽忘记此事，你怎么也不留心的呢？"

月画耸肩一笑，即在身上摸出一件东西，递给花棋。花棋接到手中一瞧，不是那个珊瑚美人是什么东西呢？赶忙交与雪书，叫他好好收藏，以后不得随便赠人。

雪书一面付与文莺替他收藏，一面笑答花棋道："同胞骨肉，这样东西，我说它的魔力最大。那时我见了大姊姊，自会又亲又爱，所以首先把那珍珠罗汉送了她。后来见了二姊姊和四妹妹，又会情不自禁地把那白玉小塔、翡翠鸳鸯送与你们两个……"

花棋不待雪书说完，忽会红晕上脸，好没意思地说道："快快不必提这前事了，我说那个柳成亲婆婆和褚、郑两个奶娘，真是我们的大大功臣呢！否则作兴闹成天大的笑话出来，也未可知的呢！"

雪书听说，知道花棋在指他一娶三个之事，只好讪讪地走开。

那时，无量僧因为邓碧玉和袁志高两个已经定了亲，忙命小和尚弄出两桌素斋，算作喜酒。大家入席之后，酒过三巡，邓愤世又去执壶在手，合席敬过三杯，然后又单向何淡然、风琴、花棋、月画、文莺五个再敬了一杯道："小女既承五位作伐，老朽当然万分感激。现拟明天带了小女，先行回川，料理寨中之事完毕，或者稍稍置办一点儿妆奁，多则半年，少则三月，一定亲将小女送到大名府去。"说着，又朝袁志高道："贤婿不妨就与这里诸位同走，且在风琴姊姊府上等候我们便了。"

袁志高听说，含笑地欠身答道："岳父若要小婿同去，帮着料理诸事，小婿自当跟去。"

邓愤世摇首道："不必不必。"说着，大家吃完。各人又谈谈各人的以往之事。

何淡然忽指侯天祥，对着大家笑说道："这次的事情，都因我无意之中遇见我们侯师弟而起，我当然不敢居功。但我自从奉了师命，来到世上，做些除暴安良的事情，数年以来，也觉没甚成绩。在我初意，本不愿娶妻成家，只愿跟着师父苦苦练功的。哪知师父对我说：'你还早呢，婚姻之事，三生石上早已注定，不由你个人做主的。'于是我不敢不遵师父之命，却也暗暗留心，谁是我的姻缘。岂知直到如今，一个女子不合我的眼光。"说着，微红了脸，自己一笑道："风琴姊姊本是我的师姊，此事倒要拜托师姊替我留心呢！"

风琴尚未答言，只见那个邓碧玉忽向她的老子咬着耳朵说话。

不知邓碧玉所说何话，且听下回分解。

评曰：

　　文辞细腻，布局周详，伏线隐笔，随处散见，洵属斫轮老手，非评者阿私所好，有意标榜作者也。

第二十八回

锡芳名红楼三侠
得急电碧玉一家

邓愤世听他女儿和他咬上一阵耳朵，连连摇头道："此人本属为父的冤家，为父因她过世的老子再三相托，因此不与她去计较。若要为父去送她一个好女婿，为父委实不愿。"

邓碧玉听说，仍是含笑地相劝道："亚英这人，品行武艺，样样都在我们父女两个之上。从前我们父女两个为非作歹，本是错的，只因住在寨内，唯我独尊，因此不知自己之丑。幸亏这次来到此地，跟着这班正人君子在一起，始知我们从前所做的事情很为人所不齿。照女儿之意，亚英对于我们父女两个完全是片好心，爹爹怎好反而记恨？"

邓愤世听了，仍是大摇其头，极端不赞成他女儿的说话。邓碧玉又见大家在座，不便细说，只好说道："现在且不说她，就是爹爹肯去做媒，人家愿意不愿，也难说呢！"

风琴因听邓愤世父女二人所说之话，虽然已知大概，但也未便去问，单答何淡然道："成家立业，本是为人正事，况且师父又与师弟言明在先，自然不好不遵。方才师弟见委之事，不但我应替你留心……"说着，指指大家道："就是他们，也该相助你的。"

何淡然所说，真又拜托大家，大家自然一力担任。

过了两天，邓愤世、邓碧玉父女二人果然别了大家，先行回川。

大家送了一程。

又过一天，大家也辞了无量僧要走。无量僧便问何淡然道："你也不多住几天，就同他们一起走吗？"

何淡然答道："我在此地，左右没事，倒跟他们同去，热闹一点儿。"何淡然说着，又笑上一笑道："你若舍不得我们，何不也跟大家同去逛逛呢？"

无量僧道："同去逛逛，本无不可，只因寺中尚有小事，得我料理一下，且俟一年半载之后，说不定前去瞧瞧你们大家，也未可知。"

大家听说，不便相强，只好告辞。无量僧又送了许多程仪，大家却不过情，只好各人收了一半。

等得回到大名府里，卞抚台早已接到雪书所发之信，已在替大众欢喜。及见大家回来，忙先请到他的家内道："大仇已复，责任方始尽了。"

卞洛阳先将何淡然、袁志高二人介绍见过他的爹爹，方将南口的事情细细地告知。

卞抚台听毕，忽然望着月画笑道："四小姐，这才是了。"说着，却又摸着胡子笑道："我们人微言轻，劝不醒四小姐，不图令师尊的几句说话，竟能成全四小姐的这场大功，真正使人对于你这位令师尊不能不油然起敬慕之心呢！"

月画红了脸地答道："这是姻侄女的不明大理，只顾儿女私情，忘了生身之父的血海冤仇。"说着，也笑上一笑道："我们师父倘若不来指我迷津，我真正的类于禽兽的了。不知我去后，我们师父可曾来过？"

卞抚台摇头道："你们走后，我天天地命人到你们宅内查探一次，并未说有一位师父来过。"

花棋皱眉道："我们师父不知又云游到哪儿去了，我们这两个徒弟未知几时才能够见着她老人家呢！"

风琴、何淡然两个也接口道："我们的师父也是这样。"说着，又怪月画道："换我见了师父到来，我还肯让他走吗？"

月画听了，深自懊悔。

卞抚台道："你们几个的两位师父，据我平时听你们说过，已有半仙之分。照我说来，你们几位真侥幸也。至于迟早相见，何必不欢呢？这趟出去，大家自然未免辛苦一点儿，快快回去休息休息。"说着，又望着洛阳、花棋、文莺三个道："你们三个也去歇歇，这几天之中，免去早晚过来请安之例。我有事情，我会到你们那边找你们去的。"

大家听说，又和卞抚台谈上一阵，方才来到隔壁家里。

柳成亲，褚、郑两个奶娘一听风琴等人报了大仇回来，慌忙奔出迎入道："大小姐、二小姐、三少爷、小小姐，你们这回的事情，我们的老爷死在地下，这才瞑目。"

月画不答这话，先问她们三个道："我的师父究竟来过没有？"

柳成亲连声答道："没有来过，没有来过。倘若真的来过，她是活神仙，我们怎敢不告诉小小姐的？"

此时，大家纷纷乱乱，也有各自回房，夫妻二人前去讲话的，也有仍在外面招呼何淡然、袁志高两位客人的，柳成亲和褚、郑奶娘二人却只拉了月画这人，问那钱傻姑死时的形状。月画见问，也就从头至尾，细细地讲给她们两位听了。褚奶娘听毕，合掌地向空边拜边念着佛道："这真正是我们去世的老爷显灵，这个姓钱的，她的行为就真是自己在讨死。把去世的老爷丢开不说，对着她自己肚皮里养出来的儿子、女儿也不心疼。"

褚奶娘说到这里，可巧风琴走至她的跟前，听了她话，便紧皱双眉道："你的说话真是不错，你瞧，我们方才是先到那边，去见卞大人的。卞大人对着他们儿子、女儿，还有我们二妹妹，算是他的媳妇，都有老子、公公宝贝，如此说来，足见没有爷娘的没人宝贝呢……"

219

风琴尚没说完，花棋在一边听到耳中，赶忙笑着走过来对风琴说道："大姊姊刚才的说话，本也不错，但是说我们的那位公公只宝贝儿媳、女儿，这就有些错了。"

风琴半笑半恨地瞪上花棋一眼道："你算有了公公了，何必这般帮他呢？"

花棋又笑道："不是我帮我们公公，他还先宝贝你们大家的呀！他不是先叫你们大家过这边来休息休息的吗？他对于我们儿、媳、女儿三个，并没有什么多一句半句宝贝的说话呀！"

褚奶娘本是风琴从小领大的奶娘，她自然十分宝贝风琴的，忙插嘴对风琴笑道："大小姐既是眼红二小姐有公公宝贝，就和小小姐两个认了卞大人做爷，他老人家也不会推辞的。"

风琴听了，笑上一笑道："这个办法也好。"

花棋便向风琴的耳边咬上一句道："大姊姊，大姊丈不是也很宝贝你的？"

风琴把脸一红道："你这句话可是在说二妹婿吗？"

花棋呸了风琴一口，逃了开去。

这天，大家安睡一宵，次日早起，大家刚刚起身，卞抚台已经一个人踱了过来，洛阳、花棋、文莺三个先请了爹爹、公公的早安，大家也来相见。卞抚台就在上面坐了下来，大家四面散坐。

卞抚台先向马如龙、侯天祥二人笑道："你们两位，此次去替过世的岳父报仇，男子汉倒也罢了，只是你们两位的夫人，和我们的这个媳妇，她们都是一班女流，能够做此大事，真也令人钦佩。我想古时候的红线等辈，谁不称为女侠？其实比较她们三个，自然是她们的这件事情难办。"说着，一面捻须哈哈一笑，一面便在怀内摸出一张写有四个大字的白纸，递到了马如龙手中。马如龙慌忙恭恭敬敬地站了起来，展开一看，只见是斗大的"红楼三侠"四字，急忙递给风琴去瞧。风琴瞧了一眼，又去交给花棋。

花棋便向卞抚台笑道："这是公公溺爱媳妇，和媳妇的姊姊、妹妹，其实我们姊妹三个，怎么当得起这四个字呀！"

风琴、月画两个也向卞抚台说道："老姻伯，这是真正的不敢。"

风琴又单独说道："姻侄女等几个，一个苦命的爹爹如此惨死，一个不肖的亲娘又是这般结局，这场事情，虽说大义灭亲，做人眼光要大，唯凭良心而论，似乎总有些不忍。"说着，又朝卞抚台笑上一笑道："方才我们的奶娘和姻侄女说，叫姻侄女几个拜在老姻伯的膝下，做个女儿，自然更加亲昵一点儿。"

卞抚台听了，又哈哈大笑起来道："老朽本来只有一子一女，大小姐、小小姐既要认我为父，老朽岂有不喜之理？"

花棋、文莺二人不知要想说些什么，早见风琴、月画二人已向卞抚台盈盈地拜了下去。卞抚台一面忙命花棋、文莺二人将风琴、月画二人扶了起来，一面又向马如龙、侯天祥两个说笑道："这样说来，你们两个也是我的女婿了呢！"

马如龙、侯天祥两个自然也向卞抚台磕头下去，口称岳父。

卞抚台亲自扶起道："从前那位郭汾阳，他有七子八婿，使人至今传为美谈。现在老朽也有他的一小半了呢！"

洛阳、文莺、花棋三个忙向爹爹、公公道喜，何淡然、袁志高二人也来叩拜。

卞抚台道："可惜山妻亡得太早，否则见了这班女婿、媳妇，岂不快活死了她吗？"

洛阳、文莺、花棋三个生怕卞抚台提起此事伤心，慌忙想出话来安慰。

卞抚台当然知道儿媳之意，便又吩咐洛阳、文莺二人道："你们二人，快快命人把这'红楼三侠'四字做成一块大匾，悬在这个堂上。此等大喜之事，如今世上恐怕只有我们一家呢！"

风琴、月画二人瞧见卞抚台如此高兴，倒也不好推辞。花棋因见她的公公瞧得她起，更不必说。

洛阳吩咐下人，前去做匾之后，又问卞抚台道："南口这场厮杀，虽说已将那座匪窟放火烧尽，自然难免尚有形迹，不知朝廷对于此事，怎么办理？"

卞抚台想上一想道："我说朝廷断不知道此事，一班多嘴的御史虽想奏闻，那位都察院的堂官一定知照大家，不必多事。否则恐要带累京外的官儿不少呢！"

雪书本在担心此事，一听卞抚台如此在说，自然将心放下。卞抚台坐了一会儿，也就踱了回去。

过了几天，那匾做好，卞抚台也不去惊动外人，只是同了一班儿、媳、婿、女，以及何淡然、袁志高二人，开了一个团圆家宴。正在吃得大乐特乐的时候，忽见下人送上一份急电。雪书接到手中，译了出来，呈与卞抚台去瞧。卞抚台接到手中，只见是：

风琴大姊暨诸位同鉴：

　　妹侍家君返川，抵家后，家君果将四十八姨及手下喽啰，全行给资遣散。妹方幸家君具有决心，不图为平亚英世妹一事，竟致大动干戈。起初数仗，两方互有胜负，今日一仗，家君忽为彼方生擒而去。妹致书乞和，亦不答复。家君若有长短，妹亦不愿为人，特此飞电奉求，务请大姊邀同全班人马，飞速来川，以救家君与妹生命，千万勿却，容图后报。

　　临电昏迷，不克详述，并请先行电复，以安妹心为要。

邓碧玉叩

卞抚台看毕，一面交给风琴，一面对袁志高说道："碧玉和我们已是一家，既来急电乞援，断无不去之理。"

袁志高正待答话，风琴已将电报看完，递与袁志高之后，始对卞抚台道："爹爹说得极是。碧玉姊姊既配我们的袁五哥，真是一家人了，自然大家一同前去，并宜从速。"

雪书、袁志高、文莺三人一同说道："我们三个也在他们家里住了不少的日子，从未听见他们提起过这个平亚英，难道平亚英的本事这般大吗？"

花棋对洛阳道："你快快拍份回电去，使碧玉姊姊好先放心。"

洛阳提笔拟了一份电稿，先行呈与卞抚台去瞧。卞抚台只见写着是：

四川夔府邓家寨邓碧玉姊姊鉴：

　　来电拜悉，姻伯父战事失利，妹等闻之，无不惊骇。

兹奉严命，全班人马，即日入川。恐念，先行电复。

赵风琴

卞抚台阅毕，即命快去拍发。

洛阳饬人去后，又和大家商量道："人命要紧，愈速愈妙。此去路程很远，不知赶得及否？"

雪书、花棋两个道："碧玉姊姊既是拍电来约我们，她又不是不知道路程的，以此想来，只要去得快，大事或者无碍。"

卞抚台道："现在毋须空自议论，你们大家快快各自预备，明天大早，准定起身。我去替你们预备川资去。"

卞抚台走后，大家匆匆地收拾一番，卞抚台的银子也已送到。大家分藏行李里头之后，草草过了一夜。

次日黎明，大家别了卞抚台，立即登程。路上晓行夜宿，并无耽搁，大家且有夜行之术，不到半月，已经赶到夔府。邓碧玉闻信，慌忙迎入，一把眼泪、一把鼻涕地向大家哭诉道："你们幸亏今天赶到，我们爹爹或者还有性命。"

风琴、花棋、月画、文莺四个女的先问碧玉道："既还有救，到底还是文来武来，快快定下主意！"

碧玉道："诸位姑且休息一下，听我慢慢地告诉你们。家君向来最贪女色，我们这位平亚英世妹，曾经再三再四地相劝，家君只是不理。

"有一次，家君又抢到一个绝色女子，此女再三不从，她的老子又去恳求我们这位平亚英世妹。平亚英世妹便亲自来向家君讨情，不料家君一时恼羞成怒，一面立把那个女子强行奸污，一面还要出骂平亚英世妹。平亚英世妹当时就要翻脸，还是妹子瞒了家君，向她赔了不是，她始含怒而去。从此以后，大家不通闻问。

"这次回家，我因平亚英世妹的为人，不是何淡然师兄，断难配匹，我又瞒了家君前去做媒。平亚英世妹和我原没什么恶感，看她听了我的说话，虽未马上应允，却也不甚反对。哪知家君为了此事，又去辱骂，于是数仗之后，竟被生擒而去。

"昨天有人暗中通信，说是明天就要将家君处斩。我的本领，万难去劫法场。今天诸位既已赶到，明天一同前往便了。"

不知大家听了，有何说话，且听下回分解。

评曰：

　　红楼三侠之名，于此方见。卞文莺、邓碧玉、平亚英等人皆未列入。初视之似觉不平，细按之，此侠字，专指大义灭亲而言者也。赵雪书且未列入，卞、邓、平诸人，更无论矣。

第二十九回

邓愤世借此收篷
平亚英含羞似画

风琴听得邓碧玉说完，那方既在次日行事，尚不要紧，便问邓碧玉道："你们这位平亚英世妹，究是何人之徒，有的什么功夫？尊大人的本领已经不错，怎么竟被生擒而去？你得再详详细细地告诉我们才好。"

邓碧玉道："她的师父何人，我也曾经问过，看她样子，似在守秘，我也不好深问。说到她的本事，单是拳术一种，能够三十二势长拳，内功外功、内壮外壮，似乎已将武当、少林、石头、罗汉各派拳术融会一处的了。至于有否别样法术，我未眼见，不敢妄说。家君被擒那天，我因在家休息，未曾同往，仅据随同前往之人回来报告，大概是被一种马上的柔拳擒去的。"

邓碧玉说到这里，又望着侯天祥说道："侯师弟的红拳，或能胜过她的柔拳，也未可知。"

侯天祥、月画二人一同答道："柔拳虽是凡人所能，红拳不是人人能够学的。但也不能一概而论，且俟会过姓平的，方能明白。"

袁志高接口对风琴说道："我们何不就在今天晚上前去劫了回来？便利得多。"

风琴尚未接口，何淡然也说道："我也赞成袁兄的主张。"

风琴听说，问过大众。

大众笑道："风琴姊姊乃是我们的首领，我们悉遵吩咐就是，无所主张。"

风琴又问邓碧玉，对于敌方的内部设备、一切路径，可曾知道。

邓碧玉道："她们那面的内部并没什么设备，此去又是我的熟路。今天晚上真要去劫家君，我可领路。"

风琴道："既然如此，准定今晚前往便了。"

邓碧玉听说，慌忙命人摆出酒食。大众饱餐一顿，各各略自收拾，即由邓碧玉带路，直往平亚英那边而来。

原来平亚英所居的山头，离开邓家寨不到三里。从前邓氏父女虽然各自主重色字，寨中开支也须行劫路人，方是挹注，所以因有老大王、小大王之称。那个平亚英呢？她自从父母去世，只在山头独自练功，只因她的父母临终之际，曾托邓愤世管教平亚英的，所以不能不偶到邓家寨一走。其实她对于邓碧玉倒还罢了，只恨邓愤世每每奸淫妇女、抢劫行人，甚不赞成。照她的意思，本想马上除去邓愤世的，因看世交面上，也还过去规劝。规劝不听，只好绝迹不往。哪知这个邓愤世，大有不利孺子之心，只因本领不敌，忍耐至今。此次失和，也是公报私仇之意。

平亚英既将邓愤世擒下，若是要害他的性命，这许多日子以来，就是一百个邓愤世，也难活在世上的了。平亚英为何不将邓愤世暗中害去，反要预先声张，使邓碧玉这边知道要杀邓愤世的日子？其中自有道理。

单说这天晚上，平亚英正和几个有本事的丫鬟在谈武艺之事，陡然听得呼呼的风声，从远而近。早已料到有人前来行劫，便对几个丫鬟轻轻地一笑道："是不是不出我的所料？"

几个丫鬟都一面点头回答，一面已扑扑蹿出庭心。

那个袁志高因为要救岳父心急，他一个人已从屋上纵下，一见屋内跳出几个美貌女子，明知不是等闲之辈，他也只好接着打了起来。

何淡然此时已知这位平亚英确有能耐，他便有心一个人前去会她，已向屋内纵入。

大众一见袁志高已和几个女子在打，知道袁志高的本领不够抵敌，忙由众人之中分出一半助他，一半去助纵入屋内的何淡然。

大家刚刚纵了进去，已见一位桃李为容、冰霜为性的女子，早在和何淡然交手，交手之势，又似都在行那后辈之礼。花棋在旁瞧见，暗暗点头道："这两个人虽在各自用这后辈之礼，恐怕倒有一场大大的厮杀呢！"

花棋转念未已，又听得那个平亚英微笑着在对何淡然说道："何师兄，此地不是用武之地，我虽还没和何师兄交手，已知何师兄的功夫不是凡流。此地有座小岭，乃是从前有个名叫汪鉴的夔州府知府修了一条大路，以便行旅，道路的下面，虽极崎岖，地方却大，我们可往那儿比试。"

那个平亚英说完，又见何淡然也在满口答应。花棋自然不去反对，即跟他们男女二人去至那座岭下。这且暂行按下。

先讲这边袁志高和几个丫鬟对敌，帮助袁志高的是雪书、文莺、邓碧玉、月画四个，那边的丫鬟可巧也是五个。十个人交战之后，雪书这面竟难取胜，月画忙暗忖道："这几个丫鬟已有这点儿本领，她们的主子当然更加厉害。我想过去帮助那边，却又放心不下这里。"

月画正在为难的当口，忽见洛阳、马如龙二人奔来加入。她忙问道："那边怎样了？你们怎好丢下他们那边来此！"

马如龙笑答道："他们只在个对个地比试，不准别人相助。我瞧姓平的对于淡然师弟尚没什么恶意，我所以特来此地相助。"

马如龙说着，忽然使出平生本领，要将几个丫鬟打倒。哪知这几个丫鬟真是强将手下无弱兵，个个十分了得，并且瞧出这几个丫鬟还没有用出撒手锏来，料知这场恶战，一时不易了结。哪知打了一阵，陡见花棋含笑而入，向他们摇手道："好了好了，你们双方可以住手的了。"

花棋犹未说毕，只见何淡然已同平亚英走来。平亚英对于她的丫鬟们仅照她们眼睛一轮，这班丫鬟立即停手跳出圈子，直挺挺地站立一旁。

袁志高忙问何淡然道："这么邓伯父呢?"

何淡然笑着点首道："同去相见。"

大家听说，即同何淡然，跟着平亚英走去。到了一间石室之外，早有几个丫鬟将那石门推开，大家走了进去。只见又有两个绝色丫鬟，正陪邓愤世在那儿喝酒。

邓愤世一见大家进去，急把手上的酒杯放下，奔了出来，向大众红了脸地说道："这次把我的老脸也丢尽了，我本想自杀了事的。"说着，忙又拉着邓碧玉的手说道："可又舍不下你这累赘货。"

大家不及答话，已见那个平亚英含笑地在向邓愤世赔不是道："邓伯父，你老不可生气。从前侄女奉劝伯父，本是好心。此次之事，又是伯父前来寻衅，侄女若不设法把伯父请来款待，这场厮杀，不知打到何时方了。"

平亚英说到这里，又向邓愤世深深地一揖道："伯父快请出去，再由侄女设席谢罪便了。"

邓碧玉也接口对邓愤世说道："平亚英妹妹本是爹爹的侄女，女儿早已说过。她对爹爹并没坏心，爹爹年纪虽高，性子还不肯耐下一点儿。这回的事情，又是爹爹来寻亚英妹妹的，妹妹既在向爹爹赔礼了，爹爹也该想前想后地一想，大家言归于好吧!"

邓愤世听了，半晌不言。邓碧玉便自做主，扶了她的老子，跟着大家，出了石室，回到平亚英的屋里。一进门去，已见几个丫鬟早经摆上两桌上等酒席。堂上又点上一对儿红烛。平亚英忙又自己走到邓愤世的面前，请他坐了首席，又请大家随便坐下，她方执壶在手，满斟一杯，放在邓愤世的面前，跟着又连声口称："伯父，可否赦了侄女之罚吧!"

邓愤世至此，只好一饮而尽，带恨带笑地对平亚英蹙眉说道："我的好侄女，做你伯父的，也被你收拾够了。"

邓碧玉生怕邓愤世又说出得罪人的话来，忙接口说道："以往之事，丢开不说。平亚英世妹，今天既在此地请客，我等应该大大地果腹一顿才是。"

风琴忙也凑趣道："如此，主人也得坐下同吃。"

平亚英也便含笑地入座。酒过三巡，邓碧玉向大家说道："此刻天已起黑，诸位为了我们父女二人之事而来，沿途风霜，必然辛苦，还是少饮几杯，快快回到我们那边安歇去吧！"

平亚英忙不迭地向大家说道："诸位虽为邓府上的事情而来，此事的罪魁祸首当然是我。依我之意，要请诸位今晚上先吃一个通宵宴，再在敝处玩耍两天，然后由我亲自奉陪过去。"

风琴此时已有主意，便自做主答平亚英道："主人如此盛情，我来代表大家遵命就是。不过大家酒量很浅，通宵之宴倒可不必。"

平亚英笑答道："这也无非表示我的敬意，坐着谈谈，也是一样。"说着，就问起钱傻姑的事情。

风琴并不相瞒，全行告知。

平亚英听毕，望着月画，笑上一笑道："这样说来，月画妹妹，你若不是你们师尊前来一趟，那个钱傻姑呢？既有风琴姊姊这班人在那儿，自然难以生存。不过月画妹妹的心中，未免就有些对不起地下的伯父了呢！"

月画笑答道："我们的师父真正是我的重生父母、再世爷娘，可惜现在又不知云游到哪儿去了，一点儿无从报答她的大恩，使人痛心之极。不知亚英姊姊的师尊，是哪一位？"

平亚英听说，含笑不答，借故又说别事。

月画不好深问，单去悄悄地对着风琴说道："何淡然师兄，对于婚姻一节，本已拜托了大姊姊的，这位平亚英，邓碧玉姊姊她在大佛寺里的时候，已有将她说与何淡然师兄的意思，只因邓伯父和平

229

亚英姊姊有了意见，竟至闹出此次的失和。现在大家既已言归于好，平亚英对于邓伯父，又是仁至义尽。如此说来，平亚英姊姊真与何淡然师兄是一对儿的了。姊姊应该就在席上先行提亲。"

风琴听完，也低声答道："席上有本人在座，当面提亲，男女两方都不甚便。平亚英姊姊既说要亲自送我们过去，何时不可提亲，何必忙在此时？"

月画听了，便也不再多说。大家又在席上谈论各人的武艺。

这天晚上，平亚英很是高兴，又因多喝了几杯酒，便仗着酒意，要和花棋、月画二人比试拳术。花棋年纪究大几岁，因思一经比试，就有胜败，不论谁胜谁败，都觉没有意思。当下连忙笑谢。独有月画这人，年纪又轻，甫经学会红拳，原想出出风头，一见花棋笑谢，她便出了位子，拉着平亚英笑道："亚英姊姊，你只要肯留手一二，妹子那就奉陪一玩儿。"

平亚英听说，一面向席上诸人告了罪，一面就同月画二人来至庭心，各人左右一立，摆开坐马，各人抱拳对揖一揖，道声请，马上一个施出三十二势长拳，以及融合的武当、少林、石头、罗汉在一起的柔拳，一个施出红拳，交起手来。

此时在席诸人早已出席围着观看，但见她们二人，一来一往，各极其妙，莫说外行，自然个个惊奇道怪。就是侯天祥、风琴、花棋三个，都会红拳，也觉此时的月画不比往常的月画，似将红拳的精华统统取出，越打越有精神起来。又见那个平亚英的柔拳也不弱于红拳，真是棋逢敌手，将遇良才，委实分不出高下而已。

平亚英和月画二人，直打了三个时辰，瞧她们二人的样子，都在越打越有精神。有一路，月画已被平亚英所破，大家正替月画担心的当口，只见月画骤然之间，故意仰面一跌，跌至地上。平亚英奔了过去，却被月画在地上一笑地接住她手，趁势站了起来。

平亚英也一笑道："月画妹妹的拳术高我万倍，我拜服了。"

月画也接口道："我已被亚英姊姊打倒，怎么还要客气？"

邓碧玉忙将二人一手一个拉进里面，仍复入席道："你们二位，真正是拳祖宗了，大家不必客气，快快各喝三杯。"说着，忙将二人之酒敬过，又去敬了大家几杯。

这样一闹，东方已经现出鱼肚白的颜色来了。平亚英早已命人备了各人的床铺，便请大家稍用点心，分别安睡。

大家睡下，直至午后，方才起床。平亚英又开出两桌盛筵款待大家。

风琴笑谢道："主人如此殷勤，我们已经饱饭醉酒，此席散后，要请亚英姊姊回到邓家寨去谈谈，还有下情上达。"

平亚英听说，也就应允。一时吃毕，平亚英吩咐她的丫鬟，好好看守家门，便同大家往邓家寨而来。入内之后，又向邓愤世谢罪一番。邓愤世见了，心中的闷气真也消了。

风琴便将平亚英拉至无人之处，相对坐下，含笑地问道："姊姊家中，除了姊姊之外，还有什么亲人没有？"

平亚英见问，忽将眼圈儿一红道："一个没有的了。姊姊远道来此，自然不知，我真是一个无依无靠的孤女呢！"

风琴道："姊姊倒和我们姊妹一样，早已丧了上人的，这么姊姊何不定头亲事，也好替上人传宗接代。自己方面，也好不怎么寂寞。"

平亚英听说，红了脸地摇头道："莫说我已看破红尘，只想练习武艺，以望进功，即使为了上人的祭祀计，世上的这些俗子，我也不能入眼。"

风琴道："如果有个不是俗子，人才品行又和姊姊相似的，姊姊怎样？"

平亚英见问，低首弄襟，红脸不答。

风琴又问道："我的何淡然师弟，姊姊看他可是俗子？"

平亚英听说，把头微微地一抬，看了风琴一眼，复又低头不语。风琴便咬了平亚英的耳朵，喊喊喳喳地讲了一阵。风琴说完，平亚英方才微声答道："虽承姊姊好意，人家那面，不知如何。"

风琴道："姊姊，这个你莫管他，你只答应，我自然有我的办法呀！"

平亚英道："这么请姊姊去和这里的碧玉姊姊商酌，就是邓伯父，乃是我的父执，也得得他同意……"

平亚英尚未说完，忽闻一阵笑声，跟着走来一人，捏着她的双手不放。

不知此人是谁，且听下回分解。

评曰：

如茧抽丝，层层不断。

第三十回

抵金陵一人偏卧病
赴两粤大众议除妖

平亚英一见走来捏着她两手的人正是邓碧玉，急忙摔开邓碧玉的手，一阵风地逃了开去。

邓碧玉要想去追，风琴笑着将邓碧玉拉了坐在平亚英坐过的位上道："她害臊，你也不必和她闹去，还是我们来谈正经。她本来叫我和你斟酌的，连你们尊大人那儿也得禀告一声，这正是她愿意的表示。我们只要商量办理聘礼的手续就是了。"

邓碧玉也笑道："何师兄那边，想来总愿意的了。"

风琴点点头道："他本是拜托我过的，而且我已瞧出大概情形，他一定赞成这头亲事的。现在我和我们的如龙做了男媒，你和袁五哥做了女媒……"

邓碧玉不待风琴往下再说，忽红了脸地把头一扭道："我却不和他在一起办事。"

风琴笑上一笑道："你们亲已定下了的，这怕什么？"

邓碧玉听了，便不再说。

风琴又说道："今天不用说，因为新娘子还在此地，不要臊了她。且等她走了，我们这里，就过去一趟，算是求亲。回来之后，再将聘礼送去。"风琴说到此地，又问邓碧玉道："此地有没有东西可以采办？"

邓碧玉连连摇头道："这是荒僻之处，怎有东西采办？以我之意，我这里寻些东西凑凑可以了。"

风琴道："这次出来，我们的爹爹给的川资很是富足。"

邓碧玉听了一愕。风琴忙又接说道："难怪姊姊这样一愕。"说着，就将业已拜了卞抚台做义父的事情告知了邓碧玉。索性又将卞抚台赠她们姊妹红楼三侠匾额的事情一并告明。

邓碧玉听了大悦，忙与风琴道喜。

风琴笑着答还了礼，方又接说道："我们爹爹，每人给了二百两银子的川资，我们这回到这里来，因要赶路，都是用的两条腿，算了起来，还没有用去十分之一。我就替我们这位何师弟凑上一千银子，其余的首饰绸缎，只好劳烦你的了。"

邓碧玉笑道："这不在乎，我家本是盗窟，不见得王府里还少了金银的。"

邓碧玉还待再说，花棋、月画、文莺三个因见风琴和邓碧玉讲个不休，便一齐走来听风。风琴即将此事告知她们，三个听了，也是欢喜。说着，便一同前去入调节。席上，并不谈起此事。

平亚英因见已提亲事，反觉在此不便，一俟席散，告辞而去。邓碧玉也不相留。送走平亚英之后，便带了聘物财礼，同了袁志高、风琴、马如龙三个，去到平亚英那边。平亚英没有上人接待，只好自己出见，收下聘金，也没多话。

邓碧玉等人回转家里，便去告知邓愤世。邓愤世听了道："我的事情本已完毕，亚英那边，她在此地又没什么财产亲人，以我的意思，且俟赵府上的一班先走，我们父女二人再约亚英去到大名就是了。"

邓碧玉听了，也极赞成。

风琴等人又住了几天，告辞要走。邓碧玉又挽留了两三天，方送风琴等人起程。

风琴等人回到大名，禀知了卞抚台。卞抚台点头笑道："办得甚好，你们一路辛苦，快去歇歇，你们家里，听说来了一个和尚。"

风琴便知无量僧到了，赶忙同了大众回家，一见果是无量僧。大家道过契阔，又将何淡然业已聘定了平亚英之事说与他听。无量僧听了，忙去一把抓住何淡然大笑道："你既得了这位才貌双全的妻室，真是人生艳福。可惜我是一个和尚，不然，我也得托你们替我做个媒呢！"

大家听了，无不失笑。

过了半月，邓氏父女果然同了平亚英主仆等人到来。大家接入，略谈一会儿，风琴便叫文莺、花棋二人陪了邓氏父女，连同平亚英主仆，前去拜见卞抚台。卞抚台就请他们三位住在他的家里，以便袁志高、何淡然二人择日迎娶。

及至到了喜期，一切迎娶礼节倒也十分风光。合卺之后，两对夫妻都是十分伉俪。袁志高和邓碧玉两个原是老店新开，没甚要紧。只有何淡然和平亚英两个，才貌相当，品行相等，自然使人艳羡。平亚英瞧见何淡然的武艺不错，便问师父是谁。何淡然自然老实相告。平亚英听说，起初却也一惊，后来就马上回复原状。

何淡然不甚留心，单问平亚英道："你有本领如此，你的师父到底是谁呀？"

平亚英微笑道："你倒猜猜看！"

何淡然笑道："这是猜不着的，不过现在世上的能人只有我们的师父自然老人，赵二姐、赵四姐的师父了然师太，这是数一数二的人物。除了他们二位以外，还有那个符道人的本领也是大家推许的，不过他的行为不好，所以结果不佳。除他以外，只有那个徐坦然了，此人年纪很轻，品行极好，他的道行似乎不在我们师父和了然师太两位之下，只是他的行踪诡秘，专事喜欢干涉人间不平的婚姻，人人都说他不办大事，只在儿女面上做这功夫，其实天地间的事情，本来兆端乎夫妇的。"

何淡然只管讲得起劲，平亚英也听得起劲。等得何淡然话已说完，又问平亚英道："我可猜不中，你快说了吧！"

平亚英忽笑道："你既猜不着，我师父又吩咐我不准将他老人家的名字告诉外人的，我只好替他守秘。"

何淡然一听平亚英如此说法，便不再问。

有一天，大家正在闲谈，雪书忽问大家道："我们大家住在家里，纪念终日，无所事事，究竟不是正办。"

文莺接口道："你的意思怎样呢？"

雪书道："我们这些人既蒙各人的师尊传授本事，应该出去干些除暴安良、有益于世人的事情，才是正理。"

风琴点头道："三弟之言甚是，我们爹爹现在身体尚健，若不趁此出去干些正经，真是有负师恩了呢！"

马如龙、卞洛阳、何淡然三个一齐说道："出去办事，这是不用说的了，毋庸再事研究。但是还是分头而行呢，还是一同而去呢？"

侯天祥先说道："分头而行，我在北京业已吃过苦头，我说一同而去的为妙。况且天下的能人也多，我们这许多人同在一起，犹同一根辫子一般，一时不易扯断。若是放单，真个本事不够。"

大家听了，都以为是。无量僧也愿同行，大家听了，更是欢喜。

第二天，风琴、花棋、月画、洛阳、文莺五人，便将此事委委曲曲地禀知了卞抚台。

卞抚台听说，捻须大笑道："我正在愁得你们大家在家坐食，空有了这些本事。现在世上的贪官污吏、恶棍土豪，以及种种不平的事情，真正随处都是，你们大家既有此志，我便欢喜。你们切不可因为我已风烛残年，不久人世，不肯离我。莫说我不过六十以外的人，身体也还健旺，即使一旦不幸，我也不稀罕你们在家送终。你们难道那句古话，叫作'一人得道，九世超升'，都忘了吗？"

卞抚台说着，又问大家："还是一起走呢，还是各干各的？"

洛阳、文莺二人一同答道："大家已经议定，一同前往。"

卞抚台听说，更是放心。大家又坐一阵，回到那边，择日起程。

236

卞抚台等到大家动身的那一天，亲自送至十里长亭，数数人头是，风琴、马如龙夫妇一对儿，花棋、洛阳夫妇一对儿，文莺、雪书夫妇一对儿，月画、侯天祥夫妇一对儿，何淡然、平亚英夫妇一对儿，袁志高、邓碧玉夫妇一对儿，还有无量僧和邓愤世二人，以及平亚英的名叫东奴、南奴、西奴、北奴、春奴、夏奴、秋奴、冬奴八个有本事的丫鬟，统共也有二十二人。一路之上，自然热闹。

卞抚台眼看大家浩浩荡荡地走后，他也高高兴兴地回转家里。

单说风琴等人，先到泰山一游，然后顺道来至南京地方，他们都是卖解装束，每天便在夫子庙前卖解，南京的一班老百姓从来没有瞧见过这样有本领的卖解人物，一时争相来瞧热闹，弄得十分拥挤。风琴等人原是假了这个卖解的名头，不过要想瞒过众人的耳目。既见众人信以为真，倒也暗暗欢喜。

有一天，平亚英忽然生起病来，何淡然见她不甚厉害，只将平亚英一个人留在寓中，他自己仍跟大家出外卖解。

数天之后，平亚英的毛病一天重似一天起来，何淡然忙去延医替她诊治。风琴等人便也守在寓里。

有一晚上，卞洛阳忽在寓里碰见一个父执，说起广东地方出了一个妖人，直把官兵打得不敢正眼睹他。他是奉了广东总督的公事，叫他去当行营文案去的，明后天就要动身。

洛阳听到耳内，便将此事告知花棋。花棋一喜道："我们大家在此卖解，无非避人耳目，原想行我们除暴安良的志向。我们所要除的暴，乃是大暴，所要安的良，乃是大良，这些小小不言之事，真是杀鸡焉用牛刀。所以我们来些许多日子，并没事情可做。现在广东既出妖人，这正是我们的生意来了。可惜何家嫂子有病，不然，我们大家就好同去，除此妖人。"

卞洛阳点头道："我来告诉你此事，本是此意，要么我们两个先去也好。"

花棋听了不答，便去告知风琴等人。

风琴太息道："失此机会，以后真是打了灯笼火把也没处找的呢！"

马如龙摇手道："你快莫说。现在何家嫂子毛病正重，何师兄忧得不能身代，我们大家倘若主张要走，这不是使得他们夫妇二人心上不安吗？"

大家听了，虽然并没一个反对马如龙的一番说话，但是个个心里无不跃跃欲试，不过不便出口罢了。哪知大家的心里已被何淡然瞧出，他便对大家说道："我们这次出来，负的责任本是不小，广东地方既出妖人，大家万万不可因为内人有病，误此大事。我的主张，就请大家即日赴粤，让我一个人在此地陪着内人看病。只要内人一好，我们二人马上追踪上来，既有指定的地方，又不会寻不着的。不知诸位以为何如？"

大家听说道："何嫂子既有这个重病，我们怎好丢下你们夫妇而去？至于去除妖人一事，又不是两宫指派的不好违旨，又不是师父吩咐的不敢违命。况且天下的妖人很多，何时不好前去，何地不可前往，何必忙在一时？"

何淡然听了，倒也罢了，谁知却被平亚英知道了。她急把大家请到她的病榻面前，未曾说话，先在枕上向大家磕头。大家慌忙止住，问她有何说话。

她又垂泪地说道："广东妖人作乱，我听得诸位都因我一人有病不肯前去，诸位要晓得我不过年灾月晦，不致就死，就是要死，我一个人也无关大局。广东的妖人多闹一天，就多害百姓一天，诸位因我之故不肯前去，这是加我之罪，不是爱我的了，君子爱人以德，务请诸位收去这个妇人之仁吧！诸位肯听我的说话，明天就请动身，不听我话，我只好扶病同往，不然，我就自尽，免得诸位心挂两肠。"

大家听说，无不钦佩平亚英认理明白，只好应允去到广东除那妖人。无量僧还怕大家不放心，他愿留下陪伴何、平夫妇二人。大

238

家听说，更是放心前往。

先讲大家到了广东省垣，住下客栈，只见老老小小，男男女女，无不在说那个妖人厉害。风琴忙叫马如龙前去细细问来，方才知道那个妖人名叫牡丹王，虽然远在琼崖一带作乱，官兵已经死了几万，省城一夕数惊，因此官民都不安枕。

风琴既知此信，急同大家兼程并进，去到琼崖。

原来琼崖地方虽非不毛之地，民风向来极悍，朝廷设了一位总兵在此镇守。那时的一位姓戚的总兵，便是死在那个妖人手上的。那里的百姓对于官府虽悍，可是死在那个妖人手上的也有二三万之众了。

风琴深恨妖人作乱，便在琼州府城外面住了下来。他们里头要算花棋、侯天祥二人的夜行功夫最好，风琴即派他们二人入城探听，这个妖人究是什么东西，为何这般厉害。

花棋、侯天祥二人去了一宵，早已探听得详详细细地回来报告道："这个妖人叫作牡丹王，确实有些本领，什么呼风唤雨、撒豆成兵之法，他都能够，还有一颗宝珠，叫作雷火珠，不说打在人们身上立刻化为灰烬，就是打到山上，山会打平，打到海里，海会打干。据说有一天，天上打雷，他把此珠朝天打去，马上雷止电收，风停雨住。这样说来，此人都是妖法，不是真实功夫可以制住他的。"

风琴听说，不觉为难起来。马如龙和风琴本最恩爱，忙劝她道："这件事情，我们又没有一定的责任能够除他，不能除他，只要保住自己，也就了事，你又何必如此着急？倘若急出病来，岂不又和何家嫂子一样吗？"

风琴被马如龙说得好笑起来道："你若怕事，你就住在家里，不必出门，此刻我可不要你在此地婆婆妈妈地说上这些寒碜话。"

马如龙忽被风琴碰上一鼻子的灰，只好讪讪地走开。

风琴回想一想，又怕臊了马如龙，忽又向他扑哧地一笑道："亏你一个大人，被我一说，真的会躲了开去。你快快替我乖乖地坐在此地，我还要和你有话商量呢！"

大家听了风琴的说话，都朝马如龙好笑道："马大哥，风琴姊姊起先说了你几句，此刻是舍不得你，在此敷衍你呢！"

马如龙正待答话，陡然听得街上一片哭声，似乎要把山也震倒下来一般。大家都吃一惊。

不知何事，且听下回分解。

评曰：

　　此回如火如荼，香艳与武事并写，此等文字，笔具千斤之力，佩服！

第三十一回

两师父声明天机字
一魔王丧失雷火珠

马如龙陡闻街上一片哭声，犹同山摇地震，不禁一吓，连忙奔出探听。

原来牡丹王确是一个杀星，他不知怎么心血来潮，忽然想做皇帝，便在琼崖一带起事，不到两个月，官兵被他杀死几万。两广督抚弄得束手无策，近来是索性连队伍也不敢再派的了，只好让这位魔王在此猖獗。

牡丹王一见官府奈他不得，他更去召集许多流亡人众，封为宰相、将军等官，又因城外的民房碍着他们的目标，发下一令，拟把城外所有的民房统统焚毁。百姓得此信息，自然又怕又急，大家逃起难来，一片哭声，即为此事。

马如龙打听明白，忙又回进里面，告知大家。大家听说，不免也会踌躇起来。

雪书、花棋、邓碧玉父女，几个一齐说道："我们耽搁此地，本来太近，不如离开城垣远些也好。"

风琴、月画二人道："我们姊妹两个昨儿出外闲逛，瞧见离开此地约莫二三十里，有座高峰，不知是何山名。我等何不去到那儿歇脚？好在我等的两条大腿本不值钱，上山下岭，尚不费力。"

众人听了，赶忙收拾，同到那座峰上。上去之后，就在几个大

241

石洞里头，分头安身。所有大家的伙食，只好捉些野兽果腹。

一天晚上，雪书、洛阳要往城内侦探，文莺、花棋两个不肯放她们的丈夫单独前往，打算同去。

风琴笑着道："我也同去。"

花棋忙不迭地摇手阻止道："大姊姊，你只担任后方的运筹帷幄等事，这些冲锋探险的差使，自然我们去干。"

风琴笑着瞟上花棋一眼道："你们不要瞧我不起，你们这点点的飞行功夫，我还会呢！"说着，真要同去。

马如龙一把将风琴拉住道："二姨的说话本是不错，大家各事其事，也有专责。"

风琴正要答言，忽见城墙脚下，一片火光陡然冒起，便知那个牡丹王已在焚烧民房，忙把她的手向花棋等人乱扬道："这么你们快去，须得侦探清楚，好救百姓。"

花棋等人听说，返身出洞，只把各人的身上一闪，早已不见影踪。

风琴眼见他们去后，因为左右没人，便笑怪马如龙道："夫妇伉俪，虽属正理，但是你在千人百众的面前，只把我这个人当作小姑娘看待，岂不臊人？以后千万留心！"

马如龙笑上一笑，不敢辩白。

风琴又说道："这个妖人，照我们大家的本领而论，也不惧他，独有那颗什么雷火珠，却有一些费手。"

马如龙听说，忙把他的双腿一拍道："我正为此，你方才还在怪我当你小姑娘看待呢！你们的两位师父此刻又一位也不在身边，战是凶事，怎好随便冒险？"

风琴又看了马如龙一眼道："我知道了，你不必再向我申说你的理由。以我之意，最好是你去替我寻找师父，师父虽是云游不定，但以精诚相感，恐怕他老人家也会心血来潮，前来帮助我们的。"

马如龙正待答言，忽见洞门外面，飘然走入一位童颜鹤发的道人，又见风琴见了这位道人，早已和雀儿跳的一般，跳到这位道人跟前，一面忙不迭地磕下头去，一面口称师父道："你老人家怎么这般狠心，十多年不见你的女徒一面，真把你的女徒想死了呢！"

又见这位道人将手一抬，含笑答道："你且起来，为师若是忘了你这顽徒，此时何必来此？"说着，自向上首一坐。

风琴忙又去大拜四拜之后，引了马如龙叩见她的这位师父。马如龙一面恭恭敬敬地叩见，一面说道："方才你老人家的女徒，要叫我去寻找师父，师父果有先知之明，忽然驾临。"

自然老人微笑道："岂止我一个人来此？还有我那了然师妹马上就到。"

风琴、马如龙二人正待答话，只见自然老人用手向洞外一指道："那不是了然师太来了吗？"说着，同了风琴、马如龙二人缓步迎了出去。那个了然师太果然含笑而入，他们师兄、师妹点首微笑，一同入内，相对盘膝而坐。

风琴、马如龙上前参谒。了然师太点头微笑道："孺子可教，可召众人前来见我。"

风琴奔至各洞，通知大众。大众听说二位师父到了，固是十二万分欢喜，还有月画、侯天祥两个，哪里还顾去和风琴说话？早已如飞地奔去叩见师父。了然师太一见月画、侯天祥二人已成夫妇，倒也欢喜道："你们二人居然成了家了……"

了然师太尚未说完，大众已经走入，一齐叩头下去。

二位师尊笑命起来，单对月画、侯天祥说道："竹根、文莺四个，现在已与那个妖人交手，你们二人快去叫他们四个回来，为师等有话吩咐。"

月画、侯天祥听说，拔脚就走。

风琴忙问二位师父道："他们四人，可有什么危险？"

自然老人摇头答道："尚没什么要紧，为师生防他们不知轻重。那颗雷火珠却是厉害，断非他们几个肉体能够抵敌的。"

风琴又问道："这颗雷火珠究是何人所炼？那个妖人如此存心，怎会有此法宝？"

了然师太道："此珠乃是火龙真人所有，从前曾经赐过他的弟子冷于冰的，不知怎么一来，竟被这个妖人盗到手中，因此贻害生灵。"

风琴和大众一听此珠就是火龙真人的那颗雷火珠，就知牡丹王的本领着实不小，不然，怎能盗到手中？幸亏二位师父一同到来，胆子自然一大。风琴又去舀上两杯清水，呈与二位师父解渴。

二位师父喝了两口，放过一边，风琴急于要问师父别后之事，自然没有工夫留心别事。大众侍立一旁，不敢随便插嘴。但见那两杯清水本是山泉，此时竟有热哄哄的气上升，无不暗暗称怪。

当下，又见风琴对着自然老人说道："何师弟也已娶了平亚英为妻，平亚英卧病南京，不知有无危险。"

自然老人道："为师业已去过，给了姓平的一粒丹丸，病已好了。因为他们两夫妇和那个无量僧没有为师走得快，大概三五天之后会到此地来的。"

风琴和大众听说，当然喜出望外。就在此时，只见月画、侯天祥二人已经同了花棋等人，屏息走入，一同叩见二位师尊。

了然师太笑指花棋一个人说道："顽徒到底没有学问，你想，为师虽有字条指示你们，自然须得推敲句子的字眼儿。倘将'遇柳成亲'四字正面读去，岂不是为师在替你们做媒了吗？至于'毋动刀兵'那句，为师果叫你们如此，天地间的禽兽还要多着呢！这正所谓天机不可泄漏。你这顽徒，真不解事。"

花棋因为了然师太虽是她的师父，抚养至大，已和爷娘无异，自恃溺爱，她便蹙着双蛾埋怨她的师父起来道："师父，不是你老人家的徒弟说句不知进出的话，徒弟本来没甚道行，师父竟将这个深文奥义的字条儿赐予徒弟，真的险些误了大事呢！"

了然师太听说，笑着对自然老人说道："师兄，你听听我这顽徒，还在埋怨我起来，真该领责！"

自然老人便对花棋笑道："竹根，你们师父若连这点点的小事不能预料，哪里还好做你们的师父呢？何致就会误事！"

花棋听了，也笑道："师伯，你老人家可不知道，徒弟本是一个女孩儿，懂得什么大事？当时只知奉了我们师父的字条儿行事，不敢错走半步。"

自然老人听说，又对了然师太哈哈一笑道："这也难怪你这徒弟着慌。"

了然师太也笑道："现在且不必再说空话，那个妖人，你们四人已经和他交过手了，他的真实本领到底怎样？"

花棋道："也不怎样，只是满身邪法，一时打不进去。"

了然师太听了点点头道："明天且等为师同了你们师伯，去将那颗雷火珠取来，他这本人，你们大家似乎也可以对付的了。"说着，吩咐大众退出，让他们二人打坐一宵。

大众退出，回到另外一个石洞之内，个个喜形于色地道："好了好了，这回的事情，倘若不是他们二位老人家到来，真是难了我们。"

风琴、马如龙便问花棋、洛阳、文莺、雪书四个道："这个妖人，你们说说看，我们大家可能治他？"

文莺先答道："难说，因这妖人气胜于力，单是这样，就难对付。"

月画接口道："我一定能够胜他。"

大家不解，忙问月画道："你有这样本事不成？"

月画笑答道："你们没有听见师父说过吗？他老人家既说大家可以对付，倘若我们大家个个失风在这妖人手内，二位师父岂肯坐视我们之理？"

风琴点点头道："这也是的。"

大家安歇一宵，天尚没有大亮，大家就到那边洞内，伺候二位师父。

了然师太和自然老人望上大家一眼道："我们此刻就要入城，你们大家可愿跟去？"

风琴、花棋、月画、侯天祥四个一齐答道："想去见识见识。"

了然师太道："既然如此，你们和大家真的只好跟去见识见识，不必动手。因为这颗雷火珠太觉厉害，连我们二人要去取回此珠，也无非仗着火龙真人慈悲为怀，怜悯生灵为重。此珠乃是灵物，却能分出邪正，或者不致伤害我们。若以我们的道行而论，真是蜻蜓点水、蚍蜉撼树了呢！"

大家一听二位师尊如此说法，自然心存兢业，小小心心地随着二位师尊而去。

等得入城之后，自然老人、了然师太两个，带着大家，直至牡丹王的公署，指名要牡丹王出来相会。

原来牡丹王早闻二位师尊的大名，一听他们二人到了，不觉是吃一惊。幸亏仗有那颗雷火珠的厉害，方敢出见。

自然老人一见牡丹王，便微微点首道："你的道行本已入室，何苦自己如此作孽，伤害许多生灵？皇帝何物，有甚做头？"

牡丹王道："二位师父与我风马牛不相涉的，法驾来此何为？"说着，已在暗暗地取出雷火珠准备。

了然师太已知其意，一面也在暗中防范，一面急向牡丹王说道："我等二人前来会你，完全一片好心，你只要肯将雷火珠交出，由我们二人替你交还火龙真人，并能替你求赦。然后命我等的徒弟帮同你行十万善愿，也就可以没事。你若是执迷不悟，那就难逃天谴了呢……"

哪知了然师太尚未说完，只见牡丹王捏着那颗雷火珠，一句说话不答，早向他们二人的头上击来了。了然师太和自然老人慌忙将身倒纵数丈，双膝跪在地上，一面口中念念有词，一面双手合十，连向空中膜拜道："真人救护弟子……"

哪知了然师太和自然老人的一个"子"字犹未离口，说时迟，那时快，只见一道红光轻轻巧巧地堕入自然老人的掌中，自然老人一见那颗雷火珠，果然有了灵性，已入他的掌中，赶忙口中吐出一柄小小宝剑，白光四射地挡住了那个牡丹王。牡丹王也知剑术厉害，连忙逃了开去。

自然老人也不穷追，收了剑光，慢慢地带同大家，仍回石洞，撮土为香地率领大众，伏在地上，一面高擎了那颗雷火珠，一面向空说道："真人有灵，此珠快快地自己飞去。"

说也奇怪，只见那颗珠子陡然发出一片红光，腾身而起，似箭般地飞向云端去了。

自然老人和了然师太二人重又向空大拜几拜，方始率领大家起来，回至里面会定，口称善哉善哉，对着大众说道："此珠既已收来，那个妖人已失所恃，你们大家的功行很少，若能除去此人，可以抵得一万善愿。"说着，又望着风琴、花棋、月画三个微笑道："你们三人才不负有这红楼三侠之名呢!"

风琴接口道："这是我们义父奖励我们三姊妹的，说也惭愧……"

风琴说话未了，忽见何淡然、平亚英、无量僧三个一齐奔入，叩见二位师尊。

二位师尊一同笑道："你们三个倒也来得很快!"

何淡然道："徒弟恐怕大众除了妖人，没有徒弟等份，因此漏夜赶来。"

自然老人笑上一笑道："你也莫把这个妖人看得太轻。"说着，即将取回雷火珠一节讲给他们三人听了。三人听毕，咋舌不已。

了然师太又对她的几个徒弟说道："为师和你们师伯还要去到边省云游，大约多则三年五载，少则一年半载，各自回山。你们大家除了这个妖人之后，速即回到大名，料理下抚台之事。事情一了，可到山上再行修炼，方有进境。至于世间的除暴安良等事，自有人来负责，因为他的本领原在你们之上，他又立下志愿，必要打破一千件不平婚姻事情。为师命你们回山修炼，一半是为你们自己进功，一半也是成全此人之志呢！"

平亚英在旁听得清楚，忙向了然师太下了一个半跪，笑问道："师父所说的这人，可是徒弟的师尊吗？"

了然师太微笑不答。

自然老人站了起来，笑对了然师太说道："师妹，我们可以不必多耽搁了。"

了然师太便也立了起来。风琴、何淡然、花棋、月画、侯天祥几个慌忙上去拦着他们的两位师父道："师父方才吩咐的说话，徒弟们自当一一记着。不过二位师父一来就走，未能稍申徒弟等的孺慕之意，委实舍不得二位师父马上就走。"

自然老人、了然师太听了，各自哈哈一笑道："你们大家指日就要回山，在你们以为日子很长，在我们二人看来，才一眨眼耳。"说着，缓步出洞，一个转眼，已经失其所在。

不知二位师父走后，大众可能除去那个妖人，且听下回分解。

评曰：

书已将尽，了然师太忽又说出一个奇人，洵为余音绕梁之笔。怪极，奇极！

248

第三十二回

贼已无尸万年遗臭
善应有后百世流芳

大家一见二位师父忽失所在，只好也向空中拜了几拜。

风琴忙问平亚英道："姊姊的师尊究是何人，怎么方才了然师太所说之人，姊姊就疑心是你的师父呢？"

平亚英见问，仍是笑而不答。

何淡然也待相问。忽见半空之中飞下一封书信，忙去拾起，展开一看，只见写着是：

牡丹王字谕尔等知悉：

尔等两个师父既已暗中潜逃，彼等自知不敌，故有此举。本大王虽失宝珠，以本大王之通天本领，欲除尔等二十二人，岂用吹灰之力？姑念尔等男子咸具子都之貌，女子悉有西子之容，果愿投入本大王帐下，终身事奉，尔等性命便可保全。若再执迷不悟，三日之内，准备收尸可也。本大王一片婆心，特谕知之，毋贻后悔。

何淡然不等看毕，早已暴跳如雷起来，一面摔去信纸，一面大骂："妖人如此无礼！我姓何的若不将你碎尸万段，誓不为人！"

平亚英一见何淡然气得这般样子，急去拾起信纸一瞧，也是气得涨红了脸地连说:"孽畜孽畜!怎好让他再活世上?"

大家瞧见他们夫妇二人一见此信气得如此,都觉不解,忙去围着观看那信,不待看毕,个个也气得摩拳擦掌地说道:"快快杀入城中,除此妖人要紧。"

风琴道:"听二位师父的口气,这个妖人虽能除去,但也不是三天两天之中的事情。我们这里,男男女女,一共也二十二人,尽足分配。依我之意,何妨守住此洞,以逸待劳呢?"

何淡然、平亚英、无量僧三个,因为未曾和牡丹王交过手,他们三个便反对风琴的计划。

花棋、文莺二人忙将牡丹王如何能够邪术,如何本事厉害,不是刀枪剑戟可以伤他,详详细细地说给他们三个听了。他们三个听毕,方才对风琴说道:"我们三个,因被这个孽畜糟蹋得够了,一时动了无明之火。卞家嫂子和赵家嫂子既是如此通知,我们应该服从大姊姊的命令。"

风琴笑上一笑道:"这个孽畜,不是单能糟蹋你们三位的,连邓伯父和无量师父也糟蹋在内的。只因此人十分了得,本事更在符道人之上,我们大家杀入城去,自然不及把守这几个石洞来得稳当。诸位既是听我安排,快让我来分派。此地一共左、右、中三个石洞,我和我们如龙两个、二妹和二妹婿两个,率领东奴、南奴二人,在中洞把守;三弟夫妇两个、四妹夫妇两个,率领西奴、北奴、春奴三个,把守左洞;其余诸位,率领夏奴、秋奴、冬奴三个,把守右洞。既可以逸待劳,又可作为两翼之势。那个妖人不论他来攻打何洞,便好前后左右围住了他厮杀,这样一办,似乎比较入城杀去,反而散漫无稽的好些。"

大家听说,个个连声赞好。大家把守各洞之后,三天不见动静。直到第四天的五更天,所有三洞的人众方在好睡,陡然之间,个个都觉身浸水中,寒冷欲死,赶忙翻身坐起一瞧,只见满洞之中,真的涨了大水。风琴因是三洞之主,她只好泳水而出,先行来至左洞一瞧，谁知水势也和中洞一般，又见雪书、文莺、侯天祥、月画，以及西奴、北奴、春奴等人都在水中把头冒了起来，一见风琴走到，无不争先恐后地问道："这个水，还是山瀑呢，还是妖人作怪？"

风琴此时也在水中，急又泳到文莺、月画二人的跟前道："自然是妖人在作怪，幸亏还是初秋天气，你们大家也识水性，你们只好各自挣扎，先离了水才好，并须提防妖人杀入。我且到右洞去看看。"

风琴说着，忙又泳至右洞，只见邓愤世、邓碧玉、袁志高、平亚英、何淡然，无量僧、夏奴、秋奴、冬奴等等都在水里，又恨又急。

风琴忙劝大家道："你们也不必恨，此水必妖人作法，你们千万留心。"

大家一被风琴提醒，各在水中寻找兵器。风琴无法可施，正在万分着急的当口，忽闻一个晴天霹雳，那水陡然退去。最奇怪的事情是，各人身上早已浸湿了的衣裳，忽又干燥如恒，竟和未曾沾水一样。

大家惊骇不解，不及说话，又见洞门外面一片火光，烧了进来，火势不比水势来得和缓。大家正想夺门而出，谁知一到洞门，洞门已被火光封闭，这一吓，还当了得？顿时一片哭声，也有妻子闹着要救丈夫的，也有女婿闹着要救丈人的，也有师弟闹着要救师兄的，也有丫鬟闹着要救主人的。大家方在间不容发之际，又闻一个晴天霹雳，那火忽又自己灭了。

此时风琴尚在右洞里面，便对平亚英、邓愤世、邓碧玉几个说道："你们都会法术，快快施出，抵敌妖人。我还要到左洞去，帮助他们几个呢！"

大家听说，平亚英施出山摇地动之法，邓愤世施出天昏地暗之法，邓碧玉施出呼风唤雨之法，都向洞外施出。

风琴便在这个疾风暴雨之中，奔到左洞。未曾进去，已被月画、侯天祥二人的红拳拳势挡了出来。忙又回到自己洞门，又被花棋的呼风唤雨之法挡住，不能进去。

风琴不禁着急起来，暗忖道："他们竟把我这个人当作敌人看待了。"她的转念未已，又见她的身后陡然奔来一群神兵鬼卒，一时急得无处可逃，不觉大叫一声道："我命休矣……"可怜风琴的矣字甫从出口，早已砰的一声，倒在地上，晕死过去。及至醒来，只见她的身子安然躺在自己洞中的一具石凳之上，花棋、月画、文莺、亚英等人，一个在掐她的人中，一个在拍她的胸口，一个在摇她的臂膊，一个在踏她的肚子，一见她已醒转，大家都说："好了好了，险些唬死大众了！"

风琴且不问自己如何进洞、如何晕去，先问那个妖人是怎样退去的。

花棋先答道："这个妖人，果然十分了得，我们的法术都不能够制他，幸亏半空之中一连发了几十个晴天霹雳，始将那些神兵鬼卒惊退。这个霹雳，大概是二位师尊搭救我们大家的。"

风琴听了大喜，慌忙扑地坐了起来，同着大众出洞去看。只见天色已明，一座峰上，旭日初升，晨风微动，并没一个神兵鬼卒的踪迹。便对大众说道："二位师父的大恩大德，更是无从答报的了。"说着，刚刚回进里面，那个妖人又在洞外讨战。

风琴又同大众出敌，互战良久，仍旧不能取胜。那个妖人忽又大吼一声，只见空中飞下一队恶兽，都在张牙舞爪地要来噬人。花棋、平亚英、邓氏父女，正想施出法术抵制，又见半空之中，飞下一个美貌少年，完全像个女子神情，一面口中念念有词，驱散恶兽，一面直扑那个妖人。那个妖人一见这位少年，掉头就逃。少年哪儿肯放？急忙似箭地追了上去。

大家正在互相争问，少年是谁，只见平亚英挤在最后，未曾看见少年，此时方才挤出众人之前，一见那个少年的背影，哪里还顾说话？早已捷若猿猴地赶了上去，大喊："师父慢走！你老人家的女

252

徒在此呢……"

平亚英的呢字犹未离嘴，她的人影也已不见。直过好久，方才见她一个人垂头丧气地走了回来。

大家忙问她道："这位少年就是你的师尊吗?"

平亚英忙不迭地点头道："正是我的师父。"

大家又问叫何道号。

平亚英因见万万不能再事守秘，只好答大众道："我的师父名叫徐坦然，人称情天大侠的便是。他的本领不在自然老人、了然师太二位师尊之下。二位师尊所说，有人要打破人间一千件不平的婚姻，正是他老人家呢!"

大家听说，无不惊骇。

风琴道："这样说来，刚才的那几十个晴天霹雳，大概就是他了。他既前来搭救我们，且俟追杀那个妖人之后，岂有不回来相见之理?"

平亚英听说，又连连摇手道："我这师父，不比别人，他老人家的救人从来不肯和人相见的，连他的名讳也不准我对人说。我今天因为大众已经看见了他，始敢说出。"平亚英说到此地，又皱皱眉头道："将来倘被他老人家知道，一定还要责备我多事的。"

大众听了，更是奇怪不已。

何淡然、马如龙道："徐师尊既有如此道行，这个妖人必是他的晦气到了。"

岂知大家一直盼到晚上，未见这位情天大侠回转。又过一天，仍没消息，大家忽又担起心事起来。

平亚英又对大家说道："这件事情，诸位倒不必担忧，我们师父的道行我是知道的，大概阖天底下，我们能够眼见有道行的人物，除了自然老人、了然师太二位师父之外，恐怕没有第二个了。"

大家听说，自然放心。

又过两天，风琴自己同了花棋、月画二人入城探听。只见那一座牡丹王的公署早已鸦雀无声，关门大吉，连那一班流亡乱人也已销声匿迹，逃得一个不剩。风琴还不放心，又到茶坊酒肆访问，方才得着一个确信。据说牡丹王已被一位少年击毙，少年且把尸首化成血水，呷入腹中。这位少年，同时不知去向。

风琴听了这个信息，自然大喜过望。回转洞中，告知大家之后，又向洛阳、文莺二人说道："二位师父本已通知我们过的，他说此地事了，赶快回到大名，去办我们爹爹的事情。我料我们爹爹已是风烛残年，老年人是不能不防的呢！"

洛阳、文莺二人听说，就催大家起身。及至到了大名，卞抚台已是卧病在床，一见儿媳婿女安然回家，又把妖人除去，二位师尊并说此话，自知不起，即把大家叫至病榻之前，吩咐后事道："我已将近古稀之人，一生事业，除了老妻早亡一事算是不如意外，其余是上感朝廷知遇之恩，下受儿女事奉之乐，人生在世，于愿已足。即使大限临头，也没什么遗恨。尚有一点儿薄产，可作六份分派，四份传给儿媳婿女，一份作为祭祀，一份分送友人。"

卞抚台说到这句，怡然一笑而逝。

洛阳、文莺两个，以及儿婿自然恸哭不止，大家相劝一阵，忙着帮同料理丧事。

丧事既毕，又办坟墓祭田等事，坟墓祭田等事办好，风琴将要临盆，不久，生下一子，未曾弥月，月画又养一女，跟着是花棋、文莺、平亚英、邓碧玉等人先后各生子女。花棋还是一个双胞胎，大家既是产妇，男子方面，未免进出血房，这样一来，大家回山的事情当然只好缓下。

不料就在此时，柳成亲因为年纪已老，也染一病，很是沉重。风琴、花棋、雪书、月画四个念她很有功劳，并且想到她是她们娘的奶娘，她娘虽然不好，结局如此，未免使人伤感，因此之故，大家便去亲视汤药，当她祖奶奶一般看待。褚、郑二人也因兔死狐悲，帮同前去服侍。数月之后，柳成亲便去了世。

安葬既毕，风琴主张要去安葬他们的外公、外婆。

马如龙、卞洛阳、雪书、侯天祥一齐说道："这件事情，大家既有孩子，自然不便入京，应该我们四人前去办理。还有那个大方煤店姓李的，也得谢他一点儿金银。"

雪书又单说道："我的那个小书童，也该替他娶房亲事，让他成家，也不枉服侍我们一场。依我之意，莫若把人间未了之事统统料理清楚，再行上山修炼。就是永远不到世上，也可于心无所牵挂。"

风琴等人听了，都朝各人的夫婿很满意地一笑道："这件事，要你们几个费心了！"

马如龙等人见了，倒被风琴引笑起来。

过了几天，无量僧也要回寺，于是大家一路同走。到了北京，无量僧、姓李的、小书童，都去帮同马如龙等人寻访钱氏二老的棺木。哪知寻了几个月，毫没一点儿着落。马如龙不肯了事，他说空手回去，对不起他的妻子、小姨、舅嫂等等。无量僧再三相劝，他仍不听。

姓李的也劝道："马大哥不要动气，且听我来说句不中听的言语。你们这位过世的丈母，所做行为，当然已被天怒人怨，你们大家都已成了佛子佛孙，所以她的报应不能到了子孙，既是不能到了子孙，这个报应，只好到了她的爷娘，这个棺木如何还会寻着……"

无量僧不待姓李的说完，连连点头道："李先生的这个议论，不但说的是人情天理，而且是世上的果报。否则天下的歹人还要多了，好人便难做了。"

马如龙虽然听得二人如此相劝，还不肯死心，一个人又去找了几个月，方始死心塌地地别了无量僧、姓李的，同着洛阳、雪书、侯天祥几个，回到大名。这样一来，大家的小孩儿大的已有岁把，小的也近周岁，大家便开上一个家庭会议，对于各人的小孩儿如何处置。大家各述理由，男的主张交与褚、郑二人抚养，女的主张，连小孩儿，连褚、郑二人，一同带上山去。大家各持理由，不能解决。后来，还是接到师父的书信，吩咐小孩儿交付褚、郑二人管理，如有不愿者，暂缓回山也可。

风琴等人一见师父如此说法，反而自悟起来，便将各人的小孩儿交付褚、郑二人，大家毅然决然地上山去了。他们既有结果，作书的就此收场。

至于情天大侠的事情，且听下部书中分解。

评曰：

如此收场，可谓别开生面之笔。从前八股，确有吊度等等之名目，作者本为胜朝名儒，窃此骊珠。下部妙文，又不禁使人神往矣。哈哈！

图书在版编目（CIP）数据

红楼三侠 / 徐哲身著. -- 北京：中国文史出版社，
2025.3

（徐哲身武侠小说）

ISBN 978-7-5205-3820-6

Ⅰ．①红… Ⅱ．①徐… Ⅲ．①侠义小说-中国-现代
Ⅳ．①I246.5

中国版本图书馆 CIP 数据核字（2022）第 185880 号

责任编辑：卢祥秋

出版发行：**中国文史出版社**

社　　　址：北京市海淀区西八里庄路 69 号院　　邮编：100142

电　　　话：010-81136606　81136602　81136603（发行部）

传　　　真：010-81136655

印　　　装：北京科信印刷有限公司

经　　　销：全国新华书店

开　　　本：720×1020　1/16

印　　　张：16.75　　　字数：208 千字

版　　　次：2025 年 3 月第 1 版

印　　　次：2025 年 3 月第 1 次印刷

定　　　价：59.80 元